한끼의 기적

마음을 울리는 아주
특별한 사랑의 선물

한끼의 기적

서교출판사

오랜 세월 세계 곳곳의 가난한 지역을 찾아가서 도움의 손길을 내밀어온 윤경일 선생님을 생각할 때면 '어떤 신비로운 마음의 비결로 저런 비범한 실천을 해내는 것일까' 궁금해지곤 했다. 이번 책에서 그의 고백을 들을 수 있었다. "고난을 이겨낸 사람들의 이야기는 언제 들어도 듣고 또 듣고 싶다. 아름다운 이야기가 숨겨져 있는 곳이라면 어디든지 찾아가고 싶다." 결국 사람이란 존재의 고난에 굴하지 않는 생명력에 대한 감동이 그를 이끌었던가 보다. 그의 생명사랑은 진료실에 국한되지 않으며, 이 시대 의사들에게 하나의 귀감으로 제시될 수 있을 것이다.

김곰치(소설가)

이 책은 저자가 아시아와 아프리카의 오지를 다니면서 직접 체험한 내용들이 심도 있게 담겨져 있다. 책상에 앉아 쓴 책이 아니라 발로 뛰며 쓴 책이라 현장감이 넘친다. 얼어붙은 우리의 마음을 따뜻하게 녹여주는 멋진 책이다.

이용이(방글라데시 명예총영사)

내 살기도 바쁜 세상에 가난한 지구촌을 생각할 겨를이 어디 있느냐고 반문할지 모르겠다. 자기 갈 길만 바라보지 말고, 고개를 돌려 옆에는 누가 걷고 있고, 또 뒤에는 누가 따라오고 있는지도 살펴보며 함께 가자. 지금은 글로벌 세계, 즉 하나의 세계 아닌가!

권혁근(법무법인 부산 변호사)

저자는 정신건강의학과 진료를 하는 전문의사로 바쁜 중에도 오랜 기간 가난하고 어려운 사람들을 돕는 봉사활동에 매진하고 있어 동료 의사들에게 귀감이 되는 회원이다. 저자가 아시아 및 아프리카 오지에 구호활동을 다니면서 체험했던 내용들을 책으로 내놓았다. 현장에서 흘린 땀방울이 책 속에 담겨있어 가치 있게 읽을 만한 책이라 일독을 권하는 바이다.

최대집(의사 · 대한의사협회 회장)

죽음과 공포, 절망적인 현실 속에서도 희망의 끈을 놓지 않고 꿋꿋하게 살아가는 사람들 이야기가 심금을 울린다.

이창훈(CPBC 기자)

국제개발협력 현장이 어떤 곳인지, 또 그런 쪽에 관심을 가지고 있는 의식 있는 청년들에게 권하고 싶은 책이다.

이상요(차마고도 책임 프로듀서)

구호단체인 (사)한끼의식사기금을 설립한 지은이가 발로 쓴 이 책은 새인류를 보여주는 수작으로 저자의 평소 삶과 사상이 그대로 녹아 있다.

송영웅(포콜라레 운동 · 솔선자)

책 안에는 가난한 구호현장에서 저자가 만났던 여러 사람들의 이야기가 나온다. 그가 직접 체험한 이야기를 적고 있어 감명 깊게 다가온다. 이 책의 밑바탕에 흐르는 기운을 한마디로 말하면 인도주의 정신이라 말하고 싶다.

김병철(전 대한전문건설협회부산지회장 · 에이비엠그린텍 대표이사)

일반 의사들이 안락한 시간을 보낼 때 저자는 뜨거운 태양 아래서 오지를 터벅터벅 걷고 있었다. 삶에 있어서 즐거움보다 의미를, 재미보다 가치를 중요하게 여겨 온 그가 몸소 땀 흘리며 체험한 내용을 아주 감동적으로 쓴 책이라 생각된다.

김수임(효성요양병원장)

지구촌에는 부잣집 아이, 가난한 집 아이 등 상이한 나라의 서로 다른 친구들이 살고 있습니다. 이 책은 그중에서도 제일 가난하고 힘든 나라 아이들의 모습을 담고 있습니다. 부디 이 책을 통해 배움의 기회를 상실한 그들에게 따뜻한 시선과 나눔의 손길이 닿았으면 하는 마음입니다.

김지현(작가 · 2012 미스월드유니버시티)

나는 왜
하루에 두 번
출근하는가?

지난 15년 동안 나는 정신건강의학과 전문의로서 매일 병원 업무가 끝나면 국제구호단체 업무를 보기 위해 '한끼의식사기금' 사무국으로 향했다. 남들이 퇴근하는 시간에 다시 출근한 것이다. 또 구호단체 대표로서 아시아와 아프리카의 구호현장을 방문해야 했기에 주어진 휴가는 대부분 이 일에 사용했다. 오지를 가려면 야간 비행기를 타야 하는 경우가 많았고 낯선 기후와 환경, 잠자리 등 여러 가지로 불편했다. 아프리카에 다녀오려면 오가는 시간만 족히 사흘은 걸린다. 예기치 못한 에피소드도 겪어야 했는데, 아디스아바바 공항에서는 입국을 거부당하는 소동을 겪었고, 카트만두 공항에서는 '버드 스트라이크(Bird Strike)'로 40시간이나 공항에 묶여 있기도 했다. 그렇다고 구호현장에서 돌아오면 휴식을 취하는 것도 아니다. 밀린 병원

업무 등으로 더 바빠진다. 그런데도 나는 왜 이런 생활을 반복해왔는가?

2018년 1월 기준으로 세계인구는 75억 명에 도달했고 그 중 기아인구는 8억 2000만 명에 달한 것으로 조사됐다. 전체 인구의 11%, 즉 9명 중 1명이 굶주림에 시달리고 있다는 뜻이다. 더 심각한 것은 불평등의 확대, 각종 분쟁, 기후변화 등의 요인으로 기아인구가 3년 연속 증가했다는 점이다. 또 기아인구 수는 10년 전 수준으로 후퇴했다. 유엔식량계획(WFP) 등은 이대로 간다면 지속가능개발목표(SDGs)의 두 번째 목표인 기아 종식과 식량안보를 달성하고 영양 상태를 개선하겠다는 목표를 달성하지 못할지 모른다는 우려를 제기하고 있다.

개인이 앓는 질병에 고혈압, 당뇨병, 심장병, 암 등이 있다면, 지구가 앓고 있는 질병에는 기아, 빈곤, 전쟁, 난민, 종교분쟁, 전염병, 독재, 대기오염, 온난화, 미세먼지, 불평등, 무지, 착취 등 있다. 개인의 질병은 병원에서 해결해야 하지만 병든 지구를 치료하려면 유엔, 각국 정부, 국제사회, NGO 등이 합심해야 하기에 더 복잡하고 힘들다.

2001년부터 2015년까지 이행된 유엔 새천년개발목표(MDGs)는 절반의 성공이라는 평가를 받았다. 빈곤 상태, 안전한 식수 확보, 빈민가 삶의 질 개선 등은 괄목할만한 성과를 이뤘다.

하지만 보편적 초등교육, 말라리아 및 다른 질병의 퇴치는 부분적으로 목표를 달성했고, 불평등과 환경오염 문제는 오히려 더 심각해졌다. 이에 유엔은 2015년부터 2030년까지 새로운 15년을 설정하여 지속가능개발목표(SDGs)를 출범시켰다. 이는 MDGs보다 한층 진일보한 목표로서 빈곤, 질병, 교육, 성 평등, 난민, 분쟁과 같은 인류의 보편적인 문제와 기후변화, 에너지, 환경오염, 물, 생물 다양성 같은 지구환경 문제 그리고 기술, 주거, 노사, 고용, 생산 소비, 사회구조 등 사회경제적 문제에 이르기까지 17가지 목표와 169가지 세부목표를 이행하도록 짜여 있다. MDGs가 개발도상국의 절대빈곤에 초점을 맞췄다면, SDGs는 모든 국가와 지역에서 발생하는 다양한 형태의 빈곤과 불평등까지 포함한다. 각국 정부 주도로 이뤄지던 MDGs와 달리 SDGs는 정부를 포함하여 기업 및 비영리 기구 등 다양한 개발 주체들이 파트너십을 맺고 참여한다는 점이 다르다. 그런 관점에서 한끼의식사기금도 구호사업을 기획할 때 SDGs 목표와 연관성을 따져가며 구체화해 나가고 있다.

밤하늘의 별을 생각한다. 별에 대한 생각은 제각기 다를 것이다. 항해하는 선원에게는 방향을 가르쳐주는 좌표가 될 것이고, 천문학자에게는 연구 대상이 될 것이며, 작가에게는 아름다운 글의 소재로 등장할 것이다. 또 가슴에 응어리를 지고 있는 이에게는 자신의 한을 풀어놓으면서 남몰래 속삭이는 대상이 될 것이다. 밝은 광채를 내는 북극성이나 북두칠성 같은 별도 있지만 어둡고 작아서 이름조차 붙여지지 못하는 무수한 별도 같이 존재한다. 별들이 반짝이는 것은 '나, 여기에 있어요.'라고 자신을 알리는 몸짓이다. 몸짓이 보이지 않는 별들은 몸짓을 자랑하는 별들에 질투를 부리지 않는다. 그들은 자신이 어두워짐으로써 반짝이는 별들이 밝게 드러나도록 배경이 되어 준다. 이처럼 세상에 있는 어떤 존재든 모두가 소중하고 필요하다.

이 책의 명제는 '왜 가난한 지구촌을 도와야 하는가?'이고, 책에는 내가 만났던 여러 나라 사람들의 별과 같은 이야기들이 담겨 있다. 그들은 가난하지만 모두 소중하고 사랑스러운 이웃들이다. 어떤 이는 주변에 있는 가난한 이웃부터 돕는 것이 순서인데 왜 멀리 아프리카까지 가서 잘 모르는 사람들을 열심히 돕느냐고 묻는다. 나는 도움의 우선순위가 물리적 거리에 따라 정해지는 것은 아니라고 생각한다. 우리 주변에 어려운 이웃이 있다면 당연히 도와야겠지만 먼 곳에 있는 이웃도 절실하게 도움을 기다린다면 똑같이 도와야 한다. 그 가운데 아시아와 아프리카의 최빈국에 사는 사람들은 국내의 어려운 이들과 비교할 수 없는 절대 빈곤층이다. 먹을 것이 없어 영양실조에 걸린 이들, 배우고 싶어도 주변에 학교가 없는 이들, 일하고 싶어도 일할 곳이 없는 이들, 에이즈와 같은 질병으로 고통을 겪는 이들이다. 이들에게 한 끼의 식사는 삶과 죽음에 직결된 문제이다. 돕는 순서로 따지자면 경증 환자보다 중증 환자를 돕는 일이 우선이지 않을까.

사람들은 나에게 의사 가운을 입고 왜 구호단체 활동을 하느냐고 묻는다. 나는 다음과 같이 말한다.

"의사는 아픈 사람을 치료하는 사람이지만 NGO는 나은 세상을 위해 필요한 역할을 하는 곳입니다. 의사와 NGO는 하는 일은 달라도 이 둘의 존재 이유는 본질상 통하는 속성이 있지요. 둘 다 남을 돕기 위해서 세상에 존재하는 것이니까요."

쾌적한 실내에서 환자를 진료하지 않고 뙤약볕 햇빛 아래서 땀을 뻘뻘 흘리며 열악한 구호현장을 찾아가는 일은 분명 신나는 일은 아니다. 그렇지만 내가 여태까지 이런 생활을 유지해 올 수 있었던 것은 구호현장에서 울려오는 양심의 소리 때문이었다. 그 울림은 나를 아름답고 고풍스러운 여행지 대신에 지저분하고 열악하기 짝이 없는 곳들을 선택하게 했다. 뼈와 가죽만 앙상하게 남은 아이들의 실상을 보지 않았더라면 모기떼가 들러붙는 퀴퀴한 숙소가 아니라 안락한 호텔에서 제대로 된 음식을 먹으며 느긋한 시간을 즐겼을지도 모르겠다.

어떻게 사는 것이 잘사는 인생인지에 대한 기준은 사람마다 다를 것이다. 내게는 얼마나 많은 감동을 할 수 있는지, 그 일이 얼마나 의미가 있는지가 중요했다. 즐겁지 않은 일도 충분한 의미가 있다고 여기면 받아들였다. 그동안의 생활은 분명 큰 의미가 있었다. 2004년 11월, 내가 한끼의식사기금을 설립하여 긴 세월을 한결같은 마음으로 걸어왔던 것은 이 길을 통해 그 어떤 일보다 충만한 의미를 느낄 수 있었기 때문이다. 기아상태에서 허덕이는 사람들과 교감하며 그들을 절망에서 벗어날 수 있도록 생명의 구명조끼와 같은 역할을 할 수 있었던 것은 내게 크나큰 축복이었다.

마지막으로, 이 책의 출간을 위해 수고해 주신 모든 분, 특히 추천사를 써 주신 분들, 출판사 관계자분들, 그리고 내 가족에게 진심 어린 감사의 말씀을 드린다.

2019년 12월
윤경일

차례

시작하는 글 _나는 왜 하루에 두 번 출근하는가?

*1*부

2부

한끼의 기적

1부

나는 메라피화산에서 살아가는 사람들이 진정 무엇을 원하는지
좀 더 세심하게 들여다보지 않았다는 사실을 반성했다.
도와주고자 하는 마음만 앞세워 상대방의 처지를 거의 생각해보지 못했던 것을…….

01

족자카르타의
눈물과 사랑

메라피화산의 슬픈 이야기

'불의 고리'로 불리는 환태평양 지진화산대에
자리한 인도네시아에는 100여 개의 크고 작은 활화산이 존재한
다. 그중 해발 2,968m의 메라피화산은 지구상에서 가장 위험한
활화산 가운데 하나다. 2010년 10월 새벽 거대한 분출을 일으켜
350명의 사망자와 수천 명의 부상자가 발생했고, 집과 재산을 불
구덩이 속에 태워버려 무려 30만 명이나 되는 이재민이 발생했다.

메라피화산은 정상이 거의 구름 속에 가려져 있어 운이 좋아
야 볼 수 있다. 족자카르타 시내를 조금 벗어나면 산 일부를 볼
수 있는데 아침 시간에는 대체로 잘 보인다. 나는 족자카르타를
몇 번이나 방문했지만 메라피화산 정상은 구름에 가려 있어 산허
리만 볼 수밖에 없었다.

메라피 화산. 메라피 화산의 폭발로 30만 명의 사람들은 한 순간에 이재민이 되었다.

    사진으로 본 2010년의 대폭발 모습은 처참했다. 화산은 엄청난 양의 용암을 분출해 내면서 수십억 톤의 뜨거운 가스와 바위 파편들이 뒤섞여 경사면을 따라 나 있던 마을을 순식간에 덮쳤다. 집들은 흔적도 없이 사라졌고, 가축들은 시커멓게 타버려 형체조차 알아볼 수 없었다. 겨우 죽음을 면하고 부상한 주민들의 아우성과 비명이 하늘을 가득 채웠다. 상황이 어느 정도 정리되자 화산폭발 현장을 둘러본 주민들은 망연자실하여 울부짖었다. 집문서 등 재산은 모두 불타버렸고, 마을 지형이 변해버려 누구의 집터였는지조차 가늠하기 어려워졌다.

    폭발 당시 뿜어져 나온 모래와 자갈이 섞인 화산재가 하늘을

뒤덮어 낮에도 온 세상을 암흑천지로 만들었다. 화산재는 바람을 타고 10여km나 떨어져 있는 이웃 마을까지 날아가 건물 지붕에 쌓여 집이 내려앉기도 했고 농작물까지 막대한 해를 입었다.

메라피화산이 잠잠해지기를 기다린 끝에 2012년 나는 현지 책임자인 조셉과 함께 메라피에 올랐다. 산기슭에는 여전히 거무튀튀한 돌멩이들로 덮여 있었고 잡초만 듬성듬성 뿌리내리고 있을 뿐 나무라곤 보이지 않았다. 곳곳에 절개지가 형성돼 있었는데 보기만 해도 위험스러웠다. 산 아래 저지대에서는 트럭들이 분주하게 상업용 화산재를 실어 나르고 있었다.

산 중간 지점에서 오토바이를 타고 내려오던 한 남자를 만나게 되었다. "쌀라맛 쏘레" 하고 내가 현지어로 인사하자 그가 오토바이를 세웠다. 산마을에서 살고 있는 부디만이라고 했다. 증조부가 메라피화산에 들어와 자리 잡은 이래로 그의 가족은 다른 곳으로 떠나 본 적이 없단다. 할아버지와 아버지가 살아온 메라피화산은 그에게 영원한 고향과 같은 곳이었다. 생계를 어떻게 유지하느냐고 물었다. 산을 찾아오는 관광객에게 오토바이를 태워 주고 교통비를 받아 생계를 이어간단다. 3000m가 넘는 메라피의 동틀 무렵 그 풍광은 말 그대로 장관이라 화산폭발만 없었다면 세계적인 관광지로 각광 받기에 충분한 곳이란다.

"또 언제 분출을 할지 모르는데 위험하지 않은가요?"
"물론 위험하지요. 그렇지만 나와 가족들이 살아갈 곳은 여기밖에 없어요."

　부디만은 담담하게 대답할 뿐이었다. 화산활동이 심해질 때마다 인도네시아 정부는 주민 대피령을 내리곤 하지만 사람들은 잠시 피신했다가 연어가 회귀하듯 메라피로 되돌아왔다. 2010년 대분출 당시 일부 주민들이 끝까지 버티다가 참변을 당했단다. 조셉이 부디만에게 화살폭발이 언제 또 일어날지 모르는데 솔직히 아이들 걱정은 안 되느냐고 물었다. 그의 표정이 어두워졌다. 자기 자신이야 고향 땅에 뼈를 묻으면 그만이지만 자식마저 잔인한 운명에 내맡겨야 한다면 어찌 마음이 편할 수 있겠는가.

　산을 오르다가 젊은 부부도 만났다. 그들은 화산폭발로 임시 캠프촌(화산폭발 당시 정부가 지은 이재민 대피소)으로 피신을 갔다가 어느 정도 안정됐다고 판단해서 마을로 되돌아왔다고 했다. 마지못해 캠프촌에 입주해 있던 사람들 상당수는 일찍이 마을로 돌아왔으나 일부는 화산이 언제 또다시 터질지 몰라 그대로 캠프촌에 머물러 있었다. 그런 가운데 한두 명씩 캠프촌을 떠나자 이 젊은 부부도 산마을로 돌아왔단다. 그런데 남자 얼굴이 창백해 보였다. 내가 어디 아픈 곳이 있느냐고 묻자 마음이 불안하다고 대답했다.

　"산마을에 돌아온 후 이상해졌어요. 예전과 비교해서 변한 게 아무것도 없는데 밤마다 악몽을 꿔요. 어떤 때는 혼자 유령들과 같이 살고 있어요. 공포에 시달리다 눈을 뜨면 꿈이에요. 온몸은 땀에 흠뻑 젖은 상태고요."

조상 대대로 살아온 땅이지만 언제 폭발할지 모르는 화산에 대한 두려움이 그의 마음을 억누르고 있는 듯했다. 아내의 표정 역시 밝지 못했다.

"저는 임신 중인데요. 아이를 낳으면 어떻게 해야 할지 걱정입니다. 아무래도 다른 곳으로 떠나야 할 것 같아요."

메라피 산기슭에는 수만 명이 고향이라는 이유로 위험한 환경 때문에 마음고생을 하며 살아가고 있었다. 메라피를 답사한 후 고구마와 옥수수밭을 일구며 살아가는 빈민들을 위해 무언가를 나누고 싶은 마음이 들었다. 그리하여 학생들을 위한 '방과후 교육' 프로그램을 진행해 보자는 데 의견의 일치를 보았다. 두 달 후 조셉에게서 이메일이 왔다.

"여기는 비가 내리고 있습니다. 습도가 높아 모기들이 극성을 부리네요. 우리가 조사해 본 지역은 2010년 화산폭발 당시 마을의 99%가 파괴됐습니다. 농작물과 가축이 다 피해를 봤지만, 마을 사람들은 떠나지 않고 다시 집을 짓고 밭에 씨를 뿌리며 살고 있습니다. 주민들은 자식 교육에 관심이 매우 많습니다. 그러나 아이들은 대부분 경제적 어려움으로 상급학교 진학을 포기합니다."

조셉은 화산 마을의 이장들을 만났다고 한다. 방과후교육을 진행하려면 적당한 장소가 필요한데 판크레조와 므바롱 마을에는 건물을 지을 만한 공간이 없었고 그로골 마을에는 여유 공간이 있었단다. 그로골은 메라피산 정상에서 5km 떨어진 마을이었다. 이장이 제안한 부지 중 한 곳을 지정하여 건축을 위한 준비작업에 들어갔다. 하지만 처음에는 동조했던 주민들이 자체 회의를 한 끝에 우리가 추진하고자 한 교육 프로그램을 사양하겠다는 뜻을 전해왔다. 그 이유에 대해서 조셉이 다시 이메일을 보내왔다.

"그들은 비록 가난하지만, 외부 도움을 받아가며 자식들을 교육하고 싶지 않아 합니다. 모든 일을 스스로 해결하겠다고 했어요."

나는 답신을 보냈다.

"그들은 아이들을 위한 더 좋은 방법을 찾아낼 수 있을 겁니다. 주민들이 무엇을 원하는지 먼저 생각해야 했는데 자칫 그들의 자존심에 상처를 줄 뻔했군요."

나는 메라피화산 사람들이 진정 무엇을 원하는지 좀 더 세심하게 들여다보지 않았다는 사실을 반성했다. 도와주고자 하는 마음만 앞세워 상대방의 입장을 거의 생각해 보지 못한 것을…….

비바람 속에서도 꽃은 핀다.

국립 가자마다대학과 인도네시아 이슬람대학 등 고등교육기관이 밀집해 있는 족자카르타는 젊은이가 많이 거주하는 도시다. 자바 전통문화가 아주 잘 보존되어 있고 바틱(전통염색공예)과 기술 금세공 같은 기술이 뛰어나 공예품 생산지로 유명하다. 또 근교에는 보로부두르 불교사원과 프람바난 이슬람사원이 있어 관광객들도 많이 찾아오는 곳이다.

평화롭던 족자카르타 지역에 몇 년 사이에 어마어마한 재난이 두 차례나 발생했다. 앞서 밝힌 2010년 8월 화산폭발이 있었고, 그보다 4년 전인 2006년 5월에는 리히터 규모 6.3의 강진이 있었다. 최소 3,700명이 사망한 것으로 집계된 그 지진은 끔찍했다. 직하형 지진이었기에 비슷한 강도의 여타 지진보다 파괴력이 더 컸고, 사망자도 더 많았다. 또 발생시간대가 새벽인지라 사람들이 대피할 틈도 없었다. 낙후된 목조 건물이 많았던 것도 인명 피해를 키운 요인이라고 전문가들이 말했다.

지진 피해는 시간과 더불어 조금씩 아물어갔지만 가난한 지역 아이들의 열악한 교육 지원은 나아지지 못했다. 지진이 발생한 지 5년이 지나갈 무렵, 나는 피해지역 아이들의 방과후교육 프로그램을 살펴보기 위해 현장을 찾았다. 족자카르타에서는 막라마단 기간이 끝나고 연중 최대의 축제가 시작되고 있었다. 호텔 숙박비는 평소보다 무려 20%나 비쌌다.

도심에서는 지진의 흔적을 느낄 수 없었지만, 시골로 갈수록 대지진 당시의 모습이 드러났다. 도착한 다음 날 반툴 대지진 때 큰 피해를 본 마을 중 한 곳인 케푸 마을을 찾았다. 구사일생으로 살아남긴 했으나 한쪽 다리를 절단해야 했던 와르시디 부인을 만나기 위해서였다. 마을에 들어서자 조용한 시골 풍경이 눈에 확 들어왔다. 2006년 5월 27일 새벽 5시. 거대한 파도처럼 사방에서 거대한 움직임이 일더니 삽시간에 건물들이 붕괴하기 시작했다. 사람들이 잠에서 채 깨어나기 전이었다. 지진이라는 생각을 하지 못한 와르시디의 가족은 혼비백산하여 테이블 밑으로 몸을 피했다. 그러다가 건물 더미에 깔려 압사당할 것 같다는 생각이 들어 밖으로 탈출을 시도했다. 하지만 진동 때문에 몸을 움직일 수 없었고, 필사적으로 몇 발자국 움직이던 그녀는 그만 넘어지고 말았다. 옆에는 아들 둘이 있었는데 그 순간 벽이 우지직하면서 아이들 쪽으로 무너져 내렸다. 와르시디가 발로 힘껏 밀어낸 덕에 아이들은 가까스로 화를 면할 수 있었다. 대신에 그녀의 한쪽 허벅지가 처참하게 뭉개지고 말았다.

정신을 차리고 보니 응급실이었다. 사람들이 극심한 고통에 비명을 지르고 있는 모습이 그녀 눈에 들어왔다. 환자들을 돌보아야 하는 의사는 전혀 보이지 않았다. 남편 사르지엠 씨는 당시 반툴 병원에는 외과의사가 한 명밖에 없었다며 의료지원이 너무 열악했다고 말했다.

"반툴에는 긴급재난에 대처할 수 있는 대형병원이 하나도 없었어요. 저는 속이 타서 미친 사람처럼 의사 선생님을 찾아 이리 뛰고 저리 뛰고 했었지요."

치료 적기를 놓쳐 아내는 한쪽 다리를 끝내 절단할 수밖에 없었다. 시간이 흐르면서 다리의 상처는 아물었지만, 농사는 더 지을 수 없었고 집안일도 제대로 할 수 없는 장애의 몸이 되고 말았다.

지진의 상흔과 함께 그녀에게 헤어날 수 없는 우울증이 찾아왔다. 살고 싶은 마음이 없어졌다. 위로하러 찾아오는 사람들도 그녀에게는 스트레스로 느껴졌다. 자신의 모습을 아무에게도 보여주고 싶지 않았다. 사람들을 만나게 되면 숨이 턱 막히면서 가슴이 터질 것 같은 일종의 공황상태에 빠지기도 했다. 사르지엠 씨는 정성껏 아내를 돌보았지만, 상태가 좋아지지 않으니 어떻게 해야 할지 고민에 빠졌다. 그러던 어느 날 아내에게 말했다.

"지진으로 많은 사람이 죽었소. 우리 친척 중에도 몇 사람이 세상을 떠났지 않소. 불행 중 다행으로 살아남은 사람 가운데는 당신과 비슷한 사람도 많소. 어제는 척추를 심하게 다친 두 여자를 만났는데 당신과 같이 전통 염색 공예품 관련 재료를 만드는 일을 해 보자고 했었소."

아무것도 하고 싶지 않다고 버티던 와르시디는 거듭된 남편의 권유에 못 이겨 장애 여성들과 함께 일을 시작했다. 그러자 기분이 점차 바뀌었다. 같은 처지에 있는 사람들끼리 마음을 나누면서 위로해 주고, 무너진 보금자리를 다시 일구기 위한 재원을 마련한다는 현실적 목표가 생기자 새로운 기분이 들었다. 우울증을 치료해 줄 의사는 어디에도 없었지만 같은 처지에 있는 여성들과 자조 모임을 통해 마음을 다스려 나갔다. 시간이 흐르고 와르시디는 우울증에서 벗어났다.

고난을 이겨낸 사람들의 이야기는 언제 들어도 또다시 듣고 싶다. 이런 아름다운 이야기가 숨겨져 있는 곳이라면 어디든지 찾아가고 싶다.

방과후교육 프로그램

인도네시아 시골에는 '펜도포'라 불리는, 우리나라의 마을회관과 같은 건물이 있다. 기도 모임, 주민 자치회의, 전통예술 공연 등 다양한 용도로 사용되는 건물이다.

펜도포는 맞배지붕 형태이면서 동시에 사방이 탁 트인 구조다. 코코넛나무를 이용해서 기둥을 세우고 천장을 엮어놓아 그런대로 튼튼하다. 족자카르타 대지진 때 이런 펜도포가 대거 파괴되고 말았다. 국제사회는 피해 복구에 크고 작은 도움을 주었는데, 특히 이탈리아의 NGO인 아무(AMU)에서는 한 채당 6000~7000달러의 비용을 들여 스무 채의 펜도포를 재건해 주었고, 피해 마을 아이들에게 방과후교육 프로그램을 운영했다. 그러다가 자체 정책에 따라 진행하던 프로그램을 다른 NGO에 넘겨주고 철수하게 되었다. 아무(AMU)는 포콜라레 운동(1943년 이탈리아의 끼아라 루빅이 창설한 영성 일치 운동으로 182여 개국에서 약 450만 명의 회원이 활동하고 있다) 산하의 NGO다.

이 무렵 필리핀 출신의 포콜라리노(포콜라레 운동의 핵심이 되는 사람으로 독신이다) 아단 갈로이는 한국을 떠나 인도네시아로 임지를 옮겨갔다. 이전부터 나는 갈로이와 개발도상국의 구호사업에 관해서 의견을 나누어 온 터였다. 현지에 부임한 지 얼마 되지 않아 그에게서 전화가 왔다.

"안녕하세요. 그동안 어떻게 지냈어요?"
"잘 있습니다. 그곳 생활은 여러모로 힘들 텐데 어떠세요?"
"네, 저도 아주 잘 있어요. 사실은 지진 피해지역에 도움이 필요해서 연락했습니다."
"어떤 도움인가요?"
"가난한 무슬림 아이들을 위한 교육지원이 필요해서요."

현지 수혜자들은 이 방과후교육 프로그램을 '사랑의 체인'(Chains of love)이라고 불렀다. 참여자들을 체인처럼 연결하여 지진으로 갈라진 마음을 굳건하게 이어주고, 이를 바탕으로 마을을 다시 평화롭게 만들자는 취지가 담겨 있다. 구체적으로는 가난한 아이들에게 공부할 기회를 제공하고, 젊은이들을 교사로 일하게 하여 일자리 창출에 기여하는 것이다. 펜도포를 공부방으로 활용하고, 펜도포가 없는 마을에서는 동네 유지가 공부할 장소를 제공해 주민 전체가 화합을 이룰 수 있게 했다. '사랑의 체인' 커리큘럼은 영어, 수학뿐만 아니라 자바 전통춤, 독서교육, 야외견학, 공동체 교육 등으로 구성되어 있다.

나는 아무(AMU)에서 운영하던 사업을 우리가 이어갈 수 있을지 우선 현장을 답사해 보기로 했다.

도움을 주려다가 오해를 빚은 에피소드

'사랑의 체인' 현장을 방문하기 위해 길을 나섰다. 갈로이와 조셉이 동행했다. 도시의 링 로드를 벗어나 한 시간 정도 달리자 티르토 마을이 나타났다. 지진으로 마을 대부분이 폐허로 변했으나 주민들의 노력으로 거의 복구된 상태였다. 마을 펜도포에는 60여 명의 아이와 교사들이 우리가 온다는 소식을 듣고 기다리고 있었다. 수업에 참석하는 아이들이 여타 마을에 비해 월등히 많은 것은 마을 이장이 방과후교육 프로그램을 적극적으로 후원해 주기 때문이란다. 우리는 수업을 참관한 후 가져온 학용품을 아이들에게 선물로 나누어 주었다.

두 번째로 방문한 시스텐 마을의 펜도포는 아무(AMU)에서 최초로 지어준 곳이었다. 작은 도서관도 딸려 있었다. 역시 아이들의 수업을 참관한 후 타스콤뱅 마을 펜도포로 이동했다. 거기 펜도포에는 학습자료 창고를 체계적으로 갖추고 있어 배움에 대한 그들의 열정을 짐작할 수 있었다.

그다음에 새로 지어진 푼둥 마을의 펜도포를 찾아갔는데 이곳에는 참혹한 지진의 상흔이 그대로 남아 있었다. 그리고 오후 늦게 도착한 느게펫 마을에서는 주민들이 자바 전통춤으로 우리를 환영해 주었다.

방문하는 마을마다 사람들의 인사말이 서로 달랐다. 알고 보니 인사말이 마을마다 다른 게 아니라 하루 중 시간대에 따라 다른 것이었다. '안녕하세요'를 오전 10시까지는 '쌀라맛 빠기', 오전 10시부터 낮 2시까지는 '쌀라맛 씨앙'이라고 말한다. 오후 2시부터 오후 6시까지 '쌀라맛 쏘레', 일몰 이후에는 '쌀라맛 말람'이라고 한다. 내가 주민들의 인사말을 흉내 내니 다들 열렬하게 환영해 주었다.

각 지역에는 고유한 문화와 에티켓이 있다. 나는 특히 가난한 나라를 갈 때면 이런 부분에 신경을 쓰곤 했다. 족자카르타에서는 아이들이 귀엽다고 해서 머리를 쓰다듬는 행위는 하지 않는 것이 좋다. 그들은 머리를 신성시하여 어린아이라도 머리를 함부로 만지는 것을 싫어한다. 이렇듯 문화의 차이를 모르면 오해와 분노를 살 수 있다.

방문한 여러 마을 중 스룸붕 마을은 기억에 오랫동안 남을 만했다. 이 마을에서는 포콜라레 운동이 본의 아니게 무슬림 전통을 간과하여 불편한 관계를 초래했던 적이 있다. 그러나 서로 진정성을 알고 화해하게 되었다. 스룸붕 마을은 족자카르타 주가 아니라 센트럴 자바 주에 속하는 곳이다. 130세대, 460여 명의 주민은 농사를 짓지만, 건기에는 화산재를 내다 팔아 생계를 유지했다. 메라피화산 분출 당시 엄청난 화산재로 인해 피해가 상당했단다. 화산재가 건물 지붕에 계속 쌓여 집이 여러 채 내려앉을 정도였다. 집을 재건하는 과정에서 포콜라레의 젊은 여성 두 명이 자원봉사자로 이 마을에 들어갔다. 복구에 도움을 주니 주민들과 좋은 관계를 맺게 되었다. 그런데 예기치 않은 일이 생겼다. 하루는 노인 한 분이 갑자기 쓰러져 급히 병원으로 이송하게 되었다. 응급상황이라 두 여성은 급히 족자카르타 시내의 가톨릭계 병원에 노인을 입원시켰다. 다행히 노인은 건강을 회복하게 되었지만, 그 일로 심각한 문제가 대두되었다. 그들은 모두 종교가 이슬람이지 않은가. 무슬림 마을에서 지도자의 승낙을 받지 않고 임의로 가톨릭계 병원으로 옮긴 행위는 오해를 불러일으키게 된다. 선의의 뜻으로 환자를 도우려 했지만 결국 갈등이 생기고 말았다.

포콜라레 측에서는 오해를 풀려고 시도했으나 뜻대로 이뤄지지 않았다. 하는 수 없어 화해의 순간을 기다렸다. 그러던 중 스룸붕 마을에 심한 가뭄이 들이닥쳤다. 식수조차 구하기 어려운 지경이 되었는데 포콜라레 측에서 수 백m 떨어진 식수원으로부터 스룽붕 마을의 물탱크까지 급수 파이프를 연결해 주었다. 그 일이 있고 나서 다시 화해하게 되었다.

지구촌 곳곳에서 종교 간 갈등으로 끊임없는 충돌과 반목이 되풀이되고 있다. 인류가 치러온 전쟁 중 종교전쟁만큼 반복되는 전쟁도 없는 것 같다. 이는 종교가 인간의 실생활에 가장 기본적이면서도 중요한 부분을 차지한다는 방증이 아닐 수 없다. 포콜라레와 스룸붕 마을의 화해는 아름다운 경험이었다. 내가 스룸붕 마을을 방문해서 보니 식수문제는 파이프 설치로 해결됐지만, 건기가 되면 농사에는 여전히 어려움을 겪고 있었다. 한끼의식사기금 이름으로 물을 퍼 올릴 수 있는 양수기 2대를 제공해주니 마을 이장과 주민들이 매우 고마워했다.

늦은 시각, 족자카르타로 되돌아오는 밤길에는 별들이 밝게 빛났다.

에리지펠라스

족자카르타 현지를 방문한 후 족자카르타 포콜라레 산하의 NGO 협의체인 '야야산 두니아 베르사뚜'와 파트너십을 맺고 같이 일을 하게 된 것은 의미 있는 일이었다. 또 이번에도 갈로이에 대한 고마움을 전하지 않을 수 없었다. 그는 아침부터 밤늦게까지 함께 다니면서도 아무런 내색을 보이지 않았다. 하지만 문제가 없었던 게 아니었다. 내가 족자카르타로 출발하기 며칠 전 그로부터 보이스톡이 왔다.

"갑자기 힘이 드네요. 어제는 열이 39도까지 올라 일을 못 하고 그냥 침대에 누워 있었어요."

현지 방문 하루 전에, 그에게서 다시 소식이 왔는데 증세가 많이 호전되었단다. 다행이었다. 걱정을 덜긴 했지만 예순을 넘은 그의 건강 상태를 생각하면 마냥 안심할 수는 없었다. 공항에 마중 나온 그와 나눈 첫 대화는 당연히 건강에 관한 이야기였다.

"컨디션은 좀 어떠세요?"
"열이 39도가 넘나들 때는 많이 힘들었지만, 지금은 괜찮아졌어요."
"병원에는 다니고 계시고요?"
"네, 진찰받고 약을 먹고 있어요."
"병명이 뭐래요?"
"어려운 이름인데. 에리지펠라스라고 하던데요."

에리지펠라스! 이 병은 급성 피부염으로 세균이 침투해서 발병하는데 '단독증'이라 부른다. 통증이 심하고 열과 오한이 나면서 피부 표면이 붉게 붓는다. 그 밖에도 수포가 생겨 주위로 번지는 경향이 있다.

현지에서 일정을 마치고 포콜라레 하우스를 방문하여 뽀삐(동정 포콜라리노들의 애칭)들과 저녁 식사를 함께하게 되었다. 마침 갈로이는 반바지 차림을 하고 있어 다리가 그대로 노출되었다. 순간 나는 깜짝 놀랐다. 다리의 상당 부분이 벌겋게 달아오른 채 엄청나게 부어 있는 게 아닌가.

"어떻게 이런 상태로 며칠씩 함께 다닐 수 있었나요……."
"통증은 있었지만 다닐 만했어요."
"안 돼요. 지금부터 꼼짝하지 말고 휴식만 취해야 합니다."

무리하면 안 되는 상황이었지만 한국에서 온 나를 다른 동료들에게 맡기고 싶지 않았던 갈로이. 정말 고마워요!

02

가시덤불 사이에 핀
꽃봉오리들

장애는 조건일 뿐

장애인을 주제로 한 영화 두 편을 보았다. 첫 번째 영화는 '나의 왼발'이라는 영화로 중증 뇌성마비로 태어난 크리스티 브라운의 자전적 영화였다. 1990년 아카데미 남우주연상을 받은 작품이기도 하다. 주인공은 몸을 제대로 가누지 못하고 말도 하지 못해 저능아로 취급받으면서 어린 시절을 보내지만, 어머니는 사랑과 희생으로 장애아들을 돌본다. 그가 왼쪽 발가락에 분필을 끼운 채 바닥에 '마더(mother)'라고 글자를 썼을 때는 뭉클한 감동을 느꼈다. 크리스티 브라운은 뇌성마비를 치료하는 여의사 아일린을 만나 역경을 딛고 예술가로서 필명을 날리게 된다.

두 번째 영화는 시각장애인의 위대한 승리를 다룬 '레이'였다. 미국의 전설적인 흑인 가수 '레이 찰스'의 일대기를 그린 영화다. 가스펠과 블루스를 접목한 그의 노래는 음반으로 나올 때마다 큰 히트를 쳤고, 그는 엄청난 부와 명예를 얻었다.

레이 찰스는 흑인이라는 이유로 사회에서 차별을 받았고, 일곱 살 때는 눈병으로 시력을 잃어버린 맹인이었다. 사고로 죽은 동생의 죽음에 대한 죄책감에 늘 괴로워했다. 처절한 고독감으로 마약에 빠져 절망의 나락에 빠지기도 하지만 마침내 장애를 극복하고 미국 전역을 순회하며 명성을 날리게 된다.

레이 찰스는 2000만 달러라는 거액을 장애인을 위한 기금으로 내놓는다. 그가 그렇게 하기까지 어머니 아레사의 헌신적 노력이 큰 영향을 미쳤다. 어머니는 아들이 세상 편견에 맞서 당당하게 살아가도록 엄하게 키웠다. 레이는 좌절의 순간들이 닥칠 때마다 어머니의 말을 기억했다.

"몸의 장애보다 더 무서운 건 마음의 장애란다! 넌 시각장애인일 뿐 바보가 아니야!"

에티오피아 시각장애인 컴퓨터 프로그램

개발도상국에서 시각장애인을 만날 때마다 안쓰럽게 느껴진다. 그들 앞에는 가난과 장애라는 이중고가 놓여 있다. 어떻게 해서 시각장애인이 되는 것일까? 자라나는 아이는 필수적으로 철분, 엽산, 비타민A 등을 섭취해야 한다. 비타민A의 만성적 부족

시각장애인의 음악연주. 개발도상국에서 시각장애인을 만날 때마다 안쓰러운 마음이 든다. 그들 앞에는 가난과 장애라는 이중고가 놓여 있다.

은 실명으로 이어질 수 있다. 개발도상국에서는 비타민A 부족으로 4분마다 한 명의 아이가 시력을 잃는다는 보고가 있다. 위생환경이 좋지 않아 눈이 세균에 감염되었을 때도 문제가 된다. 제대로 치료를 받지 못하면 나중에 실명에 이를 수 있는데 대표적인 것이 트라코마에 의한 실명이다.

영국 BBC방송 기자가 에티오피아의 한 마을에 들어가서 아이들의 눈병 실태를 취재한 적이 있었다. 가족 중에 눈병을 앓고 있는 사람은 손들어 보라고 하자 상당수의 아이가 손을 들었다. 어떤 아이는 엄마가 한쪽 눈이 안 보인다고 했고, 어떤 아이는 할머니의 두 눈이 모두 보이지 않는 상태라고 말했다. 이번에는 자신의 눈에 이상이 있는 사람은 손을 들어 보라고 했다. 그러자 아무도 손을 들지 않았다. 아이들의 눈에는 정말로 문제가 없었던 것일까? BBC 기자와 동행한 안과 전문의가 아이들의 눈을 검진해 본 결과, 절반 이상의 아이들이 트라코마에 감염된 것으로 드러났다. 트라코마는 어린아이 때는 증상이 거의 나타나지 않지만 무서운 감염 질환이다. 반복적으로 이 질병에 걸리면 각막이 혼탁해지면서 점차 실명에 이른다.

나는 아디스아바바의 길거리에서 시각장애인을 만나본 적이 거의 없다. 그러나 나중에 알고 보니 실제 시각장애인이 많지 않은 것이 아니라 자유롭게 밖으로 나갈 수 없어서 눈에 띄지 않았을 뿐이었다. 그래서 한끼의식사기금에서는 시각장애인을 위한 컴퓨터 수업을 추진했다. 준비과정이 만만치 않았지만 불우한 처지에 있는 젊은 시각장애인들을 품어주는 일을 포기할 수는 없었다. 조사 결과 아디스아바바대학에는 이미 시각장애인 컴퓨터반이 개설되어 있었고, 므스라츄 장애인센터에도 비슷한 수업이 진행되고 있었다. 처음 시도해 보는 프로그램이라 노하우를 축적하려면 현지 단체와 연대하는 방향으로 추진하는 것이 좋을 것 같았다.

하지만 두 기관이 지나치게 많은 요구를 해서 계획이 무산되고 말았다. 다음으로 에티오피아 시각장애인협회의 관계자들을 만났다. 앞선 두 기관과 달리 요구 사항이 많지 않았고, 우리 단체가 추구하는 방향에 공감을 표했다. 그리하여 에티오피아 시각장애인협회 측과 컴퓨터 교육 프로그램을 시행에 대한 계약을 맺었다.

시각장애인협회 측은 장소와 시각장애인 강사를 제공하고 우리는 전문 컴퓨터 강사를 파견하여 프로그램 관리 및 코디네이터 역할을 하도록 했다. 컴퓨터 수업을 시작하고 몇 달 지났을 무렵 현지로부터 상황 보고가 들어왔다.

'오전 20명, 오후 20명씩 주 4일간 컴퓨터 수업이 운영되고 있습니다. 컴퓨터교실 강사도 시각장애인이다 보니 학생들의 어려움을 잘 알고 열정적으로 수업에 임하고 있습니다. 지부에서 운영하는 수업 중 출석률이 가장 높은 반이 시각장애인 컴퓨터교실입니다.'

그들도 시민의 한 사람으로서 자신감을 가지고 당당하게 살아갈 수 있으면 좋겠다.

아프리카의 미신과 알비니즘

2016년 4월 이탈리아 카스텔 간돌포. 알바나 호수의 전경이 내려다보이는 역대 교황의 여름 별장이 있는 곳이다. 로마 근교에 위치한 그곳에서 '빛의 네트워크'라는 주제로 새인류 국제회의가 열렸다. 유럽, 아프리카, 아시아, 아메리카 대륙에서 1000명이 참가했다. NGO 활동에 좋은 기회가 될 것이라 여겨 나도

회의에 참여했다. 며칠간 다양한 주제로 세미나와 소그룹 모임이 진행되었다. 사람들이 붐비다 보니 식사 때는 대형식당에서 줄을 길게 서게 되었다. 한번은 아프리카 출신 남성 두 사람이 내 앞에 섰다. 서로 인사를 나누며 한 걸음씩 앞으로 나아갔다. 두 사람의 대화 내용이 귀에 들어왔다. 그들은 우간다에서 온 사람들로 아프리카에서 일어나는 사건들을 이야기하고 있었다. 내가 관심을 보이자 그들은 대화에 참여하게 해 주었다.

우리는 파스타를 받아들고 같은 테이블에 앉았다. 그리고 정식으로 서로 소개했다. 정신과 의사이자 국제구호단체의 대표라고 말하자 그들은 신문 기자들이라고 소개했다. 우리는 반갑게 악수하고 아프리카의 최근 이슈에 대해서 대화를 했다. 내가 짐바브웨와 에티오피아에서의 구호사업을 이야기했더니 우간다에도 관심을 가져 달라며 웃었다.

"세상은 디지털 첨단과학 문명 시대입니다. 그런데도 아프리카 여러 지역에는 아직도 주술적 믿음이나 종교적 습관 등이 남아 있더군요."라고 내가 말하자 두 기자는 아프리카에는 미신적 습관이 다른 대륙보다 많다고 했다. 에이즈에 걸린 환자는 처녀와 성관계를 하면 낫는다는 그릇된 미신을 한 예로 들었다. 우리는 미신에 관한 대화를 이어갔다. 한 기자가 정말 심각한 미신이 있다며 머뭇거렸다. 내가 궁금해하자 그는 알비노에 대해 말하기 시작했다.

카스텔간돌포 국제회의. 우간다 기자들과 함께

"동아프리카에서 알비노에 대한 미신은 심각한 수준입니다. 탄
자니아에서는 알비노를 죽이는 사건이 심심찮게 벌어집니다. 그
들의 다리나 성기, 머리카락 등 신체 일부를 지니면 부자가 된다
는 미신을 믿고 있기 때문입니다. 도끼로 알비노 갓난아기의 신
체를 절단해 나눠 갖는 끔찍한 일도 벌어집니다."

알비니즘은 선천성 유전병으로 흔히 백색증이라 불린다. 이
병에 걸린 사람을 알비노라고 하는데, 알비노는 멜라닌 색소가
없거나 부족하여 흑인이면서도 피부가 하얗게 보이는 것이 특징
이다. 또 시력이 약하다는 특징도 있다. 그들에 대한 잘못된 인
식으로 인해 아프리카 일부 지역에서는 무차별적인 폭력이 끊이

지 않고 있다.

기자들과 대화를 끝내면서 알비노에 대한 기억은 내 의식 속에서 사라졌다. 그러다가 2019년부터 한끼의식사기금에서 탄자니아 구호사업을 시작하면서 불현듯 이 단어가 되살아났다. 아프리카 국가 중 탄자니아에 상대적으로 알비노가 많기 때문이다. 탄자니아의 사회문화적 상황을 알고 싶어 현지 관계자에게 알비노에 대해 물었더니 다음과 같은 메일이 왔다.

'알비노 문제는 탄자니아인만의 문제는 아니라고 생각합니다. 다만 여기 사람들은 예로부터 알비노 아이가 태어나면 집안에 액운을 가져온다고 여겨 숲에 가져다 버렸다고 합니다. 그러면 동물들이 와서 잡아먹었답니다. 그들을 많이 볼 수 있는 특정 지역이 있습니다. 이유는 모르겠지만요. 또 탄자니아는 알비노의 주 시장(市場)이라고 합니다. 이웃 나라에서 알비노들을 데려다가 매매를 하기도 한답니다.

말라위에서는 알비노를 납치해서 탄자니아에 100만 꽈차(약 1,500달러. 현지에서는 거액임)에 판다고 합니다. 알비노를 죽여 신체 일부를 물고기에게 주면 물고기가 금이나 은을 만든다고 믿거든요. 조개에 상처가 나면 진주를 만들 듯이 금이나 은을 만드는 물고기가 있는데 알비노의 살을 주면 그렇게 한다고 믿는다는군요. 그래서 알비노들을 말라위에서 훔치거나 사서 탄자니아에 팔고 있는데, 이런 일들이 지금도 여전히 심각하다고 합니다.

케냐는 다른 나라보다 상황이 나은 편이지만 알비노 아이를 둔 부모들은 고통 속에서 살아간다고 해요. 광산에서 일하는 사람들은 알비노의 뼈를 지니고 들어가면 대박을 낼 수 있다고 믿어서 알비노의 손가락, 팔, 다리 등을 잘라서 지니고 다닌답니다. 그 밖에 콩고와 부룬디, 우간다 등지에서도 알비노의 신체 일부로 만든 부적을 사려고 탄자니아 시장을 찾아갑니다.'

알비노들은 의학적인 질병에 시달리고 있을 뿐이다. 그들에 대한 터무니없는 미신은 없어져야 한다. 그들의 피부에는 멜라닌이 없거나 부족해 화상을 입기 쉬울 뿐 아니라, 장기간 햇볕에 노출되면 광선 각화증, 피부암 등이 발생하기 쉽다. 그래서 보호가 필요하며 병원에도 자유롭게 갈 수 있는 환경이 절실하다. 알비노의 상황을 듣고 있자니 안타깝고, 또 어떻게하면 도움을 줄 수 있을까 하고 생각하지만, 진정 그들이 무엇보다 원하는 것은 동정이 아니라 인격적인 대우일 것이다.

모진 바람에 생채기를 당하더라도

네팔에서 신체적 불편을 안고도 씩씩하게 살아가는 맑은 어린 영혼의 소유자들을 많이 만났다. 다섯 살 마니쉬 라이는 오른쪽 다리가 무릎 위까지 절단된 상태이며 왼쪽 발목은 심하게 오그라든 상태였다. 한 살 때 겪은 사고 탓이다. 어머니가 음식을 만들다 잠시 옆집에 간 사이 불이 있는 쪽으로 기어간 마니쉬가 그만 화상을 입고 말았다. 어머니가 집에 왔을 때는 어린아이의 다리가 불에 타고 있었다. 경제적으로 매우 어려운 상태였고 마을에는 병원조차 없어 아이는 그대로 방치될 수밖에 없었다. 아이의 고통이 얼마나 심했을까. 사고가 난 지 몇 년이 지난 지금 마니쉬는 의족을 사용하여 걷는 법을 연습하고 있다.

일곱 살 왕다는 솔로쿰부의 셀파 커뮤니티 출신의 소년이다. 어머니는 전통적인 방식으로 출산을 시도하다가 분만이 진행되지 않자 병원에서 제왕절개 수술로 왕다를 낳았단다. 신생아의 상태가 좋지 않아 보름 동안 입원하게 되었고 이후 왕다는 집으로 돌아왔지만, 정상적으로 성장하지 못했다. 시간이 흐르면 괜찮아지리라고 생각했지만, 상태가 더 나빠져 큰 병원을 찾았더니 중증 뇌성마비라는 진단을 받았다.

프리티는 여섯 살 소녀다. 난산으로 태어났다. 부모는 소작농이다. 처음 세상에 나왔을 때 호흡을 제대로 하지 못했고, 이후에도 숨 쉬는 것이 힘들었다. 부모는 돈이 없어 치료를 시키지 못했다. 프리티는 점차 걸을 수 없게 되었다. 선천적으로 건강에 문제가 있을 것으로 추측할 뿐 지금까지 정확한 진단을 받아본 적이 없단다. 숨이 찬 가운데서도 의사소통에는 아무런 문제가 없는 듯 그에게 다가가니 "나마스테"라고 말하며 예쁜 표정을 지었다.

수쿠 마야 라이는 이십대 여성이다. 채 한 살도 되기 전에 아버지는 세상을 떠났고, 여섯 살이 됐을 무렵 어머니도 세상을 떠났다. 두 살 무렵 발생한 화재로 그녀의 오른손은 완전히 타버렸다. 돌봐줄 사람이 없는 가운데 이웃의 도움으로 한두 번 병원에 간 것이 전부였을 뿐, 극도로 가난한 상태에서 유년기를 보냈다. 청소년기에는 가정부로 일했다. 제대로 된 교육을 받아본 적이 없었기에 수쿠 마야 라이는 독학으로 세상 물정을 익혀야 했다. 머리가 명석하고 공부에 관심이 많아 '스위스 커뮤니티 포레스트'라는 단체의 지원으로 고등학교까지 마칠 수 있었고 대학에 진학해서 학업을 지속하고 싶어 한다.

머일라 갈레는 십대 후반으로 어린 시절 사고로 다리 절단 수술을 받고 의족을 사용하고 있다. 그동안 괜찮았으나 최근 의족을 착용할 때마다 고통을 느끼고 있었다. 긴 거리를 걸을 때는 힘들어했다. 절단된 단면의 끝부분에 변형이 일어나 사용 중인 의족이 맞지 않게 된 것이다. 진료 결과 절단된 다리의 재수술이 필요하다는 소견을 받았다. 불안해하면서도 좋아질 수 있다는 의사의 말에 머일라 갈레는 희망을 걸고 있다.

대학생인 루팍 보하라는 줌라 마을에서 태어났다. 그 역시 펄펄 끓는 물에 빠져 발에 심한 화상을 입었지만, 극도로 가난한 집안 사정 탓에 방치되어 발가락이 뭉개지고 들러붙은 채 자랐다. 루팍은 주변의 도움으로 정규학교를 졸업했고 영어로 소통을 잘했다. 현재 CDCA센터 산하 여성평생아카데미에서 문맹 여성들에게 영어를 가르치는 강사로 일하고 있다.

위에서 소개한 꽃봉오리들은 아직 팔에 솜털이 보송보송할 나이다. 비록 삶의 모진 바람에 생채기를 당했지만 나름대로 한

송이 꽃을 피우기 위해 때를 기다리고 있다.

휠체어 수리 프로젝트를 추진하다.

네팔 사람들은 장애인을 전생에 지은 죗값을 치르는 사람들로 여기는 경우가 있다. 장애인은 교육 현장에서 배제되기 쉽고, 성인이 된 이후 경제활동 현장에서 불이익을 당하는 일도 빈번하다. 상처투성이로 가시덤불에 던져져 한없는 고통에서 헤어 나오지 못하는 그들이 희망의 끈을 놓을까 봐 안쓰럽다.

장애인, 특히 신체장애인에게 떼려야 뗄 수 없는 것 중 하나가 휠체어다. 네팔은 산악지대의 특성상 상당수 휠체어가 수명을 채우지 못하고 망가지는 경우가 빈번하다. 수도 카트만두에서조차 열악한 도로 사정으로 프레임이 약한 휠체어는 쉽게 고장이 나버린다. 전문 수리업체가 거의 없기에 망가진 휠체어들이 방치되고 있다. 장애아를 보살피는 CDCA센터는 휠체어에 대한 관심이 지대하다. 이 단체의 대표인 뎬디 세르파와 대화를 나누던 중 한끼의식사기금과 공동으로 휠체어 수리 센터를 시작해보면 어떻겠냐는 의견이 나왔다. 휠체어 수리 교육과정을 통해 장애인들이 기술을 익힐 수 있다면 휠체어 낭비를 줄임과 동시에 장애인을 위한 일자리 창출도 가능할 것이다. 이에 CDCA 업무 매니저인 바와나도 "휠체어는 사용자가 장애인이기 때문에 그들에게 기술을 가르친다는 것은 일자리 창출 이상의 의미가 있을 것 같아요." 하며 찬성했다.

휠체어는 장애인 자신이 공급자이자 수요자이기 때문에 휠체어 수리 센터를 시작하자는 제안은 아주 좋은 아이디어라고 생각한다. 그러나 모든 일이 아이디어와 열정만으로 이루어지는 것은 아니다. 관련 시설을 조사하고 어떤 준비를 해야 하는지 꼼꼼히 챙겨 나가지 않으면 안 된다. 무엇보다 기술교육을 담당할 전문가를 확보하는 일이 중요했다. 덴디 세르파는 걱정하지 말라며 나를 안심시켰다. 히말라야 트레킹을 다녀간 유럽팀 중 독일의 휠체어 전문가들이 있단다. 그들 중 일부가 히말라야의 아름다움에 감탄하여 네팔에서 봉사활동을 하고 싶다는 말을 그에게 남겼다는 것이었다. 일이 잘 풀려나갈 것 같은 예감이 들었다. 덴디와 나는 휠체어 수리 센터 프로젝트를 연계할 수 있는 '씨피 네팔(CP Nepal)'과 '비아이에이 파운데이션(BIA Foundation)' 두 곳을 찾아갔다.

'씨피 네팔'은 뇌성마비 환자들을 지원하는 네팔의 유일한 비영리 민간단체다. 뇌성마비 아동을 위한 교실, 미디어 교육실, 물리치료실, 컴퓨터실 등 다양한 시설을 현대식으로 잘 갖추어 놓고 있었다. 또 신체조건에 따라 교육 공간을 분리하는 등 한눈에 보더라도 장애인 편의시설이 돋보였다. 그곳에서 가장 눈길을 끈 것은 뇌성마비 환자용 휠체어였다. 이것은 네팔에서 구하기가 매우 어렵다. '씨피 네팔'에서는 유럽의 전문 봉사자들이 방문하여 휠체어 제작법을 교육하고 있어 환자용 특수 휠체어와 의자를 제작할 정도의 전문성을 갖추고 있었다. 우리는 막 시작하는 단계라고 설명하고 '씨피 네팔'에서 축적한 수리 기술을 일부 배울 수 있도록 해달라고 도움을 청했다.

2014년에 출범한 '비아이에이 파운데이션'은 신생 단체임에도 불구하고 상당히 큰 규모와 탄탄한 시스템을 갖추고 있었다. 장애인에 의한, 장애인을 위한, 장애인의 기관이었다. 티베티안 탕카, 아플리케 탕카, 대나무 공예, 향, 재단, 파시미나, 유기농업 등 8개 분야의 제품들이 모두 장애인들에 의해 만들어지고 있었다. '비아이에이 파운데이션'의 운영진과 수혜자들은 대부분 휠체어 사용자로서 우리의 휠체어 수리 센터 프로젝트에 적극적으로 동참하겠다는 뜻을 나타냈다.

그로부터 1년 후, 장애인들을 수강생으로 모집하여 소규모 휠체어 수리 기술을 가르칠 수 있게 되었다. 배우는 학생이나 가르치는 강사나 모두 열심이다. 아직 초보 단계라 개인당 공구 박스 등 갖춰야 할 기자재가 많이 부족한 편이지만 이들은 큰 꿈을 품고 앞으로 나아갈 것이다.

03

쿠투팔롱
난민 캠프를 가다

로힝야족의 역사

2017년 8월 미얀마에서 로힝야 반군단체 아라칸 로힝야 구원군이 경찰초소 여러 곳을 습격하자 미얀마 정부군은 로힝야족의 주요 거주지인 마웅토에서 대대적인 소탕 작전에 나섰다. 그 과정에서 대량학살과 강간, 마을을 통째로 불태우는 방화 등 이른바 '인종청소작전'을 전개했다. 이에 대해 '국경없는의사회'는 콕스 바자르 지역에서 피해를 조사해 언론에 발표했다. 그 내용을 보면 2017년 8월부터 9월 한 달 사이에 최소 9,400명의 로힝야족이 목숨을 잃었고, 그중 6,700명은 폭력으로 인해 사망한 것으로 드러났다. 5세 미만 아동도 최소 730명이나 살해된 것으로 조사됐다.

참혹한 죽음이 들이닥치자 70여만 명에 달하는 로힝야족은 고향 땅을 버리고 방글라데시로 피신했다. 유엔을 비롯한 국제사회는 미얀마 정부를 강력하게 비판했으나 한때 미얀마 민주화 운동의 기수였던 아웅산 수치 정부는 사실과 다르다며 맞섰다. 그러자 국제 인권단체 '휴먼 라이츠 워치'는 위성사진 분석을 통해 마웅토와 주변 마을에서 가옥 수만 채가 불에 타 완전히 파괴됐다고 밝히기도 했다.

왜 이런 잔인한 탄압이 발생한 것일까? 불교국가인 미얀마에서 이슬람계 로힝야족 문제는 종교갈등처럼 보이지만 그 발단은 영국의 식민지 통치 시절로 거슬러 올라간다. 19세기 유럽 제국주의 국가들은 아시아와 아프리카의 약소국가들을 침탈해 갔다. 당시 영국은 미얀마의 콘바웅 왕조와 몇 차례 전쟁을 치른 끝에 1885년 식민지배에 성공한다. 제국주의의 착취에 미얀마인들의 저항이 거세지자 영국은 그들을 농경지에서 쫓아내고 대신에 동인도(현재의 방글라데시 지역)에 살고 있던 무슬림 일부를 이주시켜 농지를 경작하게 했다. 그들이 로힝야족 선조들이다. 고향 땅에서 쫓겨난 미얀마인들은 동인도계 무슬림들에게 반감을 갖게 되었고 둘 사이는 대대로 갈등과 충돌이 반복되었다.

제2차 세계대전 때 미얀마를 침공한 일본군이 이들의 관계를 더 악화시켰다. 영국군을 몰아내기 위해 일본군은 로힝야족 농장을 해체하여 미얀마인들에게 돌려줬다. 그러자 쫓겨난 로힝야족이 미얀마인들에게 앙심을 품게 된다. 그 와중에 1942년 영국군은 대일항전을 외치며 로힝야족에게 무기를 제공하며 재무장시켰고, 그들은 미얀마인들을 학살했다. 그 결과 한 해 동안 무려 2만여 명의 미얀마인이 희생되었다. 사찰이 파괴되고 승려들까지 죽임을 당해 미얀마인들이 모두 깊은 원한을 품기에 이르렀다.

1948년 미얀마가 독립하게 되면서 상황이 뒤바뀌었다. 영국은 보복이 벌어질 것을 우려하여 로힝야족 인사를 정부와 의회의 요직에 배치하고 떠났다. 이런 조치는 미얀마인들의 증오감만 더 자극했다. 1962년 쿠데타로 집권하게 된 네윈이 버마족과 불교도 위주의 정책을 펼치면서 로힝야족은 가시밭길을 걷게 된다. 학교에서 로힝야어 수업을 할 수 없게 되었고, 불교도로 개종을 강요받았다. 토지 몰수, 거주지 제한, 강제 노동 등 로힝야족에 대한 대대적인 탄압이 전개되었다. 1982년에 들어서 미얀마 군부정권은 로힝야족의 시민권까지 박탈하여 무국적자로 만들었다. 그리고 원래 땅으로 추방하기 쉽도록 그들을 서부의 라카인 땅으로 강제 이주를 시켰다.

2012년 라카인 주에서 마침내 로힝야족과 불교도 간에 유혈사태가 벌어졌다. 당시 로힝야족 200여 명이 숨지고 14만 명이 국외로 피란하는 사태가 일어났다. 이후에도 박해가 지속되자 로힝야족 일부는 분리주의 반군에 들어가 저항했다. 그러다가 2016년 10월 미얀마군 국경초소 습격 사건이 발생하자 로힝야족 반군단체가 그 배후로 지목되어 이들을 소탕하는 군사작전이 벌어졌고 그 과정에서 로힝야족 민간인에 대한 무차별적인 학살이 자행되었다. 그리고 2017년 8월 25일 아라칸 로힝야 구원

나프강을 건너 탈출하는 난민들의 모습. 난민들은 탈출과정에서 배의 전복이나 굶주림 등으로 인해 상당수가 목숨을 잃는다.

군(ARSA)이 경찰 초소를 습격한 것을 빌미로 삼아 미얀마 정부는 대규모 병력을 동원하여 로힝야족에 대한 인종말살정책을 펼치기에 이르렀다.

싸이풀의 난민 캠프 취재

지구상의 모든 난민은 법적으로 보호받을 권리가 있지만, 현실은 전혀 그렇지 못하다. 일반 시민과 동등하게 대우받을 권리가 있다고 명시되어 있지만, 실제 삶은 비참하기 그지없다. 난민의 처지에 놓인 사람은 마음을 놓고 쉴 수 있는 공간조차 없다. 그 외에 안전한 먹을거리, 포근한 잠자리, 친근한 이웃도 없다. 말 그대로 국제 고아인 셈이다.

육로를 통해 방글라데시로 넘어오는 난민들. 탈출과정에서 부모를 잃은 아이들의 수만 1만4천명에 육박한다.

　로힝야족 문제가 국제적인 뉴스로 연일 쏟아지자 우리는 대규모 난민으로 전락한 로힝야족을 돕기로 정했다. 우선 삼살 방글라데시(한끼의식사기금의 방글라데시 지부 명칭. 최초로 설립한 해외지부다.)는 현장을 찾아갔고, 사업 담당인 싸이풀이 취재한 보고서를 보내왔다.

　다카에서 꼬박 13시간 걸려 콕스 바자르에 도착했습니다. 사람들에게 물어가며 쿠투팔롱(Kutupalong)과 테크나프(Teknaf) 난민캠프를 찾아갔습니다. 머릿속에서 우리 단체가 그들을 위해 무엇을 해 줄 수 있을 것인가 고민하면서 길을 갔습니다. 9월 30일 난민촌에 도착하니 방글라데시군대가 캠프 주변을 완전히 통제하고 있었습니다. 쿠투팔롱캠프는 최대의 난민 캠프입니다. 캠프 입구에서부터 많은 부녀자와 아이들이 도움을 받기 위해 기다리고 있었습니다. 제가 들고 있던 가방을 구호품이라고 생각한 난민들이 주변으로 몰려들었습니다. 취재차 방문했기에 당장은 도와줄 수 있는 게 없다고 말하자 그들은 크게 실망하는 모습이었습니다. 도와주지 못하는 제 마음이 아팠고 또 개인의 조그만 도움은 실제 그들에게 도움이 되지 못한다는 것도 느꼈습니다.

캠프 안으로 들어가니 엄청나게 많은 로힝야족이 모여 있었습니다. 수많은 사람으로 비좁은 텐트 안은 터져 나갈 것 같았습니다. 텐트라고 하지만 사실 플라스틱과 대나무를 엮어 만든 임시 천막에 불과했습니다. 거의 모든 사람이 여윈 상태였습니다. 아이들은 배가 고파 울고 있었습니다. 그들이 가진 것이라곤 옷가지 몇 개가 전부였으나 그나마 운이 좋은 축에 속했습니다. 수많은 난민이 노상에서 뜨거운 태양과 쏟아지는 비에 온몸을 내맡긴 채 지옥 같은 삶을 살아가고 있으니까요.

취재 도움을 받기 위해 벵골어를 구사하는 로힝야인들을 찾아냈습니다. 그들은 탈출한 난민들을 소개해 주었습니다. 여성인 라메자 베굼은 탈출 상황에 대하여 말했습니다.

"저는 자식 3명을 데리고 왔습니다. 며칠 동안 아무것도 먹지 못한 두 살짜리 아이는 가슴에 안고 네 살과 다섯 살짜리 아이는 걸어서 왔습니다."

남편은 어디에 있느냐고 물으니 정부군의 총에 맞아 죽었다고 했습니다. 미얀마 정부군이 자신이 살던 마을을 급습해 방화하고 남자들을 대부분 학살했다고 했습니다. 그뿐만 아니라 차마 입에 담지 못할 방법으로 여자들을 성폭행했다고 말했습니다. 또한 여인은 울부짖으며 이렇게 말했습니다.

"미얀마 정부군은 사람들을 학살하고 그 시신을 불을 태우거나 손과 다리를 잘라 마을에 걸어 놓기까지 했어요."

캠프로 가는 도로에는 쓰레기가 사람들과 함께 뒹굴고 있었습니다. 몽다우는 나프강을 사이에 두고 있는 국경 마을입니다. 길거리에 누워 있는 난민들에게 다가가 어디서 왔느냐고 물으니 말할 기력조차 없어 고개만 겨우 미얀마 방향으로 돌립니다. 며칠째 물만 마시고 강을 건너온 사람들이었습니다.

난민 캠프는 식량부족으로 구호물자만 기다리고 있었습니다. 캠프 내 상당수가 부녀자와 아이들입니다. 세계식량기구(FAO)를 통해 구호 식량이 들어오고 있다고는 하지만 엄청난 수의 사람들이 순식간에 몰려들기 때문에 식량이 제대로 배분되지 못하는 실정입니다.

땡볕에 서 있는 한 무리의 사람들에게 다가가 왜 그렇게 서 있는지 물어보니 구호 식량 차량이 언제 올지 몰라서 그렇게 서 있다는 대답을 들었습니다. 손에는 세숫대야만한 크기의 양철로 된

식기가 들려 있었는데, 한번 배급이 있고 나면 구호 차량이 언제 다시 올지 몰라 최대한 많이 담기 위해서랍니다.

식량을 실은 유엔 차량이 나타나면 완전히 비상입니다. 난민들 사이에 몸싸움이 벌어지기 때문입니다. 배급을 먼저 받으려다 압사하는 사태도 발생했다고 합니다. 먹을 것이 절대적으로 부족하니 서로 차지하려다가 군중에 떠밀려 그렇게 된 것입니다. 상황이 이러하다 보니 노약자는 아예 차량 근처에 가지도 못합니다. 구호활동가들도 식량을 나누어 줄 때면 긴장된 모습이 역력하고 때로는 나무 막대기를 들고 질서를 잡기 위해 안간힘을 써야 합니다.

노상에서 만난 열한 살 소년 니아물은 가족과 같이 피란을 왔다고 했습니다. 맨발에다 허벅지까지 진흙투성이였습니다. 비가 내렸지만 피할 공간이 없다 보니 그런 몰골이 되었답니다. 한낮에는 너무 더워서 사람들이 더욱 고통스러워 합니다. 더위와 비를 피하려고 숲속으로 피신했던 난민들 일부는 야생 코끼리 떼의 습격을 받고 참변을 당하는 일도 있었다고 합니다. 이런 일이 언제까지 계속되어야 할까요…….

미래도 희망도 없는 것이 난민의 삶이다. 우리가 할 수 있는 일은 무엇일까? 현장을 둘러본 싸이풀은 같은 인간으로서 그들을 그냥 내려려 둘 수 없다는 뜻을 나에게 전달했다. 한끼의식 사기금 예산으로는 국제적인 난민사태를 감당할만한 처지가 되지 못한다. 그렇다고 모른 척하고 지나가는 태도는 과연 옳은 일일까? 국제 구호단체를 설립하게 된 근본 동기를 돌아보며 나는 NGO의 양심대로 행동하기로 했다. 그리하여 삼살 방글라데시에서 로힝야족 난민을 돕기 위해 본격적인 절차에 돌입했다.

난민 캠프의 실상

캠프에는 식수, 화장실, 위생시설 등 생존을 위한 기본 시설이 절대적으로 부족하여 콜레라 등 전염병이 발발할 가능성이 매우 컸다. 유엔에서는 난민 65만 명을 상대로 경구용 콜레라 백신 접종을 시작했고, 알 케어 등 국제 NGO는 난민구호활동에 전력을 다하는 모습이었다.

긴급 상황이 발생하면 정확한 사정을 알고 적절한 판단을 할 수 있어야 고통받는 이들을 실질적으로 도울 수 있다. 현지 사정을 모르고 무작정 구호물품만 들고 가서는 낭패를 보기 십상이다.

2017년 9월 하순 한끼의식사기금 한국 담당자를 현지에 파견하여 삼살 방글라데시 직원과 합류해서 난민 캠프에 들어가게 했다. 어떤 지원이 난민들에게 필요한지 자세히 살펴보고, 어떤 행정 절차를 밟아야 하는지 알아보기 위함이었다.

싸이풀은 현장에서 활동하는 NGO 관계자를 만날 수 있었다. 그의 이름은 사집이었다. 그는 영국에 본부를 두고 있는 알 케어(Al-Khair)의 방글라데시 본부장으로 구호활동에 참여하고 있었다. 사집의 설명에 의하면 국제 NGO들이 로힝야족 난민 캠프를 지원하는 방법에는 두 가지가 있다고 했다. NGO 스스로 독자적으로 사업을 진행하는 방법과 방글라데시 정부에서 승인한 현지 NGO를 통해 지원하는 방법이었다. 우리는 후자를 택하기로 했다. 후자는 방글라데시 정부로부터 사업승인을 허가받기까지 시간이 걸리는 단점이 있지만, 재정 관리의 투명성이 보장되고 능동적인 구호활동을 진행할 수 있는 장점이 있다. 다행히 우리가 사업승인을 받는 데 큰 도움을 받을 수 있는 정부 공무원 모하메드 모집 라흐만 씨와도 연결되어 있었다.

현장에 나가 있던 싸이풀로부터 또 보고가 들어왔다.

그들은 육체적으로나 정신적으로 극도의 고통 속에서 도움의 손길만을 간절히 바라고 있습니다. 세계식량기구(FAO)를 통해 구호 식량이 속속들이 들어오고, 숙달된 활동가들이 현장에 투입되고 있어 점차 안정세를 찾아가고 있는 듯이 보입니다. 당장 심각한 것은 비가 계속 내리는데도 많은 사람이 길거리에서 자야 하고, 길바닥에는 오물과 쓰레기, 동물 배설물이 뒤섞여 질척거리는 등 비위생 환경이 최악으로 치닫고 있다는 것입니다. 이를 두고 세계보건기구(WHO)는 '공중보건재앙'을 우려하고 있습니다. 식수로 사용할만한 깨끗한 물을 구하기는 하늘의 별 따기만큼 어려워지고 있습니다. 더욱이 12월이 다가오면 거꾸로 기온이 내려가 이불이 필요한데 얇은 옷조차 없는 실정입니다.

우리는 1,200명이 쉴 수 있는 텐트촌을 건설할 계획을 세웠다. 식수 확보를 위해 캠프 내에 공동 우물을 파고, 공동 화장실도 설치하기로 했다. 최소한의 삶을 위한 담요와 의복, 위생용품도 지원하기로 했다. 실천 계획은 방글라데시 정부로부터 공식으로 승인받는 즉시 시작하기로 했다.

싸이풀과 그의 일행은 방글라데시 정부의 공식승인을 받고 모든 준비 절차를 밟아 쿠투팔롱(최대로 큰 로힝야족 난민 캠프가 있는 곳이다)에 들어갔다. 관련 서류를 보여주며 행정 지원을 요청했다. 하지만 현장을 관장하는 공무원들은 비협조적이었다. 싸이풀은 일주일이라는 시간을 하는 일 없이 낭비해야 했다. 공무원들은 우리가 하고자 하는 사업을 다 인정하니 돈만 보내라고 했다. 공사는 자신들이 다 알아서 진행하겠다는 것이었다. 이 말은 달리 표현하면 부정부패를 뜻한다. 만약 돈을 넘겨주게 되면 계획대로 지어지지 않을 뿐만 아니라 관리들의 호주머니만 채워질 것이 불을 보듯이 뻔했다.

가난한 나라에서 일을 제대로 진행하기란 참으로 어렵다. 하지만 우리에게는 구세주와 같은 모하메드 모집 라흐만(그를 '모집'이라 불렀다)씨가 있었다. 모집은 방글라데시 정부 기관인 NGO 사무국에서 일하는 유능한 공무원으로 양심적인 사람이다. 삼살 방글라데시 지부장인 마슈카의 형부이기도 한데 한끼의식사기금에서 방글라데시에 지부를 설립하는 과정에서 필요한 서류를 준비하고 복잡한 절차를 밟을 때 많은 도움을 주었을 뿐 아니라 휴가를 받아 한국에 왔을 때 나는 그와 함께 해운대 바닷가를 거닐기도 했다.

모집의 활약으로 일은 수월하게 진행되었고 예상보다 빨리 승인이 떨어졌다. 그리고 텐트촌 건설, 우물과 화장실 설치 위치로 쿠투팔롱 캠프 3번과 4번을 배정받았다. 작업에 착수하기까지 한 달이 걸렸고 일부 계획은 바꾸기도 했다. 처음 설계한 우물 도면은 지대의 특성을 고려하지 못한 것이라 금방 고장이 난단다. 그리하여 지하 깊숙이 관정을 박아 물을 끌어 올리는 딥 타입(Deep Type) 공사로 변경했다.

천국과 지옥이 붙어있는 곳

텐트촌 건설 등 예정된 작업은 무사히 끝났다. 이제 할 일은 현장으로 가 보는 일이었다. 하지만 난민 캠프 출입은 말처럼 쉽지 않다. 전문 구호활동가조차 들어가기가 힘들다. 나는 부담을 무릅쓰고라도 현장을 방문해 보기로 마음먹었다. 길은 왜 그리도 먼지……. 실제 거리가 멀기도 했지만, 절망적인 상태에 놓인 사람들을 만나러 간다고 생각하니 마음이 착잡해져서 더 멀게 느껴졌다.

다카에서 콕스 바자르까지 비행기를 타고 가서 다시 차량으로 65km를 더 들어갔다. 지부장 마슈카, 싸이풀, 모집이 현장에 동행했다.

방글라데시의 동남단에 위치한 콕스 바자르. 그곳은 휴양도시로 세계에서 가장 긴 천연 해변이 있는 곳이다. 차 안에서 그림처럼 펼쳐지는 환상적인 해변을 감상할 수 있었다. 하지만 얼마 떨어져 있지 않은 곳에는 미얀마군의 인종말살정책에 쫓겨난 로힝야 난민들의 지옥과도 같은 삶의 현장이 있으니 그곳은 천국과 지옥이 공존하고 있는 것처럼 느껴졌다.

쿠투팔롱 캠프로 가는 길에서는 비가 쏟아지고 그치기를 반복했다. 논은 추수를 끝낸 곳도 있고 아직 벼가 익어가는 곳도 있었다. 종려나무처럼 생긴 키 큰 나무 군락들도 스쳐 지나가고 열매를 매단 망고나무도 스쳐 지나갔다. 유엔난민기구(UNHCR)의 로고가 새겨진 차량도 수시로 오갔다. 그 길이 휴가를 떠나는 길이었으면 얼마나 좋을까 하는 생각이 스쳤다.

난민 캠프는 분쟁지역 근처에 있어서 위험하다. 최근 방글라데시의 무슬림 NGO들이 정부 승인도 없이 로힝야 난민촌에서 임의로 구호활동을 벌이다가 처벌을 받은 일도 있었다. 무슬림 NGO를 통해 들어간 구호물자 일부가 미얀마 정부에 저항하는 반군세력으로 들어가 분노를 사게 되었다고 한다. 이런 일들이 반복되면 방글라데시 정부는 난처해진다. 그 후부터 캠프 출입이 아주 까다로워졌다. 당국에서는 구호 전문가들에게도 캠프 방문 허가증을 잘 내주지 않는 상황이 되었다. 이 문제도 모집의 도움을 받아 캠프 출입 허가증을 받아낼 수 있었다. 그가 없었더라면 이번 긴급구호 프로젝트는 꿈도 못 꾸었을 것이다.

모집이 엄중한 상황에 대해 말했다.

"난민촌의 치안이 안 좋은 상황이라 외국인이 들어갔다가 봉변이라도 당하면 문제가 커질 수 있습니다. 우리 정부에서는 로힝야족 난민촌에 들어가는 인력을 엄격하게 통제하고 있었습니다."

난민촌에 들어갈 때는 모두 빈손으로 들어가야 한다고도 말했다. 아무것도 가진 것이 없는 그들에게 빈손으로 가야 한다니. 하지만 어떤 구호품도 절대 허용할 수 없다는 방글라데시 정부의 방침에 따를 수밖에 없었다.

경계심 가득한 얼굴들을 보며

먼저 옛 캠프가 나타났다. 2017년 사태가 발생하기 훨씬 이전인 1992년부터 미얀마 정부의 핍박에 견디다 못한 로힝야족 일부가 나프 강을 건너 방글라데시로 넘어와 이루기 시작한 난민촌이다. 지부장 마슈카가 굳은 표정으로 폐가로 변한 옛 캠프 사이로 흐르는 강을 가리켰다. 내가 본 배 모양이 바이킹족의 배와 흡사했다.

"저 사람들이 타고 온 배예요."
"저 배를 '샴판'이라고 불러요. 보통은 어선으로 사용하는데 난민들이 저 배를 타고 여기까지 들어왔어요."

본 캠프인 쿠투팔롱에 이르렀다. 1년 전만 해도 코끼리가 어슬렁거리던 삼림 지대였다. 로힝야족 난민이 들어오면서 완전히 변해 이제 숲을 찾아보기가 어려워졌다. 저지대에서부터 높은 언덕에 이르기까지 오두막집들이 빼곡히 들어차 있었다. 보금자리를 빼앗긴 코끼리들은 얼마나 화가 났을까. 아니나 다를까 화가 난 코끼리들이 간혹 난민들이 차지해 버린 민가로 돌진하여 집이 부서지고 어른과 어린아이 수십 명이 다치는 일이 벌어지기도 했다고 한다.

한 걸음씩 캠프촌 안으로 들어가자 유엔기구, 국제 NGO, 봉사단체, 자선병원 등 세계 각국에서 들어온 다양한 이름들이 텐트와 길거리에 붙어 있었다. 거리를 오가는 사람들의 표정에는 차갑고 무거운 기운이 서려 있었다. 한 남자가 나를 유심히 쳐다보았다. 날카로운 눈매와 툭 튀어나온 광대뼈 때문인지 경계심이 강하게 느껴졌다. 내가 무엇을 하러 캠프를 찾아왔는지 모르는 그들에게는 달갑지 않은 손님으로만 보일 수 있다.

좀 더 걸어가니 식량 보급 센터가 나타났다. 때마침 식량 배급이 막 시작되려는 참이었는데 배급이 시작되자 늘어선 줄이 순식간에 흐트러졌다. 그래도 이전에 비해 안정을 많이 찾은 모습이란다. 그 광경을 직접 목격했던 싸이풀이 말했다.

"가림막도 없는 뜨거운 태양 아래서 사람들은 식량 차량만을 하염없이 기다렸어요. 유엔 마크가 새겨진 차량이 나타나면 식량을 먼저 차지하기 위해 눈을 부라리며 달려들었어요. 한 여인이

난민촌 캠프 내에는 위생 시설이 제대로 갖춰지지 않아 전염병의 위험이 심각하다.

식량 부대를 먼저 잡았는데 남자의 억센 손아귀가 파고들더니 독
수리가 짐승을 낚아채듯 빼앗아 가버렸어요. 땅바닥에 털썩 주
저앉은 여인의 얼굴에서 분노와 절망의 눈물이 쏟아졌지요. 그
모습이 아직도 기억에 선해요."

　식량 앞에서 사람들은 생존 본능대로 움직일 뿐 질서란 개념
은 애초에 존재할 수 없었을 것이다. 세계식량계획(WFP)에서는
주 2~3회 식량을 배급해 주고 있었다. 식량 보급 센터에서 만난
압둘 라시드는 허기진 목소리로 "우리는 쌀과 렌틸콩, 기름만 제
공받아요. 하지만 그것으로는 부족해요."라고 말했다.
　로힝야족은 원래 렌틸콩을 먹지 않았다. 하지만 찬 밥 더운밥
을 가릴 때가 아니다. 먹지 않으면 영양실조에 걸리기 때문에 먹
게 되지만 렌틸콩은 아이들에게 여전히 먹기 힘든 음식이다. 그
래서인지 라시드 옆에 꼭 붙어있는 어린 아들은 매우 허약해 보

였다. 로힝야족 아이들은 초콜릿이나 사탕을 맛본 지 얼마나 오래됐을까…….

캠프3, 4를 둘러보면서

날씨가 변덕스러웠다. 해가 났다 싶더니 비가 후드득 떨어지면서 길바닥이 질척거렸다. 우기가 시작되면 캠프촌은 나무와 풀이 거의 없는 황무지로 변해버려 산사태가 날 우려가 컸다. 대나무로 얼기설기 엮어놓은 조잡한 집들이 맥없이 허물어지면 대형 인명피해가 발생할 것이라고 국제사회가 우려를 표시해 왔는데 현장에 와보니 그 위험성이 피부에 와 닿았다.

방글라데시의 동남부는 연중 강우량이 아주 많은 곳이다. 지형 특성상 더운 공기가 많은 습기를 머금고 있다가 갑자기 하늘이 컴컴해지면서 한꺼번에 비를 쏟아붓곤 한다. 며칠 전 큰비가 내려 마을 언덕의 토사가 흘러내렸고, 절개지가 형성되어 그 아래로 흙탕물이 흘러가고 있었다. 건기 땐 오솔길에 지나지 않았던 곳이란다. 임시로 엮어놓은 나무다리가 위험천만해 보였지만 건너지 않을 수 없었다. 다리를 건넌 후 흙탕물이 얼마나 거세게 흘러가는지 보려고 가장자리로 다가가는데 캠프촌 안내를 맡은 로힝야족 가이드가 내 팔을 재빨리 잡아당겼다. 지반이 약해져 언제 붕괴할지 모르는 곳이란다.

얼마 전에는 숲에 땔감을 구하러 들어간 소녀들이 산사태를 만나 한 명은 흙더미에 깔려 사망하고 나머지는 크게 부상했다고 한다. 바위가 많은 한국의 산과 달리 현지는 마사토 같은 흙으로 된 지형이었다. 본격적인 우기가 되면 수많은 사람이 자연재해에 무방비로 노출될 것이다. 이 문제를 시급히 해결하는 길은 방글라데시 정부와 국제사회가 협력하여 위험지대의 난민들을 안전한 고지대로 이주시키는 것뿐이다.

마침내 한끼의식사기금에서 할당받은 캠프3, 4가 나왔다.

"이 자리에서 우리는 나무를 베어내고 대나무와 타르방수포를 엮어 텐트 집을 짓기 시작했어요. 빗물이 집으로 들이닥치지 않도록 수로도 따로 만들었어요."

난민들과 함께 고생했던 싸이풀이 상황을 설명했다. 나는 몇몇 집을 방문해서 내부를 살펴보았다. 입구에는 예외 없이 두꺼운 검은 비닐이 처져 있었다. 비가 집으로 들이치지 말라고 해 놓았다는데, 바람이 통하지 않아 집 안에 들어가자 숨이 턱턱 막히고 등에서는 연신 땀이 흘러내렸다. 난민 여성 라미타 카툰에게 잠은 어떤 식으로 자냐고 물었다.

"바닥에 얇은 비닐 시트를 깔고 자요."

집 안 바닥은 진흙으로 돼 있고 일부 자리에 비닐 시트가 깔려 있었다. 그 자리가 잠자는 공간이었다.

"비가 내린 후 밤이 되면 비닐 시트 아래에서 차가운 냉기가 올라옵니다. 어린아이들은 추위에 웅크리며 제 품속으로 파고들어요."

엄마는 차가운 흙바닥에 몸을 뉜 채 아이들을 꼭 품는단다. 모성애는 어떠한 고난도 마다하지 않는다는 것을 다시금 느꼈다. 텐트의 작은 틈 사이로 찬바람이 들어오면 엄마는 아이들의 바람막이가 돼 주었다.

"우리는 끼어 입을 옷이나 덮을 담요 하나 없이 아침 해가 나올 때까지 추위를 버텨야 해요."

쓸쓸하게 말하는 라미타 카툰에게 시급히 옷과 담요를 제공해 주어야겠다는 생각이 강하게 들었다. 집 주변을 둘러보니 지붕에는 바람에 날아가지 말라고 모래주머니와 돌덩어리들이 여기저기 놓여 있었다. 싸이클론은 고사하고 조금 센 바람이라도 불면 집들이 형체를 온전히 유지해 낼 수 있을 것 같지 않았다. 그나마 다행으로 우리가 지은 집들은 고지대에 있어서 바람 피해는 어찌할 수 없다 하더라도 비 피해를 볼 위험은 덜해 보였다.

집만 문제가 아니었다. 비가 오면 화장실이 넘쳐 콜레라 같은 수인성 전염병이 창궐할 가능성이 컸다. 우물과 화장실을 점검해 보았더니 청결과는 거리가 멀었다. 새로 화장실을 지어주었지만, 관리를 제대로 하지 않으니 무용지물이다. 냄새가 많이 났다. 배설물이 변기 주변에 쌓여 있었고, 어떤 곳에는 회백색 설사를 해 놓았다. 벌써 수인성 전염병이 돌고 있는 것은 아닌지 걱정스러웠다.

사람들이 내 주변에 몰려들자 싸이풀이 그들을 소개해 주었다. 사람들은 경계심을 조금 누그러뜨린 것 같았지만 여전히 무표정했다. 웃음, 기쁨, 행복과 같은 단어들은 존재하지 않는 듯했다. 아이들마저 굳은 표정이었다. 구호현장 어디를 가나 아이들은 언제나 깔깔거리며 졸졸 따라다니는데 거기서는 아이들조차 웃음을 잃어버렸다.

난민들과의 인터뷰

모집의 도움으로 캠프 방문을 승인받았지만 우리는 정해진 시간이 지나면 캠프를 무조건 나가야 했다. 시간이 부족할 것을 고려해서 사전에 싸이풀에게 세 가족과 인터뷰를 할 수 있도록 부탁해 두었다. 필사의 탈출을 한 사람들에게 모르는 사람이 인터뷰하자고 청한다면 한마디로 거절해 버릴 가능성이 크다. 하지만 싸이풀의 진정성이 통했는지 나는 세 가족과 인터뷰할 수 있었다.

압둘 라시드(가명) 씨 가족은 열세 명이나 되는 대가족으로, 방글라데시 국경에서 멀지 않은 곳에서 살았단다. 영문도 모른 채 미얀마 군대의 총격에 혼비백산하여 집을 겨우 빠져 나왔다고 했다.

"바우리 지역에서 왔어요."

"군인들이 우리를 테러리스트라 말했어요. 닥치는 대로 사람을 죽이고 집을 모조리 불태웠어요."

라시드는 당시 상황을 떠올리며 잠시 말문이 막힌 듯했다. 다시 말을 이어갔다.

"국경 쪽으로 도망쳤는데 방글라데시 군인들이 나프 강을 건너지 못하도록 가로막았어요. 하는 수 없이 집으로 돌아갔지요. 이번에는 미얀마 군인들이 더 심하게 총질을 가해 와서 다시 국경쪽으로 도망을 쳤어요. 방글라데시 군인들도 더 막아설 수 없다고 생각했는지 국경을 넘도록 허락해 주었어요."

라시드는 말을 이어갔다.

"우리 가족은 조그만 마을에 도착하게 되었고. 거기서 조산사의 도움으로 막내아들이 태어났습니다."

그때 라시드의 아내가 눈물을 글썽이며 잠들어 있는 아기를 보여주었다. 지옥 같은 곳에서 아기를 세상에 나오게 해서 정말 미안하다는 표정과 함께.

두 번째로 만난 가족은 무하마드 아베 살레(가명) 씨 가족이었다. 모두 열 명이었는데 탈출 도중에 아들 한 명이 미얀마군 총에 맞아 죽었다.

"어느 날 군인들과 불교도들이 마을에 들이닥쳤어요. 우리는 마을을 지키기 위해 맞서 싸웠지만 많은 사람이 죽임을 당하고 마을은 통째로 불에 탔습니다."

악몽이 다시 살아난 듯 긴장된 표정으로 살레 여인은 말했다.

"며칠 동안 산에 숨어 지냈지요. 군인들이 끝까지 사람들을 찾아내 어른과 아이를 가리지 않고 죽였습니다. 또 그들은 여자들을 머리채를 잡고 끌고 가 총으로 때린 뒤 실신시키거나 성폭행을 가했습니다."

"제 남편은 미얀마 군대가 우리 집을 불태우는 것을 저지하다가 제가 보는 앞에서 살해를 당했습니다. 누구라도 거기에 계속 있었더라면 남편처럼 잔인하게 죽임을 당했을 겁니다."

여인은 그만 고개를 떨구었다. 가장 큰 어려움이 무엇이냐고 묻자 그녀는 울먹이며 말했다.

"아이들에게 먹일 것이 아무것도 없어요. 또 아이들이 자꾸 아파요."

미얀마군에 남편을 잃고 아들도 잃은 여인의 마음은 형언하기 어려운 고통 그 자체일 것이다. 하지만 자신에 대해서는 말하지 않고 아이들만을 걱정했다.

세 번째로 노룰 아민(가명) 씨 가족과 인터뷰를 진행했다. 그들은 여덟 명이었다. 미얀마의 보소라 지역에서 왔단다. 집단학살 사태가 발생하자 산으로 피신했지만, 곧 사태의 심각성을 깨닫고 탈출 행렬에 가세하게 되었단다.

"처음엔 고르도 지역으로 도망쳐서 한동안 머물렀지요. 하지만 피신해 있던 지역을 미얀마 군대가 급습하여 탈출할 수밖에 없었어요. 한참 기다린 끝에 배를 타고 아슬아슬하게 국경을 건넜습니다. 어느 섬에 도착한 후 육로로 나와 걷고 또 걸어 난민 캠프까지 오게 되었어요."

미얀마 군인들의 학대 행위를 본 적이 있냐고 묻자 노룰 아민은 말했다.

"군인 몇 명이 이웃 사람들을 잡아가더니 칼로 베어버렸어요. 차마 눈 뜨고 볼 수 없었어요. 그리고는 우리 집으로 들어오더니 모조리 불살라버렸어요."

"그들이 우리가 거기서 살 자격이 없으니 어서 나가라고 말했어요."

"어쩔 수 없이 고향을 빠져 나왔지만, 우리 보금자리는 여기가 아니라 거기입니다."

성폭력에 노출된 여자아이들

난민 중 절반 이상이 아이들이었지만 캠프에는 그들을 위한 학교가 존재하지 않았다. 아무리 난민촌이라도 학교가 없다니. 알고 보니 복잡한 속내가 깔려 있었다. 방글라데시 정부는 학교를 세우고 아이들을 위한 교육시설을 지어주면 난민들이 캠프에 장기간 머물 가능성이 있다고 여겼다. 그것은 방글라데시 정부가 원하는 흐름이 아니었다. 그렇다 하더라도 인류의 미래인 아이들을 가르치지 않는 것은 분명히 어른들의 직무 유기다. 그래서 일부 국제 NGO들이 학습센터를 열어 어린아이들에게 기초교육 정도를 시키고 있었다. 특히 여자아이들이 안쓰러웠다. 몸을 가리고 안전하게 몸을 씻을 공간이 없었다. 성폭행의 위험 때문에 함부로 수돗가에 몸을 씻으러 가기도 곤란했다. 공중 화장실에 가는 것조차 눈치를 봐야 한다. 남자들이 쳐다보는 것이 불편하고, 잠금장치가 없어 화장실에서 성폭력을 당할 우려가 있기 때문이다.

삶이 열악해지면 윤리와 도덕이 땅바닥에 떨어진다. 난민촌

내에서 여성에 대한 성폭력 피해가 심각했다. 영국 BBC방송은 로힝야족 난민 소녀들을 납치하여 인신매매한 후 성매매 업소로 넘긴다는 뉴스를 보도했다. 십대 초중반의 소녀들이 주요 표적으로 인신매매 조직에 넘어가면 자식의 소식을 듣지 못하는 부모는 눈물로 세월을 보내야 한다.

또 탈출하는 과정에서 가족을 잃고 홀로 국경을 넘어 도피한 아이들도 인신매매나 유괴, 성폭력에 무방비로 노출돼 있었다. 여아들은 해가 떨어지면 절대로 집 밖으로 나가지 말아야 한다. 전기도 없는 어두운 길거리에 나갔다가 범죄자들의 표적이 되기 때문이다.

여성폭력과 관련하여 미얀마 군인에게 성폭행을 당해 임신한 여성들이 아이를 낳게 되면서 새로운 문제가 야기되고 있었다. 한 여인은 다섯 아이를 데리고 탈출하다가 미얀마 군인에게 성폭행을 당했다. 처음에는 임신인 줄 몰랐으나 점차 배가 불러왔다. 이와 비슷한 상황이 캠프 곳곳에서 생겨났다. 새 생명의 탄생이 축복은커녕 모두를 괴롭게 만들었다. 형제끼리도 새로운 생명을 두고 자신의 동생이 아니라고 비난을 했다.

캠프3, 4에 정신과 진료를 담당하는 '멘탈 헬스 센터'라고 적힌 간판이 보였다. 난민들 상당수는 '외상 후 스트레스 장애'에 시달리고 있을 것이다. '국경 없는 의사회'의 성폭력 전문가 대니얼 카시오는 많은 아이가 임신 도중에, 또는 출산 도중에 죽는 것 같다고 말했다. 다수의 미성년자가 성폭행에 의한 임신을 고통스럽게 여기고 특히 낙인찍히는 것을 두렵게 여겨 낙태를 감행하기도 한단다. 또 열 달을 움막 같은 곳에 숨어 지내다가 출산 후 아이를 몰래 버리기도 하는 것 같다고 난민촌 의료진은 말했다.

난민 캠프 책임자와의 간담회

마지막 일정으로 쿠투팔롱 캠프3, 4의 운영을 총괄하는 책임자인 파브 씨를 만났다. 그는 방글라데시 정부에서 나온 고위 관리였다.

"반갑습니다. 멀리서 방문했군요. 쿠투팔롱 캠프 관리를 책임지고 있는 파브입니다. 실제 제 이름은 아주 길어요. 그냥 파브라고 불러 주세요."

"저희 단체에서 난민들을 위한 집과 우물, 화장실을 지었어요."

"네, 알고 있어요. 제가 최종 승인해 주었어요."

"아, 그렇군요. 감사합니다."

"지금 난민 캠프에 우선으로 필요한 것은 무엇인가요?"

"제대로 된 집이 필요합니다. 우기가 시작되었는데 주거지들은 매우 약합니다. 그리고 식량과 영양제도 많이 필요합니다. 세계식량계획(WFP)에서 지원하는 영양소로는 부족합니다. 많은 펌프가 고장이라 물을 확보하기도 어렵습니다."

우기인데 물이 부족하다니. 수해를 입을까 걱정하지만 정작 깨끗한 식수가 절대적으로 부족한 상황이었다.

"파브 씨, 캠프를 관리하면서 어려운 점이 많을 텐데 가장 힘든
점은 무엇입니까?"

"로힝야 사람들을 이해하는 것이 무엇보다 어렵습니다. 그들의
문화를 이해하고 그들에게 필요한 것이 무엇인지 파악하는데 시
간이 꽤 걸렸습니다. 우리는 상식적으로 판단하고 지원했던 물
품들인데 그들에게 도움이 되지 않는 것들이 많았어요. 로힝야
여성들에게 구호물자로 나온 생리대는 생소했고, 밀크 파우더와
렌틸콩도 먹기 어려워합니다."

"난민들이 캠프 생활에서 무엇을 가장 원하나요?"

"배고픔에서 벗어나는 것을 원하지만 그보다 자치권을 넘겨받아
자체적으로 난민 캠프를 운영하기를 더 원합니다. 그러나 그건
곤란합니다. 현재 캠프에는 구역마다 구역장이 있습니다. 난민
들과 구역장이 의논해서 규칙을 만들어 지켜나가고 있습니다."

모든 것이 부족한 가운데 난민들이 가장 고통스럽게 생각하
는 것은 이 생활이 언제 끝날지 기약이 없다는 것이었다.

"난민들이 미얀마로 돌아가길 원하나요?"

"당연히 자기 집으로 돌아가길 원합니다. 여기에 살고 싶어 하는
사람은 단 한 사람도 없습니다. 그들은 미얀마 정부로부터 미얀

마의 소수민족으로 인정받기를 원합니다.”

아이들의 표정이 너무 굳어 있다며 내가 우려를 표하자 파브 씨는 부모가 총탄에 맞아 죽고 칼로 잔인하게 죽임을 당하는 것을 지켜본 아이들의 마음이 어떻겠냐고 되물었다.

생각하면 할수록 아이들의 심리가 걱정되지 않을 수 없었다. 다른 구호현장에서는 최악의 상황에서도 아이들은 깔깔거리며 졸래졸래 따라다녔건만……. 하루빨리 아이들이 해맑은 모습으로 다시 돌아왔으면 좋겠다.

그들은 돌아갈 수 있을까

내가 쿠투팔롱 캠프를 방문한 지 벌써 2년이라는 시간이 지났다. 난민 캠프를 떠나 콕스 바자르로 되돌아오던 날에 비가 억수같이 내렸다. 그 비가 70여 만 로힝야족 난민의 눈물이라고 여겼다.

언제나 고향으로 돌아가기를 바라는 난민들이지만 그들은 이대로는 안 된다고 주장한다. 미얀마 당국은 귀환시킬 준비가 되어있다고 주장하지만 사실 그런 증거는 보이지 않는다. 오히려 비인도적인 일을 꾸미고 있는 정황이 포착되고 있다는 외신 보도가 있다. 파괴된 로힝야족 주거지에 보안시설을 갖춘 수용 시설과 군대 기지를 짓고 있어 그들이 귀환하게 되면 수용소와 같은 통제구역으로 바뀌지 않을까 하는 우려가 제기되고 있다.

이처럼 로힝야족 난민사태가 해결 실마리를 찾지 못하고 지지부진한 데는 강대국 간의 패권 다툼도 한몫하고 있는 것으로 보인다. 미국은 유엔 안전보장이사회를 통해 미얀마 정부에 철저한 진상 조사와 사태 해결을 촉구하고 있지만, 중국의 반대에 부딪혀 번번이 실패하고 있다. 중국은 미얀마 정부를 감싸며 서방의 움직임에 반기를 들어왔다. 이런 태도에는 자원이 풍부하게 매장된 것으로 알려진 라카인 땅의 개발 이익을 노리는 숨은 측면이 있을 것이다.

난민 캠프의 실상을 직접 눈으로 보니 세상에서 가장 불우한 이들이 난민들이라는 생각이 든다. 우리가 그들을 돕는 방법은 무엇이 있을까? 먼저 남의 나라 문제라고 외면하지 않는 것이다. 지금 세상은 혼자서는 살 수 없는 세상이다. 지구촌의 어떤 이웃과 사회가 고통을 받고 있다면 그들을 격려하고 돕기 위해 귀를 기울여야 한다.

새삼 '국가란 무엇인가?'라는 명제를 생각하게 된다. 우리에게는 대한민국이라는 나라가 있어서 개인이 존중받으면서 살아가고 있다. 국가가 있어서 국민은 인권을 보장받고, 정치 활동에 참여할 수 있으며, 다양한 방법으로 자유롭게 의사를 표시할 수 있다. 주권국가에서 살고 있다는 것 자체가 무엇보다 소중하다.

04

급식보다 놀이터를
환영하는 아이들

아이들과 함께했던 딸의 체험기

보편적 초등교육의 기회를 제대로 받지 못하는 개발도상국의 오지 아동들에게는 NGO에서 지원하는 독서교육이 유용하게 작용한다. 그들은 교육의 사각지대에 있기 때문이다. 미국의 저명한 방송인 오프라 윈프리는 누구보다 독서에 관심이 많았다. 그녀는 저서 『내가 확실히 아는 것들』에서 독서에 대해 이렇게 말한 바 있다.

"다른 사람의 생각 속에 사는 것이 정말로 좋다. 종이 위에서 살아나는 사람들과 만나 느끼는 유대감은 나를 전율케 한다. 독서라는 훌륭한 도구가 없었더라면 내가 지금 어디에 있을지, 어떤 사람이 되었을지 상상조차 할 수 없다. 아마도 열여섯 살에 라디

오 방송국에 스카우트되는 일은 절대 없었으리라."

우리는 독서를 통해 사물을 이해하는 능력을 기르고, 창의적인 사고와 비판 능력을 키울 수 있다. 한끼의식사기금은 캄보디아와 네팔에서 초등학교 아이들에게 이러한 독서교육 프로그램을 진행해 왔다. 또 매년 여름방학 때는 캄보디아 시엠립 주의 초등학교에 대학생 봉사단을 파견하여 일주일 동안 독서교육뿐 아니라 음악, 미술, 체육 등의 봉사활동 캠프를 열고 있다. 한 번은 작은딸 수현이가 해외 봉사단으로 참가해 체험기를 남겼다.

저는 해피 기브(Happy GYV) 3기 대학생 봉사단 소속으로 음악 수업을 맡았어요. 무더위와 습도 속에서 보낼 시간을 생각하니 막막했지만, 막상 봉사활동이 시작되자 설레는 마음으로 바뀌었어요. 뜨라낏 초등학교에 도착하자 아이들이 우리를 환영해 주었는데 고사리 같은 몸집과 수줍어하는 얼굴들은 제 가슴에 뭔가 울컥하는 기분을 만들어 냈지요.

봉사활동 첫날이 밝았어요. 전날 밤늦게까지 수업준비를 하느라 부족했던 잠을 채우기 위해 버스 안에서 꿀잠을 잤어요. 날씨가 워낙 더워 등에서 땀이 흘러내리는 가운데 각자 흩어져 수업을 시작했어요. 저는 세 시간 내리 노래와 율동 수업을 진행했어요. 신체 명칭과 뜻을 가르쳐주고 다 함께 '머리 어깨 무릎 발(Head, Shoulders, Knees and Toes)'을 부르며 신나게 춤을 추었지요. 아이들이 잘 따라주지 않으면 어쩌나 생각했는데 그건 저의 기우였어요. 준비한 영상에서 음악 템포가 점점 빨라지자 아이들이 너무나 신나 했고, 엉덩이를 살짝 흔드는 동작에서는 얼마나 재미있었던지 서로 쳐다보며 까르르 넘어갔어요. 저도 덩달아 격하게 온몸을 흔들어 댔고 신이 나 동작을 과장되게 하다 보니 나중에는 근육통이 일어나 혼이 났어요. 수업을 마치고 나니 땀으로 목욕한 사람처럼 돼 버렸어요. 일과를 돌아보니 잘 살았다고 여겼어요. 교실이 떠나갈 듯 소리를 지르며 율동을 하는 아이들 모습을 떠올리니 다시금 마음이 벅차올라요.

시간이 갈수록 아이들과 가까워졌어요. 언어 장벽은 아무런 문제가 되지 않았어요. 아이들의 눈을 쳐다보며 또박또박 말하고 다정한 표정을 지어주니 금방 소통이 이루어졌어요. 아이들과 같이 사진도 찍고, 노래도 부르고, 손을 마주 잡고 놀다 보니 어른과 아이의 구분이 없어졌어요. 이처럼 서로 다른 사이 즉 부자와 가난한 자, 강자와 약자의 경계가 없는 세상이 되면 모두가 행복해질 거라는 생각이 들어요.

(중략)

뜨라낏 학교에서의 마지막 수업시간이 되었어요. 벌써 끝이라니 마음이 서운했지요. 매일 땀을 주룩주룩 흘려야 했지만, 흘린 땀방울만큼 보람도 있었어요. 이날 수업은 K-팝을 활용해 춤추기였어요. 제 춤 실력이 시원찮아 밤중에 몰래 화장실에서 미리 연습했다는 사실을 실토해야겠어요. 두 명씩 짝을 이루어 음악에 맞추어 춤을 추었는데 처음엔 부끄러워하던 아이들이 좀 지나자 아주 신이 나서 끝낼 줄을 몰랐지요. 중간에 제가 실수를 하자 아이들이 키득거리며 얼마나 좋아하던지요.

마지막 일정으로 체육대회를 열었어요. 피구, 2인3각, 꼬리잡기, 줄넘기, 릴레이 종목으로 진행했는데, 청백 두 팀으로 나뉜 아이들은 '청팀 이겨라! 백팀 이겨라!'를 목청껏 소리쳤지요. 운동장에는 학부모들도 나와서 마을 축제와 같았어요. 즐겁게 행사를 마쳤는데 갑자기 마음속에서 허전함이 느껴졌어요. 해피 기브 봉사단이 떠나고 나면 이 아이들은 무엇을 하며 지낼까? 독서교육과 독후감은 계속 이어지겠지만 아이들은 신나게 놀아야 해요. 하지만 학교 운동장에는 놀이시설이라곤 찾아볼 수 없어요. 한국에서는 어린이 놀이터가 없는 초등학교가 없지만, 이곳 시골 학교들에서는 대부분 놀이터를 찾아볼 수 없어요. 아이들이 신나게 놀 수 있는 놀이터가 있다면 아이들이 학교를 더 좋아할 것만 같은데…….

아이들을 위한 가장 큰 선물

캄보디아 구호사업의 새로운 목표를 고민하던 차에 딸의 소감문에서 아이디어를 얻게 되었다. 바로 놀이터 제작이었다. 그로부터 2년 후 나는 시엠립을 방문했다. 한끼의식사기금 캄보디아 지부가 이곳에 있었기에 이 도시와 주변 시골 마을을 방문할 기회가 여러 번 있었다. 시엠립에는 동남아 최고의 유적지인 앙

코르와트가 있어 항상 관광객이 넘친다. 그 덕분에 시엠립 거리에는 고급호텔, 카페와 음식점들의 화려한 조명이 가득하여 가난의 흔적을 쉽게 찾아볼 수 없다. 하지만 도심을 조금만 벗어나면 절대 빈곤이 한눈에 들어온다.

시엠립에서 약 50km 떨어져 있는 스바이 레우 초등학교. 주변 여섯 마을의 아이들이 이 학교에 다닌다. 어느 날 잡초만 무성하던 운동장 한쪽에서 망치질하는 소리가 들리기 시작했다. 한끼의식사기금에서 운동장에 놀이터를 만들기 시작한 것이다.

아동이 소아기에 들어서면 신체 활동이 활발해지면서 활동 공간이 집 밖으로 확대된다. 이때부터 놀이의 개념이 도입된다. 두 살부터 여덟 살까지는 인생에서 가장 많이 노는 시기로, 언어 발달이 아직 미숙한 아이들은 놀이를 통해 자신의 감정을 발산하며 성장해 간다. 또 학동기가 되면 같이 뛰노는 또래들과 어울리며 본격적으로 협조와 양보 등 여러 개념을 터득해 나간다. 놀이터의 경험을 토대로 장차 성인으로 나아가는 데 필요한 초석을 다지는 것이다. 가령 그네를 타는 것이 신난다 해서 혼자 독차지해 버리면 아무도 좋아하지 않는다는 것을 배울 수 있다. 또 누가 더 그네를 잘 타는지, 회전판을 돌릴 때는 누가 더 빨리 돌리는지 등 건전한 경쟁은 허용된다는 것도 배울 수 있다. 교육학자 프리드리히 프뢰벨은 아이들에게 놀이는 어른들의 일과 같다고 표현했다. 놀이터는 아이들에게 사회성을 일깨우는 중요한 학습의 장이라고 할 수 있다.

착공한 지 한 보름 만에 스바이 레우 초등학교에 놀이터가 완성됐다. 이제는 학교 놀이터에서 온종일 재잘거리는 아이들의 소리가 끊이지 않는다. 결석을 밥 먹듯이 하던 아이들의 출석률도 놀이터 덕분에 덩달아 높아졌다. 개발도상국에서 아이들이 학교에 입학하는 것만으로 보편적 초등교육의 목표가 달성되는 것이 아니다. 아동이 초등교육을 끝까지 잘 마쳤는지가 더 중요하다. 입학이 졸업까지 이어지지 않고 중도에 탈락하는 비율이 매우 높다. 여러 이유가 있겠지만, 결국은 가난이 근본적인 원인이다. 당장 먹고 살 일이 걱정인 부모들은 아이들을 학교에 보내기보다는 집안일을 시키려고 한다. 농촌은 도시 지역보다 미취학 아동의 수치가 두 배 이상 높고 중도 탈락률도 그에 비례한다.

아이들이 초등학교 교육을 끝까지 마칠 방안으로 어떤 것이 있을까? 여러 NGO에서 학교에 급식을 제공해 주며 아이들을 학교에 나오도록 유도하고 있다. 우리도 이런 방법을 시도해 본 적이 있다. 하지만 나는 학교 운동장에 어린이 놀이터를 지어주는 것이 가장 효과가 크리라고 생각한다.

놀이터는 아이들을 돌아오게 할 수 있을까?

"학부모들의 반응이 어때요?"

"처음에는 시큰둥했는데 지금은 완전히 달라졌어요. 어쩜 저렇게 신나 할까요?"

한끼의식사기금 캄보디아지부 직원과 나는 놀이터에 대해 대화를 주고받고 있었다. 그때 뒤에서 우리를 향해 크메르어로 말하는 소리가 들렸다.

"옥쿤 지란지란(대단히 감사합니다)."

떡렛 초등학교의 교장 선생님이 반갑게 맞아주었다. 시엠립 시내를 벗어나 프놈펜 방향 6번 국도를 두 시간 정도 달리면 이 학교가 나온다. 떡렛 초등학교에도 우리가 지어준 놀이터가 있다. 교장 선생님의 나이가 이십대 후반이라는 사실에 놀라지 않을 수 없었다.

놀이터에서 노는 여러 아이 중 유독 두 아이가 가깝게 붙어 장난치며 즐거워했다. 교장이 말했다.

"좀 전에 저 아이 둘이서 치고받고 싸웠어요."
"지금은 저렇게 신나게 어울리며 놀고 있는데요?"
"네. 놀이터가 중재자인가 봐요."

놀이터는 싸운 후에 서먹해진 아이들을 금방 친하게 만들어 주는 곳이기도 했다. 캄보디아의 시골 학교에는 운동장다운 운동장이 보이지 않았다. 대부분 허름한 정원으로 가꾸어져 있거나 방치된 채 잡초들이 가득했다. 나는 다른 놀이터들을 살펴보기 위해 계속해서 마을을 이동해 갔다. 로룸툭 마을 근처에 이르자 커다란 물웅덩이들이 나타나 자동차가 더 들어갈 수 없었다. 뜨거운 태양 아래서 터벅터벅 걷고 있는데 마을 주민이 경운기를 타고 마중을 나왔다. 일행은 경운기 뒤 공간에 끼어 탔는데 내 등 뒤에서 갑자기 검은 개가 벌떡 일어서는 바람에 깜짝 놀랐다. 개는 어디가 불편한 듯 수시로 몸을 흔들어 대며 낑낑거렸다. 유쾌한 체험은 아니었지만, 땡볕에 땀 흘리며 열사병에 걸리는 것보다는 훨씬 나았다.

이번 모니터링에서 총 여덟 군데의 학교를 찾아갔다. 그 중 스레이레우 봄 초등학교로 들어가는 길이 가장 험했다. 길이 아주 나빠 렌터카 기사는 운전하기를 주저했다. 수고비를 두 배로 주겠다고 하니 마지못해 받아들였다. 길바닥에 솟아 있는 돌멩이에 차량 밑바닥이 부딪힐 때마다 기사의 얼굴이 일그러졌다. 우여곡절 끝에 현장에 도착하니 놀이터는 한창 제작 중이었다. 공정률은 35% 수준이란다. 한끼의식사기금 캄보디아 지부장은 그동안 주민들이 협조를 잘해 주었다고 말했다. 나는 스레이레우 봄 초등학교의 교장 선생님과도 대화를 나눴다.

"보시다시피 우리 학교는 건물이 두 동이에요. 모두 다섯 개의 교실이 있지만, 현재는 세 개만 사용하고 있지요."

"왜 그런가요?"

"외국의 NGO에서 지어주었는데요, 학교를 지을 때는 인근 마

을 아이들 숫자를 고려해서 지었어요. 하지만 막상 건물이 준공
되고 나니 학부모들이 이런저런 이유를 대며 아이들을 학교에 보
내주질 않았어요."

개교한 지 5년이나 지났지만, 교실 두 칸은 먼지만 자욱한
채 잡동사니 물건들로 채워져 있었다. 왜 아이들이 학교에 나오
지 않는 것일까? 먹고 살기에 급급한 학부모들이 아이들의 교육
에 소극적이었다.

교장 선생님은 교실 내부를 구경시켜 주었다. 교실 벽에
WFP 마크가 새겨져 있었다.

"세계식량계획으로부터 급식을 공급받나요?"

급식을 제공해 주면 아이들이 학교에 좀 더 나온다고 교장 선
생님이 대답했다.

"놀이터가 완공되면 아이들이 더 나올 겁니다. 비어있는 두 교실
에도 아이들이 다 차면 좋겠어요."

현장 모니터링을 나와 보니 놀이터에 대한 교사들의 반응이
매우 좋았고 주민들 역시 아이들이 뛰노는 공간이라는 생각에 관
심도가 상당히 높았다. 우리가 지은 놀이터에 대한 입소문이 금

음식이 신체의 자양분이라면 교육은 삶의 자양분이다. 놀이터는 아이들의 사회화를 돕는 중요한 교육의 장이다.

방 퍼져 여러 학교에서 지어달라는 요청이 쇄도했다. 분명 놀이터 제작 프로그램이 아이들을 학교로 끌어들여 기초교육을 높이는 데 효과적인 모델이라는 것을 확인할 수 있었다. 부모들이 학교에 가라는 말을 하지 않더라도 아이들이 자발적으로 놀이터에 찾아오기 때문에 학교는 자연스레 아이들로 넘치게 된다.

우리가 놀이터를 만드는 궁극적인 이유

놀이터 제작은 일부 공정을 제외하고 한끼의식사기금 캄보디아지부의 역량으로 이루어졌다. 지부장의 재능과 아이디어에 힘입어 외부 전문가의 도움 없이 자체적으로 제작이 가능했다.

놀이터가 한 곳 완성되기까지 여러 사람의 협조와 노력이 필요하다. 우선 선정 학교 관계자 및 주민들과 회의를 거친다. 놀이터를 짓는 목적, 제작비용, 노동력, 의기투합 등 공감대를 형성해야 할 부분이 많다. 첫 번째 단계가 이루어지고 나면 그다음은 예산 분담을 결정하게 된다. 우리는 자체 역량으로 제작하기 때문에 일반 놀이터보다 비용이 저렴하다. 그렇다고 해서 우리 단체가 모든 비용을 떠안는 것은 아니다. 자재비용, 교통운반비, 숙박 및 식사비 등은 우리가 맡고 시멘트, 모래, 자갈, 발전기 대여 등은 주민과 학교 측에서 부담하게 된다.

우리는 지역 여건에 맞는 놀이터를 지으려고 노력했다. 학교마다 제작 여건이 다르다 보니 표준 부품이 없는 경우가 많았고, 그때마다 지부 직원들이 철공소를 방문하여 맞춤식으로 부품을 주문해야 했다. 그렇게 주문한 부품인데도 현장에서는 맞지 않는 경우가 있었다. 그러면 철공소 관계자를 다시 만나 새로 만들어 달라고 요구했다. 가령 회전운동 기구를 설치하는 사전실험에서 베어링이 제대로 물려 돌아가지 않으면 부드럽게 돌아갈 때까지 여러 번 공작 담당자에게 수정작업을 요구했다.

세심한 준비를 해서 제작과정에 들어가더라도 일이 꼬이는 경우가 많았다. 일부 지역에서는 학교 측에서 해야 할 일을 제대로 하지 않고 우리 제작진에게 전적으로 의존하려는 태도를 보이기도 했다. 또 훈센 스바일러 초등학교 같은 곳에서는 일한다고 나와서 술을 마시고 작업을 방해하는 주민도 있었다. 그렇지만 상당수 마을에서는 협조가 잘 이루어졌다. 로룸툭 마을의 협조는 대단했다. 작은 학교였지만 주민들의 적극적인 협조로 놀이터를 일사천리로 지을 수 있었고 모든 작업이 끝나자 주민들과 파티를 했을 정도였다.

놀이터 한 곳을 짓는 데 보름 남짓 걸렸다. 작업 단계에 돌입하면 캄보디아 지부 직원들은 매일 새벽같이 길을 나서곤 했다. 자재를 실은 차량이 오지마을에 도착하면 그때부터 지부 직원들은 하루 열 시간 이상 고달픈 작업에 매달려야 했고, 점심은 라면으로 때우는 경우가 허다했다. 현장이 오지에 있다 보니 일과를 마치고 돌아올 때면 저녁 늦은 시간이 된다. 시엠립 시내까지 족히 두 시간은 걸리는 거리다. 먼지를 뒤집어쓴 채 툭툭이로 이동하다 보면 피로감이 확 몰려온다. 결국, 지부장이 뎅기열에 걸려 입원하고 말았다. 이 병은 뎅기 바이러스를 가진 모기에 물려 발생하는 병으로 고열을 동반하는 급성 열성 질환이다.

"지독하네요. 죽다가 겨우 살아났어요."

며칠째 아무것도 먹지 못하다가 고열이 내리자 그가 첫마디로 내뱉은 말이다.

놀이터 한 곳을 완성하는 일은 상당히 고된 일이다. 놀이터 제작을 더는 하고 싶지 않을 법도 했지만, 지부 직원들은 놀이터가 완성되면 곧바로 다음 놀이터 제작에 관해 상의하잔다. 내가 좀 쉬다가 하자고 했더니 아이들의 환호성 때문에 쉴 수 없단다. 놀이터 준공식을 할 때면 아이들은 학교가 떠나가도록 기쁨의 환호성을 질러댄다. 그 함성을 들으면 쌓였던 피로가 한순간에 날아가 버린단다.

성장기에 영양실조에 빠지면 허약한 체질이 되어 질병에 취약하게 되듯이 교육 기회를 얻지 못하면 두뇌의 지식창고가 비어 장차 성인이 되어도 사회인으로서 역할을 하기가 힘들어진다. 음식이 신체의 자양분이라면 교육은 삶의 자양분이다. 우리가 놀이터를 만드는 궁극적 이유는 바로 교육에 있다.

이 놀이터 제작 프로그램을 통해 목표로 내세웠던 어린이 놀이터 20곳을 준공할 수 있었다. 놀이터는 디자인 형태에 따라 1기, 2기, 3기로 구분하여 명명했다. 처음에는 경험이 없다 보니 미흡한 점이 많았다. 하지만 사업을 거듭해 나갈수록 노하우가 쌓여 놀이터의 구조, 시설, 사용 자재 등에서 질적인 개선을 해 나갈 수 있었다. 1기 놀이터는 미끄럼틀, 철봉, 시소 등 기본적인 놀이기구로 구성되었고, 2기 놀이터는 미끄럼틀 재질을 철판에서 목재로 바꾸어 한결 부드러우면서 안전하게 놀 수 있도록 했다. 또 모래사장을 만들어 마음껏 뒹굴며 놀 수 있도록 했고, 햇볕이 많이 드는 곳에는 차양을 설치했다. 3기 놀이터 디자인은 2기 놀이터에 회전운동 기구, 정글짐을 추가하고 자재 대부분을 목재로 바꾸니 놀이터가 한층 더 좋아졌다. 알록달록하고 예쁘게 색칠된 놀이터에 아이들뿐 아니라 주민들도 환호성을 울렸다. 그렇다고

먹고사는 문제가 해결되지 않는 개발도상국에서 초등학교 졸업은 쉬운일이 아니다. 놀이터는 그런 아이들을 학교로 돌아오게 한다는 점에서 단순 놀이 시설 이상의 의미가 있다.

우리나라의 질 좋은 놀이터와 비교하면 곤란하다.

나는 놀이터 현장을 둘러보며 확실한 결론을 얻을 수 있었다. 아이들에게 급식보다 놀이터가 더 중요하다는 것을. 어린이 놀이터는 놀이문화를 통해 아이들의 사회화에 멍석 역할을 함과 동시에 개발도상국에서 초등교육의 완성도를 높여주는 데 크게 기여한다.

05

일상화된
개발도상국의 여성 폭력

슈퍼 모델도 피해가지 못하는 여성 할례

개발도상국에서 여성에 대한 폭력은 일상화되어 있다. 병원에 입원할 정도가 아니라면 여성 구타를 허용하는 아프리카 지역도 있다 하니 그 심각성을 단적으로 알 수 있다. 여성에 대한 폭력에는 물리적인 폭행이나 성폭력뿐 아니라 다양한 형태의 폭력이 존재한다. 아프리카에서 전통이라는 이름으로 오랫동안 있어 온 여성 할례는 잔인한 폭력이 아닐 수 없다.

여성 할례! 성기의 일부를 도려내는 끔찍한 이 시술의 역사는 기원전부터 시작된 것으로 알려져 있다. 할례는 여성의 인권을 훼손할 뿐만 아니라 비위생적으로 이루어지는 경우가 많아 심각한 문제이지만 지역민들의 의식이 바뀌지 않아 근절되지 않고 있다.

소말리아에서는 예전부터 여자의 다리 사이에 나쁜 정령이 있다는 해괴한 믿음이 있었다. 그래서 태어날 때부터 여성의 성기를 제거해야 한다고 생각했다. 이런 류의 괴담은 여성을 성적인 소유물로 여기는 남성 중심 사회에서 주술사가 미신적인 방법을 동원하여 사람들에게 망령 같은 이야기를 퍼트려온 것이다.

소말리아 출신의 슈퍼 모델인 와리스 디리도 여성 할례를 피해 가지 못했다. 다섯 살 무렵 그녀는 할례 전문 집시여인에 의해 끔찍한 경험을 당해야 했다. 소독도 하지 않은 녹슨 칼에 성기가 뜯겨 나간 자리는 피고름 범벅이 됐고 상처가 아물 때까지 극심한 고통 속에 지내야 했다. 한 달이 넘도록 두 다리는 묶여 있었으며 소변을 볼 때마다 타는 듯한 통증에 시달렸다. 어릴 때 겪은 상처의 후유증은 그녀가 성인이 되어서도 계속되었다. 소변이 방울방울 떨어져 볼일을 다 보는 데 10분씩 걸리다 보니 주변 사람들로부터 놀림을 받아야 했다. 생리는 공포 그 자체였다. 생리혈이 빠져나오지 못하고 고여 있던 탓에 끊임없이 흘러나왔고 통증 또한 기절할 정도로 심했다. 그런 상황을 매달 거의 열흘씩 겪어야 했으니 사는 것 자체가 고통이었다.

생리의 고통을 피하고자 와리스 디리는 피임약을 먹기 시작했다. 그러자 약의 부작용으로 가슴이 커지고 엉덩이도 커졌다. 체중도 감당할 수 없을 정도로 갑자기 불어났다. 결국, 병원을 찾아 할례 시술 후유증에 대한 수술을 받았다. 그래도 할례의 후유증은 그녀를 따라다녔단다.

최고의 슈퍼 모델의 자리에 오른 와리스 디리는 쓰라린 인생을 되돌아보며 여성 할례의 부당함을 세상에 알릴 것을 결심했다. 자신처럼 고통당하는 수많은 여성을 위해 유엔 특별인권대사 직을 수락하여 여성 할례 철폐 운동을 펼쳐 나갔다.

여성 할례 설문조사

여성 할례가 가장 심한 나라는 어디일까? 2016년 기준으로 전 세계적으로 2억 명 이상이 할례를 받고 있었는데, 아프리카와 중동 국가들 중심으로 이루어지고 있었다. 나라별 통계를 보면 소말리아가 98%로 가장 높았고, 기니 97%, 지부티 93%, 시에라리온 90%, 말리 89%, 이집트와 수단이 각각 87% 등으로 나타났다. 케냐와 라이베리아와 같은 아프리카 국가에서는 여성 할례의 문제점을 널리 홍보해서 이를 근절하는 효과를 거두었다.

나는 2013년 에티오피아에서 여성 할례가 얼마나 자행되고 있는지 조사해 보기로 했다. 자칫 민감한 반응을 불러일으킬 소지가 있고, 불만을 가진 남성들이 설문조사를 방해할 수 있어 신중하게 접근해야 했다. 아디스아바바 일부 지역과 홀레타 지역에 사는 15세 이상 65세 이하의 여성 60명을 조사 대상자로 선정했다. 직업은 사무직 여성, 고등학생, 주부, 대학생, 가정부 등으로 다양했고 21개 문항으로 구성된 설문지를 자체적으로 만들었다.

설문 결과, 전체 대상자 중 여성 할례를 받은 사람은 39명(65%)으로 나타났다. 할례를 받은 시점은 영아 26명, 10대 이

전 9명, 사춘기 4명이었고 성인 및 결혼 직전에는 한 명도 없었다. 시술받은 장소는 집이 압도적으로 많았고 병원에서 받은 경우는 단 한 명도 없었다. 누구로부터 시술을 받았느냐는 항목에서 마을 노인 49%, 할례 전문 여인 41%, 간호사 2%, 기타 7%로 나타났다.

할례를 받은 후 겪었던 합병증에 대한 질문에는 이상 없음 51%, 생리 장애 21%, 골반 통증 8%, 감염 2% 순으로 나타났다. 이 부분은 반수 가까이가 영아시기에 시술을 받았기 때문에 어떤 후유증을 앓았는지 정확히 판단하기 어려웠을 수 있다.

할례를 받은 여성의 부모에 대한 조사에서 아버지의 학력은 초등학교 15명, 중·고등학교 14명, 대학교 이상 9명으로 나와 부친의 교육 정도와 여성 할례는 상관관계가 없었다. 반면 어머니의 학력은 초등학교 20명, 중·고등학교 3명, 대학 이상 9명으로 나와 상대적으로 저학력의 가정에서 할례 시술이 많았던 것으로 나타났다. 가정의 경제적 수준에 관한 질문에서는 중류층이 가장 많았다.

할례에 대한 종교적 영향에 대해서는 전체의 3분의 1은 있다고 보았고, 3분의 2는 그렇지 않다고 답하여 종교적 의식이라는 인식은 상대적으로 약했다. 할례를 받아야 하는 이유에 대한 질문에는 부족의 전통이라고 답한 경우가 압도적으로 많았다. 여성 자신이 할례를 받은 것에 대해 어떻게 생각하느냐는 질문에는 단 4명의 여성만이 기쁘게 받아야 한다고 여겼고 대다수는 무응답

이거나 후회한다는 반응을 보였다.

여성 할례를 근절해야 하는 이유에 대해서는 두 가지 이상 복수의 답을 하도록 했다. 의학적인 부작용 35%, 미신적 관습의 철폐 24%, 여성 인권침해 23%, 남녀차별 철폐 13%, 고통스럽기 때문에 5% 순으로 나타났다. 여성 할례를 근절하기 위해 어떻게 하면 좋은가에 대한 항목에서는 여성 인권 강화, 다양한 교육, 의학적 위험성의 홍보 등이 골고루 나왔다.

설문조사를 하면서 내가 만난 한 여성은 이 시술에 대해 강한 거부감을 나타냈다.

"시술을 받다가 너무 고통스러워 졸도했어요. 이보다 더 큰 폭행은 없어요."

그 여성 역시 와리스 디리처럼 소변 장애 등의 후유증이 남아 있었다.

비록 표본이 작은 규모의 조사였지만 에티오피아에서 조사한 결과는 유엔 및 국제기구에서 실시한 조사들과 그 결과가 크게 다르지 않았다. SDGs의 다섯 번째 목표인 '양성평등 달성 및 모든 여성과 소녀의 권익 신장' 측면에서 볼 때 아직 갈 길이 요원하다는 생각이 든다. 상당수 아프리카 국가의 정부는 오랜 악습을 없애기 위해 여성 할례 철폐의 날까지 지정해 홍보하고 있지만, 그 장벽은 쉽게 깨지지 않고 있다.

차우파디로 희생당하는 여성들

네팔에서 여성들이 어이없게 사망하는 사건이 종종 뉴스에 나온다. '차우파디(Chaupadi)'가 그 원인이다. 이는 생리 중인 여성의 월경혈이 신을 분노케 한다는 힌두교 사상에 기반을 둔 오랜 풍습으로, 생리 기간이 되면 여성을 창이 없는 외양간이나 움막 같은 곳에 격리된 채 지내게 하는 것이다.

차우파디는 주로 네팔 서부지역에서 만연하며, 그쪽 지역에서 사고가 발생하는 기사가 종종 나오고 있다. 아참 지구의 한 마을에서는 생리 중인 15살 소녀가 질식사하는 사고가 발생했다. 힌두교의 악습인 차우파디 중 추위를 달래기 위해 불을 지핀 것이 문제가 되었다. 다일레크 지역에서는 생리 중 격리되어 외양간에서 잠자던 18세 여성이 독사에 물려 숨지는 사건이 발생했다. 또 세티주 바주라 지역에 거주하던 35세 여성은 영하의 날씨에도 불구하고 생리를 한다는 이유로 9세와 7세 아들과 함께 오두막에 격리됐다가 다음 날 숨진 채 발견되기도 했다.

근거 없는 미신적인 관습이 사회발전에 악영향을 미치게 되자, 네팔 대법원은 2005년 차우파디를 불법이라고 판결하기에 이르렀다. 2008년에는 근절을 위한 지침을 공표하고 캠페인까지 벌였으나 아참, 도티, 바주라와 같은 곳에서는 여전히 횡행하고 있다.

미국 국무부의 보고서에 따르면 2010년 기준으로 15세 이상 49세 이하의 네팔 여성 19%가 이 악습을 지키고 있으며, 중부와 서부 등 일부 지역에서는 그 비율이 50%에 육박하는 것으로 나타났다. 아참 지구의 한 공무원은 이 지역 여성 13만8천 명 중 70% 이상이 차우파디를 지키고 있다고 밝혔다. 이렇게 되자 여성 문제 담당 공무원인 아니타 기아왈리는 "종교와 부모가 이 풍습을 강제하고 있다."라며 차우파디 때문에 어린 소녀들은 자신의 생리에 죄책감을 느낀다며 개탄스러워했다.

차우파디에 대한 경험담

2018년 10월 나는 낡은 밴을 타고 카트만두 외곽 언덕길을 오르고 있었다. 일련의 여성 그룹과 차우파디 간담회를 열기 위해 길을 나섰다. 주변의 잎이 무성한 나무에서 "삐리삐리" 하고 이름 모를 새소리가 정겹게 들리니 기분이 상쾌했다. 그러나 잠시 후 내 입에서 탄식 소리가 나왔다. 평탄하던 비포장길이 갑자기 요철이 심해졌다. 차의 바퀴가 빠졌다가는 여간해서 헤어나지 못할 것 같은 구덩이들이 지뢰밭처럼 깔려 있었다. 오르막을 겨우겨우 헤쳐 올라가니 조용한 마을이 나왔다.

부다니칸타 13지역 행정당국 회의실에 다양한 연령대의 다른 카스트에 속하는 여성 15명이 모였다. NGO 실무자인 바와나도 현장에 도착했다. 이날 모임은 차우파디를 어떤 식으로 치르고 있는지, 차우파디에 대해 어떻게 생각하는지, 앞으로도 지속할 것인지에 대해 문답하는 일종의 간담회였다. 그날 대화를 요약하면 다음과 같다.

먼저 한 여성 그룹이 자신들의 경험을 말했다. 체트리와 바르민지역에서 온 사람들이었다. 초경을 하게 되면 22일 동안 태양과 남성을 보지 못하는 외딴곳에 격리된단다. 두 번째 생리 때가 되면 15일간, 세 번째 생리 때는 7일간 격리된단다. 차우파디 마지막 날에는 정화의식을 치른다. 격리 기간에는 학교엔 갈 수 있지만, 물이나 채소 등은 만질 수 없고 부엌에도 들어가지 못한다고 한다. 네 번째 생리 때부터 5일 동안 차우파디를 치르는데 그때도 남성과 접촉할 수 없고 부엌에 들어가지 못하고 사찰과 종교의식에 참여할 수 없다. 4일째 되는 날 여성은 목욕하고 옷을 깨끗하게 빨아 입고, 5일째가 되면 일상적인 생활로 돌아간단다.

그들에게 차우파디를 지키는 것이 당연하다고 여기는지 물었다. 그러자 대부분 동의했다. 한 여성은 처음 차우파디를 치러야 했을 때 집으로부터 격리되어야 한다는 사실에 너무 화가 났다고 말했다. 하지만 지금은 집안일을 하지 않고 그냥 쉴 수 있어서 이 전통을 즐긴다고 했다. 예전에 비해 엄하지도 않아 지금은 채소를 만지고 남성과도 접촉이 허용된다고 했다. 그래서 이 정도면 차우파디를 지키는 것이 좋다고 여겼다.

다음은 네왈 공동체 그룹에서 온 여성들이 경험담을 내놓았다. 격리 기간에는 약간의 차이가 있었지만 앞선 그룹의 경험과 유사했다. 12세 이전의 소녀는 '구파'라는 공동체 의식을 치른단다. 이때 12일 동안 격리되고 그 기간에 태양과 남자를 보지 못하고, 채소를 만지지 못하며 부엌과 집에 들어가지 못했다. 역시 사찰에 들어가지 못하고 죽은 사람에 대한 제사에도 참여하지 못했다. 반면에 불교 그룹에서 온 여성들은 생리 기간에 어떠한 종류의 차우파디도 따르지 않는다고 말했다. 그런 전통을 따르지 않는 것은 잘못된 것이 아니라고 여겼다.

간담회를 마치고 돌아오는 길에 나와 동행했던 바와나에게 차우피디를 치른 경험이 있느냐고 물으니 고개를 끄덕였다. 자세히 듣기를 원한다고 하니 그녀는 자신의 체험을 말로 하고 싶지 않다며 장문의 이메일을 보내왔다.

제 가족과 조상들은 오래전부터 차우파디를 지켜왔어요. 저는 14세 때 첫 생리를 시작했어요. 일요일 아침에 목욕하는데 몸에서 이상한 현상이 일어나는 것을 느꼈고 뭔가 불길한 일이 일어나는 공포감에 빠져 마구 소리를 질러야 했어요. 그때 어머니는 조용히 다가와 저를 진정시켜주셨어요. 어머니는 정상적인 일이라며 웃으시며 "이제 너도 의식을 치러야 하겠구나."라며 모호한 말을 하셨지요. 그 길로 저를 격리할 장소와 시기에 대해서 집안의 아주머니들과 의논하셨어요. 우리 집 근처에는 제가 지낼 만한 공간이 없어 결국 우리 집 땅바닥에 격리하는 것으로 결정했어요. 가족들은 빛이 들어가지 않도록 두꺼운 커튼을 쳤어요. 남동생은 움막으로 들어가는 저를 쳐다보며 자신을 절대로 쳐다보지 말라며 경고했어요. 신이 강한 저주가 내릴 거라고 말이죠. 어머니와 집안 아주머니들은 15일간 격리하기로 했어요.

저는 격리되었고, 식사 때마다 가족은 음식을 밀어 넣어 주었어요. 그때마다 저는 매우 부끄러웠어요. 낮에는 때로 자매들과 친구들이 간식거리와 '가타(Gattaa)'라고 불리는 게임기 등을 들고 찾아와 주었어요. 하지만 낮에도 바깥출입은 허용되지 않았고 화장실도 마음대로 갈 수 없었어요. 그런데 변화가 일어났어요. 아버지께서 제가 5일 만에 격리를 풀고 나오도록 결정하셨어요. 당시 제가 6학년 첫 학기말 시험을 치를 때였어요. 어머니는 이 결정에 반대하셨지만, 아버지의 뜻은 확고했지요. 다만 나머지 차우파디 10일 동안 저는 부엌에는 들어갈 수 없었습니다. 가족 외의 남성들을 대할 수 없었고 또 사찰에 가서 조상을 숭배할 수도 없었지요. 마지막 15일째 날 집안의 무당이 찾아와서 저를 위한 정화의식을 치러졌고, 그때부터 집안의 남자들이 옷과 화장품 그리고 약간의 돈을 선물로 주었어요. 저는 정상적인 생활로 돌아갈 수 있었어요.

처음 아버지께서 획기적인 결정을 내리셨을 때 집안의 친척들과 이웃 사람들은 큰 충격을 받았어요. 차우파디를 따르지 않고 마음대로 딸을 풀어주면 가족에게 큰 저주와 불행이 생길 것이라고 경고를 했었지요. 그렇지만 아버지는 아랑곳하지 않으셨고, 저는 학기말 시험을 끝까지 잘 치를 수 있었어요.

그녀의 부친이 취한 조치를 두고 마을 사람들은 각자의 생각을 밝히며 쑥덕거렸다고 했다. 일부 사람들은 차우파디 기간을 바꿀 필요가 있다고 인정했고, 또 어떤 사람들은 오래된 전통을 깨뜨린다며 비난했단다. 아무튼, 계속된 아버지의 조치로 바와나는 두 번째 생리 기간에도 격리되지 않았다고 했다. 다만 채소를 만지거나 남자를 만나거나 부엌이나 사찰에 들어가는 것은 허용되지 않았다.

바와나는 차우파디와 관련하여 한 가지를 깨달았단다.

"오래된 전통이라도 타파할 필요성이 있으면 부수고 나갈 수 있어야 해요. 제 일로 마을 사람들이 반발하는 바람에 제 가족은 한동안 힘든 시간을 겪었지만 결국 사람들도 서서히 변화를 받아들이게 되었어요. 변화는 결코 쉬운 일이 아닙니다. 딸을 지키고자 하는 제 아버지의 용기는 우리 사회에 커다란 격려를 보내 주었다고 생각해요. 이제 많은 가정에서 생리 기간에 딸을 강제로 격리하지 않고 지낼 수 있어요."

여성평생교육센터를 운영하다.

유네스코 보고서에 따르면 네팔 여성의 45%가 문맹이다. 남성 문맹보다 두 배 이상 높은 수치다. 가난할수록, 교육 기회가 부족할수록 여성 차별은 더 심해진다. 차우파디가 근절되지 않는 네팔의 서부지역에서 치러진 지방선거에 출마한 여성 후보자 다수는 차우파디와 같은 성차별 관습에 맞서 싸우기 위해서 여성들을 교육해 자립할 수 있게 해야 한다며 고등학교까지 여성 교육 의무화를 약속하기도 했다. 한끼의식사기금에서는 남서쪽 카필바스투의 현지 NGO와 연대하여 문맹 여성들을 위한 여성평생교육센터를 운영해 오고 있다. 현장을 방문하여 담당 선생님과 보건위생 수업에 관한 대화를 나눈 적이 있었다. 내가 의사다 보니 다른 과목보다 더 관심이 갔다. 거기서 '차우파디'에 관한 이야기를 처음으로 듣게 되었고 수업 커리큘럼에 넣어 보자고 하니 선생님이 좋다고 찬성했던 기억이 난다.

농사일을 병행해야 함에도 여성평생교육센터에 나오는 시골 여성들의 열의가 대단하다. 주 6일간 매일 두 시간씩 네팔어, 수학, 기초영어, 보건 수업을 들어야 한다. 참가자들의 연령대는 사춘기 소녀에서부터 중년 이상의 나이든 여성들까지 다양하다. 그들에게 수강한 이후 어떤 점이 달라졌느냐고 물었더니 많은 이들이 새로운 인생을 사는 기분이라고 했다.

"제 남편은 인도에서 일하고 있어 주로 휴대폰으로 연락을 주고 받아야 해요. 글자를 읽을 수 있게 되면서 문자도 보낼 수 있고 영상 통화도 할 수 있게 되었어요. 정말 좋아요."

"여성평생교육에 참가한 뒤로 손자의 숙제를 도와줄 수 있게 되었어요. 이것이 제겐 가장 감사한 일이에요."

"저는 글자를 읽게 되면서 더는 길을 잃지 않아요. 예전에는 표지판을 읽을 줄 몰라 낯선 동네에 가면 길을 헤매기 십상이었거든요. 버스 안내판도 읽을 수 있게 되어서 버스를 잘못 타는 바람에 곤란에 처하는 상황도 더는 없어요."

그들은 스스로 자각하면서 삶이 새롭게 바뀌고 있었다. 오프라 윈프리는 불우한 환경에서 자란 여성들에 대한 애정이 매우 크다고 밝혔다. 자신도 그렇게 자란 탓이리라. 자신의 저서에서 '배움이야말로 자유를 위한 열린 문이며, 황금이 담긴 항아리로 우리를 인도해 줄 무지개라고 믿고 있다.'라고 적었다. 여성 할례와 차우파디 등 지구촌의 여성 차별적인 악습들을 근절하려면 아직 갈 길이 멀다. 민족 고유의 전통을 지킨다는 명목으로 잘못된 문화를 끊지 못하는 경우도 많다. 그것들이 여성을 향한 폭력을 정당화시키는 구실에 불과한 것인데도 말이다.

그동안 내가 만나본 개발도상국 여성들은 대부분 자기희생적이었다. 비합리적인 자기희생적 태도는 버려야 한다. 자기자신의 정체성을 깨닫고 가치관을 확립하는 데 방해 요소가 된다. 여성평생교육과 같은 기회를 통해서 무조건적 양보와 희생이 불평등과 편견에 의해 강요된 산물임을 자각할 수 있어야 한다. 우리는 누구에게나 한 아름의 물감을 들고 '인생'이라는 캔버스 위에 서 있다. 각자의 삶을 그려나가는 예술가들이라고 할 수 있다. 그 캔버스 위에 아름다운 그림을 그리고 싶어 하는 한 NGO 활동가가 다음과 같은 말을 남겼다.

"한 소년을 교육하면 어린이 한 명을 교육하는 것이지만, 한 소녀
를 교육하면 그녀는 자신뿐 아니라 가족의 다음 세대까지 그 교
육을 전달할 것입니다."

06

덴디 세르파와
그의 꿈나무들

다시 그곳으로

구호현장 방문, 구호사업 분기 보고서, 직원 채용, 오프라인 캠페인 등. 내가 할 수 있는 일이 많다는 생각에 가끔 희열을 느낀다. 빈 날이 보이지 않는 메모장을 살펴보는 것은 스트레스보다 즐거움으로 다가온다. 그런데 어느 날 아침에 눈을 뜨니 기침이 나왔다. 여러 일이 겹쳐져 몸이 감기 증상으로 거부반응을 나타낸 것이었다. 오한과 근육통을 동반하면서 기침과 콧물이 급속도로 심해졌다. 뭔가 이상하다는 기분이 들어 검사를 해보니 인플루엔자 양성반응이 나왔다. 큰일이었다. 의사가 인플루엔자에 걸리면 환자들에게 옮길 수 있는데……. 일인다역은 고사하고 모든 일정을 연기하고 며칠 휴식을 취할 수밖에 없었다.

나는 인플루엔자에서 회복되자마자 네팔로 향했다. 공항에는 CDCA(Center for disabled children assistance)센터 대표인 덴디 세르파가 마중을 나왔다. 어둑어둑한 불빛 속에서 우리는 서로를 향해 다가갔다.

"나마스떼!"

그의 구리빛 얼굴은 반가움으로 가득 차 있었다. 차를 타기 위해 도로에 나서니 인플루엔자 후유증 때문인지 코가 예민해졌다. 사실 카트만두의 대기오염은 세계 어느 곳보다 심각한 편이다. 차 안 공기도 좋지 않아 목 안에 가래가 낀 듯이 끈적거렸다. 내가 기침을 하자 덴디 세르파 역시 가래 섞인 기침을 해댔다.

"여기는 날이 갈수록 공기 질이 나빠져요. 마스크 없이 외출했다가 집에 돌아와 침을 뱉으면 시커먼 가래가 섞여 나와요."

CDCA센터는 장애 아동과 문맹 여성들을 위한 현지 NGO이다. 가난하고 소외된 이들이 당당하게 살아갈 수 있도록 교육하고 지원하는 곳으로 2010년부터 한끼의식사기금과 파트너십을 맺고 일 대 일 아동결연, 독서교육, 장애아 의료지원, 여성평생교육 등의 프로그램을 진행하고 있다. 덴디 세르파는 센터의 운영자금 확보를 위해 소규모 의류제작소를 운영하고 있으며, 직접 트레킹 관광회사를 설립하여 자금을 충당해 나가기도 한다.

CDCA센터에는 장애 아동 40여 명이 거주하고 있다. 선천적 장애를 안고 세상에 나온 아이들도 있고, 어릴 때 사고로 인하여 장애아가 된 아이들도 있다. 부모의 부주의로 아이가 화상을 입었지만, 제때 치료를 받지 못한 채 방치되다가 나중에 절단 수술을 받아야 하는 안타까운 경우도 많다. 그렇지만 아이들은 모두 적극적으로 생활하고 있다. 아침과 저녁을 직접 해결한다. 또 텃밭을 가꾸기, 렌틸콩 손질하기, 빨래하기는 각자의 신체조건에 맞게 역할을 분담하고 있다.

매일 저녁이 되면 자체 물리치료사가 장애아들을 돌본다. 이 시간은 아이들에게 회복의 시간이자 동시에 고통의 시간이다. 물리치료는 육체적으로 고되고 인내와 끈기를 요구한다. 우수한 치료기구는 없지만 주어진 상황에서 최선을 다하는 물리치료사와 아이들의 모습을 보며 작은 것에도 불평하며 살아가는 우리 모습이 떠올라 부끄럽기도 했다. 가네쉬 푼은 처음 CDCA센터에 왔을 때는 네 발로 기어다녀야 할 정도로 몸이 불편했던 아이였지만 물리치료를 열심히 받아 지금은 두 발로 걸어 다닐 수 있게 됐다.

대견스러운 아이들

뎬디 세르파는 모든 것을 아끼라고 강조한다. 일교차가 큰 요즘 낮에는 온도가 23, 24도까지 올라가지만, 새벽에는 5, 6도까지 떨어져 한기가 몸속으로 파고든다. 하지만 센터 내에 난방

시설은 없었다. 태양열 패널을 설치했지만, 꼭 필요한 만큼의 따뜻한 물과 컴퓨터를 돌리는 정도밖에 활용할 수 없단다.

나는 아이들을 만날 때마다 장애를 안고서도 미소를 잃지 않는 모습에 감동한다. 여기서 몇몇 아이들을 소개하고자 한다.

카미 세르파는 척추 기형 때문에 걸을 수 없는 상태였다. 그가 태어난 오칼둥가는 네팔의 오지 가운데 하나이며 지역 개발이 저조하고 지형도 험난하여 보건시설이나 병원이 전무했다. 그의 부모는 교육을 받지 못해 경제적으로 매우 가난했다. 부모는 마을 주술사에게 아이를 데려가 고쳐달라고 매달렸고 여러 전통적인 방법으로 치료를 받았지만 카미 세르파의 상태는 심해졌다. 걸을 수 없게 되면서 학교에 가는 것도 포기해야 했다.

어느 날 덴디 세르파가 트레킹 가이드로서 오칼둥가 지역을 지나다가 카미 세르파의 딱한 사정을 접하게 되어 아이를 CDCA 센터로 데려오게 되었단다. 그때부터 정기적으로 병원에 다니면서 꾸준히 재활치료를 받게 되니 스스로 조금씩 걸을 수 있게 되었다. 또 보조기를 착용하고 학교도 다닐 수 있게 되었다. 어린아이가 부모와 떨어져 사는 것보다 불행한 일은 없을 것이다. 그러나 CDCA 센터가 있기에 카미 세르파는 언제나 미소를 잃지 않는다.

프라딥 구룽은 한끼의식사기금에서 최초로 의료비를 지원하여 재활수술을 성공적으로 마칠 수 있었기에 애정이 남다르다.

프라싼띠 초등학교 클래스 Ⅳ(한국의 초등학교 4학년)에 다니고 있는데, 이미 몇 번 그를 만났다. 내가 웃으며 다가가자 프라딮도 내게 미소를 지으며 인사를 했다. 그러고는 저쪽으로 뛰어가다가 멈추고 서서 나를 쳐다보았다. 따라오라는 뜻이었다. 뭔가 보여 주고 싶은 것이 있는 듯했다. 뒤를 따라가 보니 미니 농구코트가 나왔다. 그는 농구공을 들고 나타나 날쌘 솜씨를 자랑하기 시작했다. 한 손으로 농구공을 빙글빙글 돌리더니 골대를 향해 공을 힘껏 던졌다. 이어 점프슛까지 하는 게 아닌가! 좀 어설퍼 보이기는 하지만 자신의 그림자를 가상의 수비수로 놓고 열심히 드리블했다.

"우와~ 대단하구나!"

프라딮은 HRDC병원(장애를 입은 소아청소년들의 외과수술과 재활치료로 특화된 유명한 병원)에서 두 번의 화상재건수술과 재활치료를 받았다. 어릴 때 펄펄 끓는 물 속에 빠진 후유증으로 손가락이 들러붙어 전혀 기능할 수 없던 손이었다. 치료가 잘 되어 멋진 농구 기술을 구사할 수 있게 되었다. 멋진 묘기가 끝난 후 그의 손을 잡아 보니 조그만 손에서 온기가 느껴졌다. 나는 엄지손가락을 치켜세워 주었다.

"프라딮 최고야!"

CDCA 10주년 기념행사에서 축하 공연을 하고 있는 부미카의 모습. 큰 고통을 겪었던 아이의 미소가 천사처럼 아름답다.(왼쪽 사진)

재활수술을 성공적으로 마친 프라딮 구룽. 프라딮 구룽은 한끼의식사기금에서 최초로 의료비를 지원하여 재활수술을 받은 아이다.(오른쪽 사진)

　　CDCA센터에 들어서면 아이들과 하나가 된 것 같은 기분이 든다. 하나가 된다는 것은 상대방 마음속에 내 마음이 녹아들어 서로 통하는 것을 의미한다. CDCA센터에는 나와 눈빛으로 이야기를 나누는 아이가 있다. 두 다리가 없는 여덟 살 소녀 부미카다. 히말라야 동쪽 마을에서 태어나 생후 한 달도 채 되기 전에 화상으로 두 다리를 잃었다. 간질을 앓던 엄마가 음식을 하다가 쓰러지면서 안겨 있던 아이는 그만 불 속으로 떨어졌다. 부모는 의식을 잃은 아이를 죽은 것으로 여겨 병원에 데려갈 생각을 못 했는데 어린 생명은 살아났다. 하지만 화상이 창상감염으로 악화해 생후 6개월 만에 아이는 두 다리를 잃고 말았다. 절단 수술 이후에도 세 번의 큰 수술을 더 치러내야 했다고 한다.

부미카의 부모는 아이를 키울 능력이 없어 아이는 네 살 무렵 CDCA센터로 보내졌다. 고통 속에서도 웃음을 머금고 있는 어린 소녀의 모습은 사람들에게 탄성을 자아내게 한다. 웃는 모습이 천사처럼 아름답다. 엄청난 고통을 겪어야 했던 어린 생명이 어떻게 태양보다 밝고 수정보다 맑은 모습을 보일 수 있을까?

부미카는 땅바닥에 붙어 기다시피 생활해 왔다. 높이가 있는 의자에 앉을 때는 누군가가 들어 올려주어야 한다. 센터 사무실에서 같이 있던 부미카가 내가 잠시 다른 일을 하는 사이에 없어졌다. 창밖을 내다보니 원숭이처럼 땅에 두 팔을 집고서 저쪽으로 쏜살같이 사라져 가는 것을 볼 수 있었다. 마음이 아팠다. 그런 부미카에게 기적이 일어나는 중이다. 3D프린터 기술을 통해 인공관절과 다리가 이 소녀의 신체 일부가 될 예정이다. 조만간 자유롭게 관절 운동까지 할 수 있다고 하니 부미카는 크게 기대하는 모습이다. 호주의 학부모들이 인공관절과 다리에 들어가는 큰 비용을 십시일반 모았단다.

덴디 세르파의 꿈

덴디 세르파는 손에 들고 있던 청사진을 내게 펼쳐 보였다. 청사진에 나오는 지점을 손가락으로 가리켰다.

"지금은 아무것도 없는 풀밭이지만 미래에는 스포츠 시설로 바

뛸 거예요."

그는 잡초만 무성한 풀밭을 장애아들에게 특화된 체육시설로 만들고 싶은 열정을 가지고 있었다. 내가 그를 신뢰하게 된 것은 일에 대한 열정뿐 아니라 드라마 같은 그의 인생사에 있다. 텐디는 1969년 히말라야 에베레스트 산 근처인 솔루쿰부 지역의 탭핑 마을에서 태어났다.

"제 삶은 태어날 때부터 순탄하지 못했지요. 제가 18개월 때 어머니가 돌아가시는 바람에 동네 아주머니들이 돌아가면서 저에게 젖을 물렸어요. 아버지마저 제가 아홉 살 때 먼 지방으로 떠나셨고 남은 사람이라고는 할머니뿐이었습니다."

그는 여섯 살 때부터 일을 시작했단다.

"아무것도 모를 나이에 남치바자르와 루크라에서 야크(티베트와 히말라야에서 주로 사육되는 소)를 돌보며 버터와 우유를 팔았어요. 열네 살 때 접시닦이 일을 했고, 그 후에는 릭샤 운전사로 일을 이어갔어요. 히말라야 근처에서 태어난 것은 어찌 보면 제게 큰 행운이었습니다. 그곳은 전 세계의 사람들이 모이는 곳이잖아요. 저는 히말라야를 찾는 외국인 그룹을 따라다니며 포터로서 삶을 시작하게 되었지요."

CDCA센터의 대표 덴디 세르파. 그는 아무런 희망도 없이 버려진 아이들, 장애를 입은 아이들을 위해 일하고 있다.

1990년 프랑스의 한 원정대와 일하던 덴디 세르파에게 전환점이 찾아왔다. 에베레스트 산행 중 원정대는 악천후에 길을 잃고 위험에 빠지게 되었는데, 덴디가 기지를 발휘하여 대원들을 안전하게 인도했다고 한다. 감사의 표시로 원정대장은 그를 프랑스로 초청했고, 덴디는 6개월 동안 프랑스에 머물면서 유럽 문화를 체험했다. 프랑스인들은 덴디를 보면 볼수록 그가 명석하다는 생각을 하여 그 후 매년 그를 유럽으로 초청을 했단다. 덕분에 그는 10여 국가를 방문할 수 있었고 문화적 배경이 다른 유럽 사람들을 만나 지식과 경험을 쌓았다. 그 과정에서 고아와 장애인들이 그의 눈에 들어왔고, 그들을 돕고 싶은 마음은 점점 자라났다고 한다.

"저는 정식으로 학교에 다녀 본 적이 없습니다. 그렇지만 저는 교육 전문가가 되고 싶었어요. 아무런 희망도 없이 버려진 아이들을 볼 때마다 불우했던 저의 어린 시절이 생각났어요. 특히 장애를 입은 아이들은 스스로는 아무것도 할 수 없잖아요. 그들을 위해 일을 하고 싶은 마음에 NGO 쪽으로 삶의 방향으로 잡게 되었어요."

2006년, 덴디는 땀 흘려 모은 돈으로 그의 꿈이었던 CDCA 센터를 열었다. 덴디 세르파는 행동을 강조한다. 말이 앞서면 정형화되기 쉽고, 실천이 따르지 않는 말은 공허한 메아리일 뿐이라고. 그의 생각에 100% 공감한다. 그는 지상에서부터 유토피아를 건설해야 한다고 말한다.

"많은 사람이 무미건조한 삶을 살아가고 있어요. 욕심과 걱정으로 차 있어요. 이런 인생은 유토피아와는 거리가 멀어요."

지상 낙원을 어떻게 이룰 수 있냐고 묻자, 덴디는 말했다.

"우리는 누구나 세상을 떠날 때 빈손으로 떠나야 해요. 모든 것을 두고 가야 하지요. 그러니까 이 세상에 살아 있을 때 유익한 일을 해야 해요. 각자가 조금씩 유익한 일을 해서 합치면 그게 유토피아가 되는 길이지요."

그가 말하는 지상 낙원은 곧 평화로운 세상의 구현이었다. 덴디 세르파는 지상에서 유토피아를 실천하려고 노력하는 자만이 천국에 들어갈 수 있다고 믿는다. 어쩜 그렇게 나와 생각이 같을까……

반정부 시위대를 뚫고 신두팔촉으로

CDCA센터에는 프로젝트 매니저 푼야 라이가 있었다. 그는 파트 타임으로 업무를 보면서 잡지를 발행하는 편집자 겸 저널리스트이기도 했다. 해박한 지식을 가지고 있는 푼야와 네팔의 정치와 경제 상황에 대하여 대화를 나누게 되었다. 이 나라는 인도와 중국 사이에 끼인 소국이라 양 대국의 눈치를 볼 수밖에 없다. 인도로부터 전체 물자의 70%를 수입하기 때문에 특히 인도 정부의 눈치를 보지 않을 수 없다.

네팔 대지진으로 인해 막대한 피해를 본 가운데 엎친 데 덮친 격으로 인도가 국경을 봉쇄했던 때가 있었다. 그러자 석유, 가스, 의약품을 비롯한 생필품 전체가 품귀현상을 빚게 되었고 네팔의 물가는 가파르게 올라갔다. 봉쇄 이전에는 리터당 1달러 정도 하는 휘발유 가격이 4~5달러로 치솟았고, 전력난도 가중되어 하루 평균 열 시간이 넘도록 정전이 이어졌다. 푼야는 국경봉쇄가 개정된 헌법과 연관이 있다고 말했다. 네팔 정부는 기존의 13개로 나뉘어 있는 행정 단위를 일곱 개의 주로 나누는 연방공화제 헌법으로 변경했다. 그러자 남부의 마데시족은 자치권을 잃을 처지가 됐고, 이 때문에 그들은 인도로 통하는 국경을 봉쇄하고 반정부 무력시위를 벌여왔다.

"마데시족이 국경을 막는 이유는 뭔가요?"
"그들은 역사, 문화적으로 인도와 깊은 유대관계를 가지고 있어요. 인도의 국경봉쇄는 마데시족을 지원하고 네팔에서 영향력을 계속 행사하기 위함이라고 봐야겠지요."

네팔 곳곳에서 수시로 시위가 벌어지고 있었다. 푼야 말에 따르면 시위가 발생하는 이유는 헌법 개정의 여파와 열악한 삶에 지친 서민들의 울분, 그리고 정치적인 불안정 등이 맞물려 있다고 했다.
경제난이 가중되면 서민들의 삶은 더 어려워질 수밖에 없다. 이런 와중에 정치인과 관료들은 암시장을 통해 물자를 내키는 대로 구매하는 등 부패가 기성을 부리고 있다며 푼야는 흥분했다. 네팔은 마오주의 중앙공산당 총리가 국정을 장악하고 있었다.

"사람들은 왜 마오이스트 정부를 지지하고 있나요?"
"제가 보기에 다소 이질적인 이유들이 있다고 봅니다. 기존 정부가 너무 무능하고 부패를 일삼으니까 마오이스트라도 가난한 사람들을 구제해 줄 수 있을까 하는 기대심리가 일부 있고요…….
그들은 무력을 앞세워 사람을 죽이기도 해 공포심 때문에 어쩔 수 없이 인정하는 면도 있어요."

다음날 푼야를 또 만났다. 그가 걱정되는 일이 생겼다고 했다. 일행이 신두팔촉으로 떠나기로 예정되어 있던 날에 네팔 전역에서 반정부시위가 예고됐다는 것이었다. 네팔에서는 시위가 매우 격렬하여 학교와 상점은 문을 닫고 차량도 거리에서 자취를 감춘단다. 자칫 시위대로부터 돌멩이와 화염병 세례를 받아 차량이 심하게 파손되거나 심지어 불에 탈 수도 있기 때문이라고 한다.

일정상 여유가 없던 나로서는 낭패가 아닐 수 없었다. 덴디 세르파 역시 어떻게 하는 것이 현명한 판단인지 결정을 내리지 못했다.

"동이 트기 전 새벽에 신두팔촉으로 떠나면 시위가 벌어지기 전이라 괜찮지 않을까요?"

나의 제안에 덴디가 렌터카 기사들에게 연락을 취해 보았다. 그러나 모두 거부한다는 답변만 돌아왔을 뿐이었다. 어떤 기사는 위험하다며 거절했고, 어떤 기사는 잠을 자야 한다며 거절했다. 뾰족한 대안이 없자 당일 사정을 지켜보며 계획을 변경할지 결정하기로 했다.

다음날 도시의 새벽 공기는 겨울 외투처럼 무겁게 느껴졌다. 불길한 예감에다 지독한 매연이 더해진 탓이었다. 사방은 적막한 가운데 들리는 째깍째깍 시계 소리가 긴장을 고조시켰다. 아직 여명의 빛이 들어오지 않은 도시는 비밀리에 뭔가가 진행되고 있는 분위기였다. 그때 덴디 세르파로부터 연락이 왔다. 휴대폰 속 그의 음성이 밝게 들렸다.

"신두팔촉으로 갈 수 있겠어요! 정부가 시위대의 요구를 들어 줄 것이라는 소문이 돌면서 과격한 시위가 일어나지 않을 것이라고 해요."
"다행입니다. 그래도 알 수 없으니 서둘러 도시를 빠져나갑시다."
"좋습니다."

일행이 거리에 나서니 차량은 거의 보이지 않고 곳곳에 무장한 군인과 경찰들이 분주히 움직이고 있었다. 누가 쫓아오기라도 하듯 우리 일행은 급히 카트만두를 빠져나갔다.

행복을 선물하기 위한 길

신두팔촉의 빔타르 마을에 도착했다. 주변을 흐르는 트리베니강이 범람하여 주민들이 고통을 겪고 있었다. 홍수로 인해 애써 일궈놓은 밭이 한순간에 초토화되어 버렸단다. 최근 몇 해 동안 이런 일이 반복되자 주민 일부는 도시로 떠나갔다.

주민 몇 사람과 대화를 가졌다. 그들의 가장 큰 고통은 식수 문제라고 했다. 주변에 강이 흐르는데 왜 식수가 문제인가? 지진으로 인해 식수공급시설과 파이프라인이 다 망가졌고, 마을이 고지대에 있어 물이 있는 곳까지는 경사진 길을 몇 시간씩 이동해야 하는 어려움이 있다고 설명했다. 마침 한 여인이 물 항아리를 등에 메고 언덕길을 올라오고 있었다. 날씨가 별로 덥지도 않은데 얼굴에 땀이 송송 맺혀 있었다.

이번 신두팔촉 방문길에는 CDCA센터의 자원봉사자 소빈다가 동행했다. 그 역시 한쪽 팔이 없는 장애인이지만 한 손으로 모든 일을 척척해 냈다.

"저 친구는 유명한 장애인 탁구 선수였어요."

덴디가 말했다. 어렸을 때 버팔로에게 공격을 당해 왼쪽 팔을 심하게 다쳤단다. 워낙 가난하여 치료를 받지 못하다가 다친 팔을 절단해야 했다. 실의에 빠져 있던 그가 우연한 기회에 탁구 라켓을 잡으면서 장애는 절망이 아니라 도전의 대상으로 바뀌었다. 마침내 전국탁구대회에서 금메달을 따며 네팔 탁구 챔피언에 오르기도 했단다. 일행은 소빈다의 삼촌이 사는 빔타르 마을에서 네팔 전통식으로 점심을 해결할 수 있었다.

오후에는 빔타르VDC(마을개발위원회)의 지역 행정관을 만났다. 그의 집무실에는 지진의 상흔이 강하게 남아 있었다. 벽에는 상당 부분이 금이 가 있었고 한쪽 벽은 포격을 당한 듯 커다란 구멍이 뚫려 밖이 훤히 내다보였다. 그와 함께 일련의 장애인 그룹을 만나러 나섰다. 지역 행정관은 나에게 도움을 요청했다.

"우리 마을에는 장애인 26명이 거주하고 있습니다. 그들 중 일부라도 치료를 받게 해 주세요."

현장에서 만난 이들 중 가장 인상적인 이가 있었으니 람바두르 타망이다. 그는 무릎에서부터 발목까지가 전혀 형성되지 못한 채로 태어나 발이 허벅지 끝부분에 붙어 있는 기형 상태였다. 준비해 간 휠체어를 선물로 전해주고 작동하는 방법을 알려주자 람바두르는 어린아이처럼 즐거운 비명을 질러댔다.

"감사합니다. 너무 행복해요."

람바두르 타망에게 희망의 서곡이 울리는 듯했다. 나이보다 훨씬 성숙해 보이는 그는 공부에 대한 열망이 강했다. 하지만 경사진 산골 마을에서 휠체어를 타고 학교에 가기란 무리였다. 가장 좋은 방법은 신체 기형을 근본적으로 재건해 주는 수술이었다. 워낙 기형이 심해 수술이 과연 가능할까…… 뎬디 세르파와 상의한 끝에 그를 HRDC병원에 데려가 보기로 했다. 람바두르는 이전에 자신의 신체 상태를 찍어 놓은 방사선 필름을 갖고 있었다.

나는 그의 사진을 가지고 지금 즉시 병원에 가볼 것을 제안했다. 쇠뿔도 단김에 빼라는 말이 있지 않은가. 뎬디는 병원 측에 전화하여 방문 허락을 받아냈다. HRDC병원은 카트만두로 돌아가는 길목에 있어서 해가 지기 전에 도착할 수 있었다. 병원에 도착하니 장애인 친화적 구조로 지어진 현대식 건물이었다. 일행을 맞이한 담당 전문의는 먼저 병원을 자세히 소개해 주었다.

"HRDC에는 12명의 정형외과 전문의와 4명의 마취과 전문의가 근무하며 다수의 레지던트가 수련을 받고 있어요. 그동안 총 6만 8,000건의 장애아 수술 실적을 거두었어요. 대지진 때는 더 많은 장애아에게 수술과 재활치료를 해 주었어요."

네팔에 이런 대단한 병원이 있다니. 실로 놀라지 않을 수 없었다. 병원 운영을 위해서 국제 NGO들로부터 상당한 기금을 지원받고 있었다. 나는 람바두르의 사진을 보여 주며 자문을 구했다. 그는 유심히 살피더니 세미나실로 가자고 했다. 그곳에는 다양한 유형의 엑스레이 필름들이 저장되어 있었고 람바두르의 상태와 비슷한 유형을 찾아내어 치료 방향을 설명해 주었다.

"이 경우에는 아무래도 기능이 전혀 없는 발 부위를 절단하고 인공관절과 의족을 착용하게 해 주는 것이 좋겠습니다."

드디어 람바두르 타망은 수술과 재활을 통해 새로운 삶을 살 기회를 맞았다. 장애가 심각하여 여러 번에 걸친 수술을 받아야 할 것 같고, 회복의 과정 또한 결코 만만찮을 것이다. 부디 그의 앞날에 신의 가호가 있기를 바란다.

07

여성들이여, 깨어나라!

성차별이 전통이어서는 안 된다

방글라데시의 서북쪽 찔마리 지역과 브라마뿌뜨라강 유역으로 긴급 식량 지원 활동을 간 적이 있다. 구호활동을 마치고 현지인들의 생활을 보기 위해 재래시장을 찾았다. 발길을 옮기는 곳마다 어찌나 사람들이 많던지. 인파에 떠밀리며 안으로 들어가니 강에서 잡은 피라미 같은 생선을 파는 곳, 새까맣게 파리 떼가 우글거리는 정육점, 조잡한 잡화를 파는 곳, 과일을 파는 노점상 등이 눈에 들어왔다. 마늘, 양파, 감자 등을 파는 행상들도 나와 있었다. 그런데 여자들이 많아야 할 시장에 온통 남자들뿐이었다. 물건을 파는 사람도, 물건을 사는 사람도 사내들이었다. 우리 사회에서는 음식 재료나 가사용품 구입은 여성이 주로 하는데, 방글라데시는 이슬람 전통에 따라 여성의 사회활동을 제한하고 있어 집 밖 활동은 남성들의 전유물이다. 도시로 갈수록 이런 분위기가 많이 사라져 여성들도 자유롭게 사회활동을 하지만 십여 년 전 방글라데시 시골 장터에는 남성들만 득실거렸다.

남아시아 국가들은 전통적으로 여성차별이 심한 편이다. 뿌리 깊은 남아선호사상으로 인해 인도 여성들은 임신과 출생부터 성차별을 당한다. 매년 30만 명에서 60만 명의 여성이 낙태를 경험한다. 파키스탄에서는 집안의 명예를 더럽혔다는 이유로 여성을 살해하는 '명예살인'이 심각한 병폐가 아닐 수 없다. 방글라데시 역시 성 평등권을 보장하는 법 조항이 있지만 유명무실한 경우가 많다. 방글라데시의 어떤 지역에서는 이혼하면 여자는 정당한 이혼 사유를 법원에 제출해야 하나 남자는 이런 절차 없이 이혼을 인정받을 수 있다고 한다. 더 심한 곳은 법정에서 증언할 때 여자의 증인 효력을 남자의 3분의 1밖에 인정해 주지 않기도 한다니 성차별의 도를 넘어 여성을 온전한 인격체로 인정하지 않는 사례이다.

가부장적인 사회일수록 폭력이 만연하고, 이를 대수롭지 않게 여기는 풍토가 있다. 최근 방글라데시에서 한 여학생이 교장에게 성추행을 당한 것을 고소했다는 이유로 남성들에게 참혹하게 살해당하는 사건이 발생했다. 이슬람학교에 다니는 누스랏 자한 라피는 교장실로 불려간 뒤 성추행을 당했다. 심한 수치심을 느낀 누스랏은 가족에게 자신이 당한 사실을 털어놓았고 가족은 나쁜 짓을 한 교장을 당국에 신고했다. 하지만 경찰은 누스랏을

보호해 주기는커녕 그녀의 성추행 신고를 희화화하여 현지 언론
에 흘렸다. 그리하여 누스랏은 피해자임에도 불구하고 지역 사회
로부터 괴롭힘을 당하게 됐다. 교장의 지지자들은 누스랏을 비난
하며 교장을 석방하라고 주장을 했다. 하루는 누스랏의 반 남학
생 몇 명이 거짓말로 그녀를 학교 옥상으로 불러내서는 교장에
대한 소송을 철회하라고 협박을 가했다. 누스랏이 거부하자 그녀
의 몸에 등유를 붓고 불을 붙여버렸고, 전신에 심한 화상을 입은
누스랏은 결국 병원에서 사망하고 말았다.

억울하게 죽은 누스랏 자한 라피 사건은 하루빨리 없어져야
하는 병폐. 잘못된 전통인 줄 알면서도 근절되지 않는 것은 기
득권 세력과 남성들의 책임이 아닐 수 없다.

성차별과 여성의 빈곤화

유엔개발계획(UNDP)은 여성들이 받는 차별적인 대우와 불평
등한 상황을 측정하기 위해 통계지수들을 도입했다. 대표적인 것
중 하나가 성불평등지수(GII, Gender Inequality Index)라 할 수 있다.
GII는 생식 건강, 여성 권한, 노동 참여 등 세 가지 영역에서 여
성의 수준과 격차를 고려한 지수로 다섯 가지의 세부지표가 들어
있다. 모성 사망비, 청소년 출산율, 여성의원 비율, 중등 이상 교
육을 받은 인구수, 경제활동 참가율이 이에 포함된다. GII 점수가
0이면 완전한 평등이고, 1이면 완전한 불평등을 뜻한다. 2017년
유엔개발계획(UNDP)이 189개국을 대상으로 발표한 내용을 보면

스위스, 덴마크, 네덜란드, 스웨덴 순으로 낮은 GII 점수를 얻어 평등한 사회라는 평가를 받았다.

포스트-2015 개발 안건에서 글로벌 시민사회 자문단은 여성과 소녀들이 직면한 젠더 관련 장애를 없애려는 노력이 더 적극적으로 반영되어야 한다고 주장했다. 이는 불평등한 사회적 관계에 초점을 맞추어 남녀가 동등한 기회를 누리는 사회로 나아가야 함을 의미한다. '젠더'는 남녀의 생물학적 차이를 뜻하는 '섹스'와 구분되는 개념으로, 사회문화적이고 심리적인 차이를 포함한다. 전통적으로 여성은 출산, 육아, 가사일, 가내 생산, 아내 역할을, 남성은 사회활동, 직업 활동, 가족부양을 주된 책임으로 여겼지만 이제 세상이 많이 변했다. 전통적인 성의 개념으로는 초경쟁적인 현대사회에서 제대로 살아가기 어렵다. 여성들이 주장하는 성 평등 사회는 성 역할의 규범이 바뀐 사회, 즉 성차별이 없는 사회의 구현이다.

글로벌 시민사회 자문단은 강요된 성 역할로 인해 여성의 빈곤이 심해졌다고 판단했다. 공정한 경쟁을 하지 못하면 운동장은 한쪽으로 기울어진다. 21세기 들어 절대 빈곤의 인구수는 개선되었다고는 하지만 여성의 빈곤은 상대적으로 심화하고 있다. 빈곤 인구가 여성 혹은 여성 가구주로 변화하는 추세이다. 이는 개발도상국의 경제발전 과정에서 혜택이 여성과 남성에게 골고루 돌아가지 못했음을 뜻한다.

빈곤의 요인에는 여러 요소가 포함되지만, 상당 부분은 성차별과 불평등에서 기인한다. 왜곡된 사회제도와 정부의 편향된 정책은 여성의 권리 박탈과 기회 상실을 초래했다. 따라서 빈곤 문제와 성 평등화 문제는 서로 다른 사안이 아니라 공유되어야 할 문제이다. 사회, 문화, 환경, 종교 등 여러 요인을 아우르는 범문화적인 문제로 접근해야만 성 평등 및 여성 역량 강화라는 목표를 달성할 수 있다.

여성을 위한 자활사업을 시작하다

'한끼의식사기금'이라는 우리 단체의 이름은 일반명사를 고유명사화해서 지었다. 정관을 보면 기아, 전쟁, 자연재해 등으로부터 고통받는 가난한 지구촌에 인종, 종교, 문화, 이념의 차이를 넘어서서 휴머니즘 정신으로 사랑의 나눔 활동을 한다고 나와 있다. 그런데 사람들은 종종 묻는다.

"가난한 사람들에게 식사를 제공하는 무료급식 단체입니까?"

'한 끼'라는 말에는 함축적 의미가 들어 있다. 수혜자 편에서 볼 때 '한 끼'는 하루 한두 끼 겨우 먹는 사람들, 즉 지구촌에서 가장 가난한 이들을 우선 수혜자로 삼겠다는 뜻이다. 주는 자, 즉 후원자 편에서 '한 끼'는 한 달에 한 끼 정도 자발적으로 굶고 그 돈으로 가난한 이들과 나누자는 뜻이다. 반드시 굶으라는 뜻이 아니라 상징적 의미의 한 끼로 해석할 수 있다.

방글라데시 다카에는 한끼의식사기금에서 최초로 설립한 지부가 있다. 구시가지인 단몬디 지역의 방글라데시 국경수비대 본부 건물을 지나 오래된 건물들이 다닥다닥 붙어 있는 사이로 5분 정도 걸어가면 '삼살 방글라데시'라는 로고가 새겨진 간판을 만날 수 있다.

지부 설립의 첫발을 내디뎠을 때가 선하게 떠오른다. 5층짜리 건물의 옥탑방에 사무실을 열었다. 누가 보더라도 초라한 공간을 지부로 선택한 것은 나름의 이유가 있었다. 국제 NGO의 지부 설립 과정에서 시설을 잘 갖추게 되면 불필요만 문제들을 겪을 수가 있다. 잘 갖추어진 시설은 인가 기준을 확인하러 나오는 조사관들에게 해당 NGO가 돈이 많은 단체라는 인상을 심어줄 수 있다. 그렇게 되면 은근히 대가를 요구하는 경우가 생긴다. 일부러 허름하게 지어 놓아 조사관들이 그런 생각을 하지 않게 하려는 계산 하에서 옥탑방과 같은 곳을 선택했다고 할 수 있다. 그렇다고 본 단체가 돈이 많다는 말은 전혀 아니다. 우리는 소규모로 시작했고 지금껏 그런 수준의 규모로 이어져 왔다.

삼살 방글라데시를 열고 나서 나는 빈민 여성을 위한 사업 구상에 몰두했다. 여성이 자신에 대해 자각하고 역량을 키워 독립적으로 살아가는 데 도움이 되는 프로그램은 어떤 것이 있을까? 방글라데시에서 의류산업에 종사하는 여성들은 농업에 종사하는 이들보다 수입이 높다는 것을 들은 바 있어 그 계통에 대해 조사를 해 나갔다. 그러던 중 수공예기술을 가진 여성 사비아를 만나 사업 세목에 대한 대화를 나누게 되었다.

"의류 관련 기술교육은 여성들이 관심을 가질만한 아이템이라
고 생각하는지요?"
"제가 보기에 좋다고 봐요. 섬유공장에서 일해 봐서 알아요. 그런
데 옷감에서 뿜어 나오는 화학물질 냄새가 지독해요."
"환기가 안 되는 비좁은 작업장이면 더하겠군요?"
"많은 여성 노동자가 두통, 기침, 근육통을 수시로 호소합니다."
"사업주가 근로 환경을 개선해 주지 않나요?"
" 그런 말은 하지 못해요. 그랬다가는 당장 해고되고 말 거에요."
사비아와 이런저런 이야기를 나누다가 내가 그녀에게 같이 일
할 것을 제안하자 가난한 여성들을 위한 사업이라면 기꺼이 동참
하겠다는 뜻을 밝혔다. 그리하여 우리는 빈민가에 사는 여성들에
게 수공예기술을 익히도록 하는 것이 좋겠다는 결론에 이르렀다.

"시장에서 민무늬의 옷을 싼값에 구해서 베틀 프레임에 고정한
후, 색실과 다양한 액세서리를 이용하여 아름다운 문양을 옷에
새겨 넣어 예쁘게 꾸미는 기술을 가르치는 것입니다."
"기술을 익힌 여성이 민무늬 옷에 예쁜 문양을 새겨 넣으면 옷은
고급스럽게 바뀔 것이고 그걸 시장에 가져가서 팔면 원가의 몇
배를 남길 수 있다는 말이지요."
"맞아요!"

일방적인 퍼주기 식의 구호로는 빈민들을 가난에서 구할 수 없다. 특히 빈민 여성들이 자신의 존재가치를 깨닫기 위해서는 교육이 무엇보다 중요하다.

　이렇게 해서 삼살 방글라데시 최초의 여성 자활사업이 시작되었다. 우리는 여성의 숙명적 가난을 바꾸어줄 수 있는 이 자활사업을 빈민가의 이름을 따서 '갈루노골 프로젝트'라고 이름 붙였다.

　개발도상국에서는 작은 일자리라도 빈곤층 여성들에게 삶을 개선할 기회가 된다. 여성 자활 프로그램은 해가 거듭될수록 참여자가 늘어나 수년 후에는 더 넓은 곳으로 이전을 했다. 나는 깨끗한 시가지보다 빈민가가 밀집해 있는 곳으로부터 가급적 가까운 곳을 정한다는 원칙을 유지했다. 지금도 지부 사무실은 단몬디 지역에 있으며 자활교육센터는 하자리박, 캄랑거차 그리고

다카에서 차량으로 세 시간가량 떨어진 브라만바리아에서 운영
되고 있다.

변화하는 여성들을 바라보며

그로부터 시간이 흘러 어느 날 하자리박센터를 방문했다. 사
비아의 지도 아래 학생들이 열심히 '카츄피' 수업을 듣고 있었다.
카츄피란 방글라데시 여성들의 전통 옷에 위에 아름다운 문양을
새기는 기술이다. 수업은 초급과정과 고급과정으로 이루어져 있
다. 초급과정을 이수한 여성 중 성적이 우수하면서 스스로 원할
때 고급과정을 이수하게 된다. 고급과정에서는 커팅 등의 기술을
익힌 후 재봉틀을 이용하여 실제로 옷을 만드는 수업을 받게 된
다. 초급과정 참가자에게는 매달 일정한 양의 쌀을 제공했다. 빈
민가 거주자들은 자활교육의 가치를 충분히 인지하지 못하기 때
문에 무료로 식량을 제공해 주면 참여도가 더 높아진다. 초급과
정을 마친 사람들 대다수는 그 과정만 받고 끝내기를 원하지 않
고 실질적인 기술을 익혀 경제적 수입을 높일 수 있는 고급과정
을 이수하기를 원했다. 고급과정에서는 무료 식량 지원의 혜택
을 제공하지 않지만, 성적이 우수한 학생들에게 카츄피 작업에
절대적으로 필요한 프레임을 상으로 제공했다. 6개월이 걸리는
두 과정을 이수하게 되면 실질적으로 생계에 도움이 되는 수준에
이르게 되는 것이다. 일방적인 퍼주기 식의 구호활동으로는 빈
민들을 가난에서 구할 수 없다는 결론이 나온 지 오래다. 자각을

통해 교육을 받고 기술을 배우지 않으면 삶의 변화를 이끌 수 없다. 그런 의미에서 우리의 여성 자활 프로그램은 매우 가치 있는 프로그램이다. 나는 이 프로그램에 참여하고 있는 여성들과 대화를 나누게 되었다.

"안녕하세요. 열심히 하고 계시네요?"
"배우는 것이 재미있어요."
"혹시 남편이 여기 나오는 걸 싫어하지 않나요?"
"사실 그게 마음에 걸렸어요. 하지만 지금은 괜찮아졌어요."

서른여덟 살의 여성인 파장 베굼의 남편은 다리를 다쳐 무직 상태라고 했다. 베굼은 가정에 보탬이 되기 위해 스스로 나섰단다. 열여덟 살의 라부니아따는 학교수업이 끝나면 센터로 달려와 카츄피 수업에 참여하고 있었다. 재단 기술을 잘 익혀 멋진 재단사가 되는 게 꿈이란다. 수모나는 이 프로그램 졸업생으로 의류 제작기술을 활용하여 명절에 열 벌의 옷을 주문받아 짭짤한 수입을 올린 경험이 있단다. 스스로 기술이 부족하다고 판단해 센터에 재수강하여 다니고 있었다. 조금만 더 숙련되면 의류 공장에도 취직할 수 있을 거라는 희망을 나타냈다.

뷰티라는 이름을 가진 미모의 여성이 구석에서 아이 둘을 옆에 두고 옷에 수를 놓고 있었다. 운전기사인 남편은 아내가 밖에 나가서 일하는 것을 좋아하지 않는단다. 빈민 지역에서 여성이 혼자 거리를 다니는 것은 위험할 수 있어서 아내가 센터에 가는 것을 싫어한 것이다. 그러나 그녀의 의지는 확고했다. 가난한 살림이라 이대로 가다가는 아이들을 제대로 공부시키지 못할 것 같다며 교육의 중요성을 이야기했다.

"맞아요. 교육이 무엇보다 중요해요. 누구나 배워야 해요. 그래야 올바르게 판단이 서고 능력이 생깁니다."

나는 맞장구를 쳐 주었다. 아시아인 최초로 노벨 경제학상을 받은 인도의 아마르티아 센은 여권의 신장과 존중은 여러 변수에 따라 좌우된다고 말했다. 가령 혼자 힘으로 돈을 벌 수 있는 능력, 사회에 나가 일자리를 구할 수 있는 능력, 소유권의 획득 능력, 글을 읽고 쓸 줄 알며 가정 안팎에서의 결정에 식견 있게 끼어들 수 있는 능력 등의 변수에 따라 여권은 크게 영향을 받는다고 했다. 실제로 개발도상국에서 여성이 주체적으로 역할을 할수록 여성 생존의 불리함은 크게 줄어들 것이다. 그래서 배움이 무엇보다 중요하다.

열악한 환경 하에서도 꿈을 키워가는 여성들

한끼의식사기금의 여성 자활을 위한 기술교육센터는 이전 이후에 두 배 이상으로 넓어졌다. 공간이 커진 덕분에 수업 여건이 좋아졌고 바람도 잘 통해서 학생들의 열정도 한층 높아졌다.

지부장인 마슈카는 프로그램마다 소정의 수업료를 받고 있는데 주변의 다른 NGO보다 저렴하단다. 빈민가 출신 여성들에게 돈을 받는다는 것이 문제가 되지는 않을까? 코이카 방글라데시지부의 고아름 부소장은 수업료를 받으면 수강생들이 줄어 목표달성에 어려움이 생기지 않겠냐고 물은 적이 있지만 마슈카는 생각을 달리했다.

"공짜보다 적은 금액이라도 받는 것이 양쪽에 모두 이익입니다."

수혜자는 공짜라는 생각에서 벗어나 의존하려는 마음을 차단할 수 있고, 지부는 자립을 위한 예산 확보에 도움을 받을 수 있다. 소액의 수업료를 받았지만, 수강생들은 전혀 줄지 않았고 오히려 더 적극적으로 참여하고 있음을 느낀다고 마슈카가 말했다.

나는 하자리박 센터의 도장, 자수, 기계자수, 염색 과정도 견학해 보았다. 모든 과정이 매일 2~3시간가량 진행되고 있었다. 재봉 수업은 리피의 지도로 부녀자들이 입는 맥시 재단 및 재봉을 하고 있었다. 여성 의류에는 옷 디자인뿐만 아니라 결혼 여부에 따라 옷의 종류가 다양하다는 것을 알 수 있었다. 각 과정은 12명씩 4개 반으로 구성되었다. 도장 및 염색 수업은 6명씩 4개 반으로 운영되고 있었는데 학생들은 염색할 부분을 실로 꿰매는 작업을 통해 다양한 염색 디자인을 연출하는 것을 실습하고 있었다. 선생님은 학생들에게 스케치 방법을 보여주면서 실습을 계속 검

카츄피수업은 여성들이 스스로의 능력을 발견하여 정신적인 가난으로부터 벗어날 수 있는 환경을 제공한다.

사하고 있었다. 뜨거운 물에 천을 염색할 때 발생하는 증기로 인해 매우 더웠다. 시설 여건이 부족하지만 그래도 학생들이 불평하지 않고 수업을 따라주는 것이 고마웠다. 그다음으로 컴퓨터 수업을 참관했는데, 때마침 그래픽아트 경진대회를 개최하고 있었다. 학생들이 닦아온 실력을 발휘하느라 내가 뒤에 서서 관람하는 줄도 모르고 있을 정도였다. 강사인 안와르는 학생들이 그래픽 디자인을 배우는 것이 취업에 큰 도움이 되고, 때로는 인터넷 광고를 만드는 외주 프로그램에 참여하여 수입을 올릴 수 있다고 했다.

이어 시골 지역인 브라만바리아로 이동했다. 열악한 도로 사정과 무질서한 교통질서로 인해 이른 아침에 다카에서 출발하면 세 시간 내에 도착할 수 있지만 약간 늦게 출발하게 되면 두 배 이상의 시간을 길에서 보내야만 한다. 이번에는 운이 좋아 브라만바리아까지 세 시간이 넘지 않았다.

시골 분위기가 물씬 느껴지는 가운데 분홍빛 벽으로 된 작고 예쁜 집 안에서 수강생들은 옹기종기 모여 수업에 임하고 있었다. 염색과 카츄피 수업이 진행 중이었다. 강사인 사이눌이 선 그리기를 시범 보이고 학생들이 돌아가며 실습을 했다. 그는 카츄피 수업의 인기가 예전보다 못하다고 했다. 의류제작에 시간이 많이 들기 때문에 기계자수의 필요성을 설명해 주었다.

브라만바리아센터에서 중년의 남성 굴람 무스타파 씨를 만났다. 그는 염색 수업을 가르치는 자원봉사자로 참여하고 있었는데 젊을 때는 도시에서 염색공장을 운영했단다. 자신의 경험을 책으로 내기도 했을 정도로 염색 분야 전문가였다. 개인 사정으로 해 오던 사업을 접고 아내와 함께 우리의 브라만바리아센터에서 학생들을 가르치고 있었다.

"경험이 많으신데 이 작은 동네에 머물고 계시는 데는 나름대로 이유가 있는가요?"
"예전에는 돈을 많이 벌었어요. 그러다 보니 주변에서 돈을 목적으로 다가오는 사람들이 많았지요. 결국, 그런 부류의 사람들에게 상처받고 돌아온 곳이 제 고향 브라만바리아입니다. 여기가 편하고 좋아요."

그는 아내와 함께 삼살 방글라데시에서 염색 강사로 일하는 생활이 만족스럽다고 했다. 내가 학생들이 수업 중에 가장 어려워하는 점이 무엇인지 묻자 염료의 비율을 맞추는 것을 제일 힘들어한다고 말했다. 그는 수강생들의 순수한 열정과 그들이 성장해 가는 모습이 좋아 무료로 자원봉사 일을 계속하고 싶다고 했다. 무스타파 씨와 같은 사람이 세상에 더 많으면 좋으련만.

한 걸음씩 앞으로

방글라데시에서는 그동안 여성의 경제활동에 대한 부정적 인식과 종교적 규율로 인해 여성들의 적극적인 사회진출이 가로막혀 있었다. 이것은 양성평등의 문제를 넘어 국가 발전에도 저해 요소가 된다. 그래서 방글라데시 정부는 제7차 5개년계획의 추진 전략 중 하나로 남녀 간 소득 불평등의 개선을 내세우고 있다. 지속 가능 개발목표(SDGs) 5순위 '성 평등과 여성 역량 강화'를 이행하려는 적극적인 모습이라 할 수 있겠다.

여성 역량 강화! 이것은 여성이 국가사회의 발전에 도움을 줄 수 있는 사회경제적 능력을 배양하고, 자신이 삶을 이끌어나가는 주체성을 행사할 수 있으며, 정치 조직이나 단체를 결정하여 사회를 정의로운 방향으로 변화시킬 수 있는 역량을 갖추어가는 과정을 의미한다. 그러나 말처럼 쉽게 이룰 수 있는 것은 아니다. 한 걸음씩 나아가야 한다. 삼살 방글라데시에서 운영하는 여성 자활 기술교육은 빈민 여성들에게 주도적으로 인생을 설계할 기회를 제공한다.

가난은 단지 물리적인 영역에 국한되지 않는다. 희망을 잃고 모든 것을 포기하게 만드는 정신적 가난 또한 여성들의 자기발전을 가로막는다. 여성자활센터의 교육은 여성들에게 스스로 능력을 발견하는 기회를 제공하여 정신적인 가난에서 벗어날 수 있는 환경을 만들어준다. 그런 측면에서 우리의 기술교육센터는 여성역량 강화 실현에 일조하고 있다.

08

탄자니아에서의
새로운 시작

밑 빠진 독을 막는 두꺼비의 심정으로

블랙 아프리카로 불리는 사하라 사막 이남은 세계 최대의 빈곤층이 사는 지역이다. 그동안 엄청난 규모의 자금이 투입되었지만, 빈곤이 해소되지 않자 아프리카 구호사업은 '밑 빠진 독에 물 붓기'라는 식의 비아냥거리는 소리도 들린다. 계획대로 되는 일은 없고 행정 절차는 복잡하기만 해, 한 가지 서류를 승인받는 데 몇 달씩 걸리기 일쑤다. 다른 대륙의 개발도상국에서 10을 투입하여 5의 결과를 얻어낼 수 있다면 이 지역에서는 2~3도 나오지 않는 경우가 비일비재하다.

한끼의식사기금이 짐바브웨에서 겪었던 사례는 그 지역의 어려움을 여실히 드러내 주었다. 우리는 보보스 팜에서 양계 지원사업을 진행했는데 투입한 예산 대비 결과가 너무 초라했다.

거기에는 여러 이유가 있었다. 참여자의 관심 부족으로 양계장 관리가 엉망진창이었다. 또 분양을 받은 병아리가 병들어 죽고, 일부는 키우던 닭을 훔쳐가고, 어미 닭이 되기도 전에 잡아 먹어버리는 등 온갖 일이 일어났다. 원래는 계속 이어나갈 사업이었으나 1차 사업 기간이 종료된 후 포기하고 말았다. 닭 한 마리에 투입된 예산을 계산해보니 한화로 무려 4만 원이 나왔다. 이렇게 멍청한 사업을 벌이다니! 짐바브웨는 아프리카에서도 가장 힘들고 어려운 지역이라 많은 어려움이 뒤따를 것이라는 각오는 했지만, 막상 결과를 보니 참담하기만 했다. 나는 열정도 식고 무력감에 빠지게 되었다. 그러던 중 독재자 무가베는 국제 NGO들이 자신의 부정부패와 독재 행태를 국제사회에 알려 비난받게 했다며 구호활동을 제한하는 일들이 벌어졌다. 그런 영향으로 해서 한끼의식사기금은 짐바브웨 현지에서 철수하게 되었고 이후 아프리카에서 구호사업을 벌일 다음 국가를 찾아 나섰다.

아프리카에서의 구호사업은 정말 밑 빠진 독에 물 붓기인가? 그렇지 않다고 믿고 싶다. 전래동화를 보면 밑 빠진 독에 물을 부어도 물이 빠지지 않고 그대로 차 있는 이야기가 나온다. 독의 구멍을 두꺼비가 몸으로 막아주고 있었기 때문이다. 한끼의식사기금은 전래동화에 나오는 두꺼비가 되고자 하는 마음으로 2011년부터 2017년까지 7년간 에티오피아에서 구호사업을 진행했다. 머나먼 현지를 찾을 때마다 나는 재직 중인 병원에는 일주일 이상의 휴가원을 내야 했다.

북아프리카에 있는 에티오피아는 인구가 1억 가까운 나라이지만 가뭄과 기근, 정치 불안, 부정부패 등으로 오랫동안 가난에서 벗어나지 못하고 있었다. 겉으로 드러나는 상황 이면에는 이를 훨씬 능가하는 어두운 그림자가 드리워져 있었다. 바로 여성 문제였다. 여성의 낮은 사회적 지위, 조혼과 조기 임신으로 인한 부작용, 할례 문화 등은 에티오피아를 문명화된 세계에서 고립된 섬으로 남게 했다. 우리는 먼저 '미혼모 관련 프로그램'을 지원하는 일을 시작했다. GSTC, 고다나센터, 샬롬의 집 등 현지 NGO와 파트너십을 맺고 일을 진행했다. 이어 본격적인 구호활동을 위해 수도 아디스아바바에 삼살 에티오피아(한끼의식사기금에서 에티오피아 정부에 정식으로 등록한 지부 명칭이다)를 설립하여 컴퓨터 교육 프로그램과 청소년 예체능 프로그램 등을 펼쳐나갔다. 또 데브라제이트, 딜라, 홀레타에서는 기초 교육사업, 1 대 1 결연사업, 도서관 운영을 해 나갔다. 그러나 두꺼비 역할에 점점 한계가 느껴졌다. 2016년에 들어오면서는 에티오피아 정국이 불안정해졌다. 하루는 삼살 에티오피아의 지부장이 이메일을 보내왔다.

티그리족이 집권한 현 정부에 불만을 가진 오로모족이 주도하는 시위는 이전과 조금 분위기가 다른 것 같습니다. 시위가 무력저항으로 확대되자 정부 진압대는 무차별하게 총을 난사했고 시민이 죽는 사건이 벌어졌습니다. 오로모족의 명절에는 데브라제이트에서 150여 만 명이 모여 큰 시위를 벌였습니다. 평화적으로

삼살에티오피아 미혼모센터의 아이들이 식사를 하고 있다. 미혼모 문제는 어린아이들의 생존과도 직결되므로 매우 중요하다.

끝나는 줄 알았는데 갑자기 사건이 터졌습니다. 일부 시위대의 선동에 흥분한 시민들이 정부를 향해 불만을 표출하면서 과격시위로 번졌습니다. 시위 진압대가 발포한 총에 맞아 사람들이 죽고, 운집한 군중이 압사를 당했으며, 일부는 진압대에 떠밀려 절벽에 떨어져 죽는 등 많은 사상자가 발생했습니다.

이것이 도화선이 되어 아디스아바바 인근의 오로모 지역 대부분에서 시위가 일어났습니다. 특히 세바타 지역에서는 많은 외국계 공장이 불에 타고, 관공서가 습격당하고, 정부를 돕는다고 믿는 외국인 및 NGO 건물에 돌을 던지며 위협하는 과정에서 미국인이 피살되는 사건도 발생했습니다. 일련의 사건 이면에는 현 정부가 아디스아바바를 확장하는 과정에서 오로모족의 땅을

학생들이 즐거운 마음으로 수업에 참여하고 있다

무차별적으로 수용하여 오로모족의 불만이 팽배해 있었습니다.

한편 정부는 시위대에 대한 강경 진압의 더 큰 명분을 찾고 있었습니다. 시위대가 외국기업과 공장들, 정부 관공서, 외국인 관계 기관을 공격하자, 정부는 10월 9일 새벽에 '국가비상사태'를 선포한 것입니다.

2005년에 있었던 대규모 시위는 부정선거에 대한 불만으로 촉발된 것입니다. 그렇지만 현재 일어나고 있는 사태는 오로모족에 대한 차별대우로 인한 것입니다. 경제발전이라는 명목으로 행해지는 정부의 불합리한 강제명령 등에 불만이 쌓여 있던 힘없는 사람들의 항의라고 할 수 있습니다. 시위가 언제 끝날지 전혀 예측할 수 없습니다. 삼살 에티오피아 주변에는 무장 군인과 경찰이 도로를 순찰하고 있고, 외국인들은 행동을 조심하면서 야간 활동을 자제하고 있습니다. 저희 역시 각자 신변 안전에 촉각을 기울이고 있습니다.

에티오피아에서는 소수의 티그리족이 다수의 오로모족을 다스리다 보니 종족 간 갈등이 고조됐다. 시위가 격렬해지자 현지에 나가 있는 한국의료보건사업팀, 코피아(농업진흥청) 측에서도 사업을 일시적으로 중단하고 안전한 지역으로 피신했다. 우리가 운영하던 '상상 도서관 2호점'도 시내 가까운 곳에 있어 문을 닫아야 했다. 공무원들의 부정부패와 현지 관계자의 비협조는 날이 갈수록 더해져 구호업무 수행이 너무 힘들어졌다. 하지만 여건이 어려울수록 힘없고 가난한 사람들을 생각하자고 서로 격려했다. 이렇듯 상황이 악화하는 중에도 코이카(한국국제협력단)와 약정한 시민사회단체(CSO) 협력 프로그램을 완벽히 마무리하고 7년간의 에티오피아 구호사업을 마치게 되었다.

탄자니아와의 새로운 만남

프랑스의 소설가 마르셀 프루스트는 '너무 멀리 가는 것을 두려워 말라. 바로 그 너머에 진실이 있다.'라고 말했다. 그동안 내가 아시아 아프리카의 오지와 미지의 세계를 헤매고 다닌 이유가 바로 여기에 있다. 프루스트의 말이 내 생각을 대변해 주고 있는 듯하다.

2018월 어느 날, 재직 중인 부산의료원의 원목실 수녀님과 식당에서 옆자리에 앉아 점심을 하게 되었다.

"수녀님께서는 남미와 스페인, 로마 등에서 오랫동안 지내셨지요. 아프리카 쪽에서도 지내신 적이 있는가요?"
"아니요. 기회만 되면 거기도 가보고 싶어요. 그런데 왜 그렇게 물으세요?"
"사실은 아프리카 구호사업을 위한 파트너를 찾고 있거든요."
"저희 수녀회에서 아프리카 구호사업을 많이 하고 있답니다."

전교가르멜수녀회 소속의 다니엘라 수녀님과 대화하면서 점점 공유점을 찾아갔다.

"이전에 네팔에서 수녀님들과 의료사업을 같이 한 적이 있어요."

인도 다즐링에 본원이 있는 조셉수녀회와 연대하여 산띠라니삼살 클리닉(한끼의식사기금과 조셉수녀회가 공동으로 설립한 진료소 명칭)을 운영한 이야기를 해 드렸다. 수녀님께서는 나의 아프리카 사업 제안에 대해 본원 담당자와 의논해 본 후 알려주겠다고 했다.

며칠 후 긍정적인 답변이 왔다. 조만간 케냐에서 활동하는 한국인 수녀 한 분이 귀국할 예정이라며 함께 의논해 보자는 것이었다. 기대 속에 연락이 오기를 기다렸지만, 연락이 없었다. 귀국이 지연되었나 생각하고 계속 기다렸으나 연락이 없어 원목실 수녀님께 전화를 드렸다.

"아이고 죄송해요. 그동안 제게 사정이 생겼어요."
"무슨 사정이신지요?"
"사실은 계단을 내려오다가 발을 헛디뎌 발목 골절상을 당했어요. 그 때문에 일을 제대로 하지 못했어요."
"그러셨군요. 어쩐지 병원에서 안 보이시더라고요."
"정말 죄송해요. 제가 다치는 바람에 케냐에서 귀국하신 수녀님은 다른 임지로 나가셨어요."

그렇게 해서 케냐와는 인연이 닿지 않게 되었다. 다시 다른 파트너를 찾기 위해 조사를 하던 중 다니엘라 수녀님으로부터 재차 연락이 왔다.

"이번에 아프리카에서 새로운 사업을 준비하려는 수녀님 한 분이 휴가 겸 귀국한다는 연락을 받았어요. 아직 자세한 내용을 몰라요. 고향은 서울인데 부산의 겨울 바다가 보고 싶대요."
"잘됐네요. 저를 꼭 만나게 해 주세요."

그렇게 해서 변혜련 수녀님을 만나게 되었다. 변 수녀님은 탄자니아에서 구호사업을 시작하려는 상황이었으나 예산 문제로 골머리를 앓고 있었다. 우리는 서로 관심사에 대해 대화를 나누었고, 원주민 교육 지원사업과 제빵기술 보급, 탁아소 운영지원 등에 파트너십을 맺기로 합의했다. 그리하여 아프리카에서 한 끼의식사기금의 세 번째 구호사업 대상국으로 탄자니아가 결정되었다.

올키수멧 공동체

탄자니아 하면 세렝게티, 암보셀리, 킬리만자로, 마사이 등 저마다 연상되는 내용이 다를 것이다. 내게는 2010년 옥수수 긴급구호사업이 가장 먼저 떠오른다. 한끼의식사기금에서는 구호 활동기금을 마련하기 위해 매년 자선음악회를 개최해 왔다. 그 당시 이탈리아의 유명한 피아니스트인 파울로 베르가리가 주연으로 출연해주어 기대 이상의 수익금을 마련할 수 있었고, 그 기금으로 탄자니아의 옥수수 지원사업을 할 수 있게 되었다. 극심한 가뭄으로 식량이 부족했던 남쪽 린디주 론도 마을은 시급히 식량을 지원해 주지 않으면 많은 아사자가 발생할 상황이었다. 현지 NGO 활동가는 당시 모습을 다음과 같이 말했다.

"소 우기에 접어들었으나 예년과 같지 않습니다. 비가 언제 올지 걱정이 이만저만 아닙니다. 나무뿌리로 연명하다 보니 모두가 영양실조에 걸려 있습니다. 일부는 죽어가고 있습니다. 현지인들은 우갈리를 먹어야 제대로 힘을 쓰고 건강을 유지할 수 있습니다. 석 달간만 우갈리를 먹을 수 있게끔 도와주시기 바랍니다. 그러면 가장 심각한 보릿고개는 넘길 수 있을 것입니다."

탄자니아인은 옥수숫가루로 만든 '우갈리'라는 빵에 나물 또는 소스를 찍어서 먹는다. 2010년 음악회의 수익금 전액은 처음에 결정한 린디 지역의 두 마을 외에 추가로 두 마을을 확대하여 석 달 치 옥수수를 배분해 줄 수 있었다.

일회성으로 끝난 줄 알았던 탄자니아와의 인연이 전교가르멜수녀회의 변혜련 수녀님을 통해 지속사업으로 이어지게 되었다. 탄자니아는 역사적으로 이렇다 할 내전이나 대규모 폭력사태가 없어 주변 국가보다 평화롭다. 100여 개 이상의 작은 민족들로 구성되어 있지만, 민족성보다 탄자니아인으로서 정체성이 강하다. 땅은 우리나라의 10배 크기에 인구는 4,700만 명 정도다.

변 수녀님이 활동하는 오케수멧(Orkesumet)은 시만지로 지구(District)에 속해 있고 지역 거점도시인 아루샤로부터 북쪽으로 200km 떨어져 있는 준 사막지대이다. 먼지가 풀풀 날리는 비포장길을 버스로 대여섯 시간을 달려야 도착할 수 있다. 가는 길에는 아프리카의 상징인 덩치가 큰 바오밥나무도 볼 수 있다.

오케수멧은 농사짓기에 환경이 매우 척박했다. 도시에서 멀리 떨어져 있어 인구밀도가 매우 낮은 편이며 사회기반 시설은 거의 없었다. 또 그 지역은 유목 생활을 하면서 특유의 전통생활

방식을 가진 마사이족이 주류를 이루고 있어 그들의 자녀들이 한 끼의식사기금의 주요 수혜자가 되었다.

오케수멧 공동체에는 분원장인 변혜련 수녀님을 비롯하여 탄자니아, 케냐, 나이지리아 출신 수녀들이 활동하고 있다. 공동체 예하에 있는 성 아우구스티노 유치원과 초등학교는 탄자니아 정부에 등록된 사립학교로, 유치부 2년 과정 100여 명과 초등부 7년 과정 중 4학년 100여 명을 받아들여 공부시키고 있다. 오케수멧 공동체가 세운 학교다 보니 여타 공립학교보다 교육 면에서 훨씬 좋다. 모든 공립학교에서는 학생들의 수업을 스와힐리어로 진행하지만 오케수멧 공동체 내의 학교와 유치원에서는 영어수업을 병행하고 있다. 학생들은 고등학교를 마치면 국가시험을 영어로 치러야 해서 현지인들에게 오케수멧 공동체의 학교는 인기가 좋았다.

변 수녀님은 최근 공동체에서 일어난 일을 말해 주었다. 식빵 판매에 관한 일이었다. 그곳에 있는 가게 몇 곳이 빵을 비싼 가격에 팔고 있었다. 주민들은 진작부터 수녀님에게 식빵을 제조하여 저렴하게 판매해 달라고 요청했다고 한다. 그리하여 직원 두 명을 고용하여 빵 굽는 기술을 익히게 한 후 주민들의 요청대로 맛있는 식빵을 제공하게 되었다. 물론 여기에 들어가는 예산은 한 끼의식사기금에서 나왔다.

"반죽을 부풀리는 기계와 전기가 없을 때 돌려야 하는 발전기 등 필요한 물품들을 구할 수 있게 해 주셔서 감사해요."

"근처 도시에서 기계들을 구할 수 있었나요?"

"아니에요. 수도 다르에스살람까지 나가서 살 수밖에 없었지요."

이제 매일 빵을 구울 수 있게 되었다. 이렇게 되니 저렴하게 빵을 구할 수 있게 된 주민들이 제일 좋아했다.

"제가 먹어보니 빵 맛이 좋아요. 어디에 내어놓아도 손색이 없어요. 사람들은 제과점 빵과 저희가 만든 빵 맛에 차이가 없다고 그래요. 가격이 싸니까 아주 좋아해요. 그렇지만 빵을 저렴하게 파니 이익금이 전혀 없는 상태입니다."

그런데 문제가 생겼다. 지역 공무원들이 빵을 팔았으니 세금을 내야 한다며 수녀님을 찾아와 힘들게 했다. 거의 무료로 제공하다시피 하는 빵인데……. 어쩔 수 없어 세금을 내려고 돈을 준비하고 있다고 한다.

오지 않는 비를 기다리며

오케수멧은 우기임에도 불구하고 비가 내리지 않아 아무것도 심지 못하고 애를 태우고 있었다. 가뭄이 계속되면 모두가 배고픔에서 벗어나지 못할 것이다. 사람들은 아침에 눈을 뜨면 혹시라도 비가 오려나 하고 하늘만 바라보며 안타까워할 뿐이었다.

오케수멧의 딱한 상황을 접하면서 오래전 짐바브웨로 구호 활동 갔을 때 있었던 일화가 생각났다. 현지에서는 몇 달째 비가 오지 않아 옥수수가 시커멓게 말라 죽어가고 있었다. 주민들의 마음도 시커멓게 타들어 가고 있었다. 해외에 나갈 때면 나는 늘 우산을 챙겨가는 습관이 있다. 우산을 소지하고 있는 나에게 주민 한 사람이 다가와서 전혀 필요 없는 물건이라고 말했다. 혹시 필요할지 모른다고 웃으며 응해 주었다. 정말 그날 밤 학수고대 하던 비가 내렸다. 다음 날 아침 사람들이 내게 몰려와 쇼나어로 뭐라고 떠들어댔다. '당신은 비를 몰고 오는 사람이다.'라는 뜻이 었다. 그들은 또 한참을 뭐라고 떠들어댔다. 그 말은 '우리에게 복을 가져다주었어요. 오랫동안 여기에 머물다 가세요.'라는 뜻이 었다. 행운을 몰고 온 내 우산을 현지인에게 전해주고 작별했 던 기억이 난다.

변 수녀님에게서 메일이 들어왔다.

모처럼 단비가 내렸어요. 사람들은 때를 놓칠세라 옥수수와 콩을 심었습니다. 종일 일을 하느라고 종교행사에도 참석하지 않네요. 그래도 뭐라고 나무랄 수 없어요. 이 기회를 놓치면 농사를 지을 수가 없기 때문이지요. 주민들은 내리는 비를 맞으며 감격스러워했어요.

비는 참으로 신비해요. 만물을 소생시켜 줘요. 꽃들이 피어나고 소들이 먹을 풀들도 많아집니다. 여기가 바로 천국입니다.

얼마 후 변 수녀님이 다시 소식을 보내왔는데 이번에는 반대 내용이었다.

그 날 후로는 비가 전혀 오지 않아 심은 콩들이 말라 죽었답니다. 낙담한 주민들 모습이 안타깝습니다. 하갈이 사막에서 목이 말라 죽어가는 아들 이스마엘을 보고 '아기가 죽어가는 꼴을 어찌 보랴!' 하고 탄식한 성경 말씀이 떠오릅니다. 차마 콩밭을 보러 갈 용기가 나지 않아 미루고 있다가 어제서야 마음을 다잡고 밭을 보러 갔습니다. 한 가닥 희망을 안고 갔지만, 밭 입구에 들어서는 순간 저는 할 말을 잃고 머릿속이 하얘지는 것을 느꼈습니다. 자라지 못한 채 말라죽은 콩잎들이 형체조차 알아볼 수 없더군요. 다음 해에는 수확할 수 있는 듬뿍 비를 주십사 기도하고 돌아왔습니다.

오케수멧 주민들은 애절하게 기도하며 비가 오기를 기다렸건만 가뭄은 계속되고 있다. 이런 상황이 계속되면 식수마저 고갈되어 물을 사려는 사람들이 밤새 길게 줄을 서게 된다고 한다. 아이들이 다니는 학교에도 물 부족으로 야단날 것이란다.

"빗물 탱크가 바닥나고 그나마 건수(짠물)도 살 수가 없어 아이들이 먹을 식사 접시와 컵이 그대로 있습니다. 물을 살 수만 있어도 어떻게 해보겠습니다만 구할 수가 없는 형편입니다."

인간이 무너뜨린 자연의 질서가 이제는 어떻게 할 수 없는 지경에 이르게 된 것 같다. 기후 변화로 인한 환경 파괴는 고스란히 인간에게 되돌아오고 있다. 문제는 그 피해가 가난한 이들에게 집중되고 있다는 점이다. 선진국에서는 산업발전을 위해 화석 에너지를 무한정 사용하지만, 이는 아프리카의 사막화를 가속화해 가난한 국가들이 그 폐해를 뒤집어쓰고 있는 것이다.

마사이족 엿보기

용맹하기로 소문난 마사이 부족은 원래 킬리만자로 주변의 탄자니아와 케냐 국경지대에서 살아왔다. 시대의 변화에 따라 일부 마사이들은 도시로도 진출하고 있지만, 원래 본거지는 내륙 깊숙한 곳에 있다. 초원지대에서 반원형의 낮고 작은 진흙집을 주거지로 삼아 살아온 이 부족은 한 곳에 모여 살기보다 이곳저곳에 흩어져서 살아간다. 마사이 남자들은 대부분 소와 염소 등 가축을 몰고 목초지를 찾아 몇 달씩 떠돌아다닌다.

마사이는 일부다처제이기에 아이들이 많다. 부자는 부인을 대여섯 명 정도 거느리고 있고 아이들이 수십 명에 이른다. 그들은 아이가 많을수록 좋다고 한다. 남자아이들은 가축을 몰고 일을 하러 나갈 수 있는 노동력을 제공할 수 있고, 여자아이들은 일찍이 시집을 보내 더 많은 지참금을 받을 수 있단다.

방목을 나갔던 남자가 집으로 돌아오면 여러 명의 아내가 남편을 맞이한다. 특이한 것은 남자가 정력이 떨어져 아내 모두에게 생산 활동을 해 줄 여력이 안 될 때는 친한 동료에게 부탁해서 생산 활동을 대신하게 하는 것이 허용된다는 점이다.

마사이들은 아내를 한 남자의 부인이 아닌 마을 공동체의 일원으로 받아들이는 경향이 있다. 친한 친구가 찾아오면 부인을 내어주어 함께 자게 하고, 만약 임신하게 돼도 자기 아이로 받아들여 아무런 거부감 없이 키운다. 또 남편이 죽으면 마을 공동체가 그의 아내와 아이들을 책임진다.

마사이 남자의 권위는 대단하다. 모든 결정권이 남자에게 있다. 여자는 단지 아이 낳고 집을 지키는 하녀에 불과하다. 여성의 인권은 찾아볼 수 없다. 반면 부인들끼리의 위계질서는 강하다. 첫째 부인의 세도가 어찌나 센지 나머지 부인들은 그녀의 시중을 들며 아무 소리도 못 하고 살아야 한다. 속이야 타든 말든 겉으로는 부인들끼리는 사이좋게 지내야 한다. 그렇게 하지 않으면 남자가 아내들을 나무에 묶고 때리기 때문이다. 남자의 권위는 아이들에게까지 엄격하게 적용된다. 여자아이는 아버지를 보고 얘기할 수도 없고 등을 돌리고 대화를 해야 하고, 남자아이도 아버지를 만나려면 미리 약속해야 한다고 한다.

이들의 독특한 문화 중 하나가 인사법이다. 마사이끼리 만나면 서로의 얼굴에 침을 뱉는데 물이 매우 귀한 그들에게 귀중한 수분을 발라주는 것은 우정과 축복의 표현이라고 한다. 실제 그렇게 하는지 궁금하여 변 수녀님께 물었더니, 침을 뱉는 것은 아니고 침을 뱉는 흉내를 내는 것이며, 외지인에게는 이런 식의 인사를 하지 않는다고 한다. 이와 비슷한 인사법이 있는 곳이 또 있다. 나이지리아에서는 손님이 오면 엄마가 아이들의 손등에 퉤퉤 하며 축복해 주고, 케냐의 투루카나 부족은 입에 물을 머금고는 뿌려준단다. 이런 행동들에는 모두 축복의 의미가 들어 있다.

변 수녀님은 수시로 마사이 마을을 다닌다. 내 경험으로 현장을 방문하면 사람들은 정성껏 음식을 내놓으며 예의를 갖춘다. 변 수녀님도 그런 경험을 했을 것이므로 내가 물었다.

"마을을 방문하면 사람들이 간식을 내놓지요. 혹시 우유와 생피가 섞인 그들의 음식을 대접받아본 경험이 있는지요?"
"아니요. 아직 소의 피를 대접받아 본 적은 없습니다. 얼마 전에 마사이 가족 몇 집을 방문했는데 우유와 차를 섞어 끓인 음료를 받아 마셨습니다. 어떤 집에서는 콩밥을 준비해서 함께 먹고 왔습니다. 다니다 보면 소의 생피도 나올지 모르겠어요."
"외지인이 그런 음식을 먹게 되면 탈이 나지 않나요?"

내심 나도 다음에 마사이족 마을을 방문할 것을 예상하고 물어본 말이었다. 가축의 생피는 감염병의 우려가 있을지도 모르는데……

"그럴 수 있어요. 가끔 부르셀라병(브루셀라균에 의해 감염된 동물로부터 사람이 감염되어 발생하는 인수공통감염병)에 걸리기도 합니다. 저도 케냐에서 한 번 걸려서 2주간 약물치료를 하며 고생한 적이 있습니다."

이 질병은 브루셀라균에 의한 인축(人畜) 공통 감염병이다.

마사이족 아이들

남자아이는 소를 몰고 나가 풀을 뜯게 하고 여자아이는 일찍 결혼시켜 다오리(여자아이의 몸값)로 소를 받을 수 있기에 아이들의 수가 많을수록 그들에게는 이익이 된다고 밝힌 바 있다. 여자아이들은 자신의 의사와 상관없이 알지도 못하는 남자에게 시집가는 것을 대단히 싫어한다. 가끔은 할아버지 같은 나이 많은 남자에게 시집가게 되는 일도 있다. 남자가 소 한 마리를 가져와서 어린 딸을 달라고 하면 아버지는 딸을 내어준다고 한다. 그래도 딸은 자신의 의사를 나타낼 수 없어 속으로만 애를 태운다. 학교에 다니던 여자아이가 갑자기 나타나지 않을 때는 시집을 간 것이라 여기면 틀리지 않는다고 한다.

마사이 남자아이는 15세 전후가 되면 할례를 받고 전사가 된다. 전사는 소를 약탈하고 다른 종족의 습격을 방어하는 것이 임무이며, 타조의 깃털로 머리를 장식하고 긴 창과 방패로 적과 용감하게 싸운다. 할례를 받을 때 울면 남자 자격이 상실되기 때문에 이를 악물고 참아야 한단다. 초등학교 학생이 할례를 받게 되면 이제는 남자이기 때문에 여자 선생님을 우습게 여긴다고 한다. 그런 남자아이를 혼내려 했다가는 오히려 낭패를 보기 때문에 함부로 대할 수도 없다고 한다.

이러한 전통 속에 살아온 마사이 아이들이지만 시대의 흐름에 따라 그들도 학교에 다니며 공부하고 있다. 부모들이 아이들의 교육에 대해 얼마나 중요하게 여기는지 궁금했다. 그래서 한 마사이 남자에게 물어보았다.

"자녀들을 학교에 보내면서 무엇을 기대하나요?"
"옆집에서 보내니까 나도 지기 싫어 보내지요."

변 수녀님은 자녀교육에 대한 마사이 부모의 인식은 미약하다고 했다. 나는 아이들의 학교 공부에 대한 태도 역시 궁금했다.

"공부에 대한 아이들의 반응은 어떤가요?"
"방과 후 집으로 돌아가면 아이들은 가축을 돌보는 일이 우선이에요. 방학 동안에는 마사이어를 사용하면서 가축을 몰고 풀을 찾아다닙니다. 방학이 끝났을 때 그동안 배운 영어나 스와힐리어를 잊어버려 다시 시작해야 한답니다."

오케수멧 공동체에서 교육을 담당하는 탄자니아 수녀는 아이들이 좀 더 열심히 학교에 나오도록 하려고 영양식을 제공해주고 있단다. 급식으로는 콩과 옥수수를 삶은 '기데리'라는 음식

변수녀님과 마사이족 학부모들의 모습. 전통적인 삶의 방식을 고수해왔던 마사이족이지만 그들도 자녀교육의 필요성을 점차 깨닫고 있다.

과 '우갈리'와 소고기를 곁들인 음식을 제공하고, 공동체에서 만든 빵과 포리지(옥수수와 밀 등으로 만든 죽)를 간식으로 제공하고 있다고 했다.

느린 속도이기는 하지만 마사이족은 전통방식으로는 현시대에 적응할 수 없어 가난해질 수밖에 없다는 사실을 깨달아가고 있었다.

문명화의 바람 앞에 선 마사이

마사이들에게는 구두쇠 경향이 있다고 변혜련 수녀님이 말한다.

"소나 염소를 팔아서라도 돈을 장만하라고 하면 여간해서 팔지

오랜 세월 진기한 전통을 이어온 마사이족 문화가 문명화의 거센 바람 앞에 꺼져가고 있다. 이제는 전통적인 복장을 입고 귓볼에 구멍을 내 치장하는 아이들의 모습은 찾아보기가 힘들어졌다.

않으려고 해요. 한 번 수중에 돈이 들어오면 돈을 사용하는 것을 매우 부담스러워해요."

돈에 대한 개념이 부족해서 그런 게 아니냐고 물어보니 수녀님은 그와 반대라고 했다.

"한 마사이 사람이 버스에 타서는 차비를 깎아달라고 졸라댔어요. 말이 통하지 않자 차장이 화가 나서 그를 버스에서 내리게 하는 것을 보았어요."

오케수멧 공동체가 운영하는 성 아우구스티노 학교의 교육 담당 수녀는 이렇게 말했다.

"소와 염소를 많이 가지고 있는 한 마사이 남자가 찾아와서 자신
은 무일푼이니 자녀들을 무료로 학교에 다니게 해 달라는 것이었
어요. 그래서 제가 그랬지요. 염소 몇 마리만 팔아도 자녀교육 걱
정은 하지 않아도 될 것 같다고요."

그러자 그는 고개를 절레절레 흔들며 퉁명스럽게 나가버리
더라는 것이었다. 또 이런 일도 있었다고 한다. 한 남자가 숨을
헐떡이며 성 아우구스티노 학교에 들어왔다. 그에게는 4명의 아
내에게서 태어난 30명의 아이가 있었는데 각 아내에게서 한 명
씩 선발하여 학교에 보내고 있었다. 이 마사이 아버지가 하는 말
이 젊은 부인을 하나 더 들이려 했는데 아이들 학비 때문에 그만
두어야겠다는 것이다.

이런저런 마사이족 문화를 보고 있으려니 재미있다는 생각
이 들면서, 한편으로는 오랜 세월 진기한 전통을 이어온 이들 문
화가 문명화의 거센 바람 앞에 꺼져가고 있는 것 같아 안타까웠
다. 자의든 타의든 마사이들의 삶도 차츰 개방되면서 학교를 마
친 젊은이들이 일자리를 찾아 도회지로 떠나고 있다. 이제는 전
통적인 복장을 하고 귓불에 구멍을 내 치장하는 아이들 모습은
찾아보기 힘들어졌다.

09

진주는 상처 난
조개 속에서 자란다

싸이풀의 무거운 어깨

싸이풀과 함께 릭샤를 타고 종일 다카의 빈민가를 다녔다. 그의 휴대폰이 아침부터 쉬지 않고 계속 울려댔다. 뱅골어로 통화하는 표정이 이따금 굳어지기에 무슨 사정이 있을 것으로 생각했다. 오후가 돼도 휴대폰 벨은 계속해서 울렸고 그의 표정은 어두워져 갔다. 나는 무슨 사정이 있냐고 묻지 않을 수가 없었다. 그러자 그가 말했다.

"대표님. 사실은 저희 어머니가 오늘 아침에 갑자기 가슴 통증으로 병원에 응급입원을 하게 되었습니다."

한국 본부에서 대표가 현장 모니터링을 나온다 하니 보좌하도록 예정되어 있던 싸이풀은 모친한테 가봐야겠다는 말을 차마 하지 못했던 같았다.

"아, 그래요? 어서 어머니가 계신 병원으로 가 봐야지요."

내 말에 싸이풀은 모친이 다카에 계시지 않고 다른 지역 병원에 계신다며 다음 날 아침 일찍 가보겠다고 했다.

"갑자기 가슴 통증이면 심상치 않을 수 있는데……. 병원에서는 뭐라고 하던가요?"
"정확한 병명은 잘 모르겠어요. 심장이 좋지 않다고 그랬어요."

내가 심근경색증에 관해 설명해 주니 바로 그 병이라고 말했다. 모친 일로 싸이풀의 가족에 대해 자세히 알게 되었다. 그가 고개를 떨구며 말했다.

"저희 형제는 아들만 여섯입니다. 큰 형님은 유럽에 나가 있고 동생 1명은 교사이고, 나머지 3명은 모두 병원에 있습니다."
"병원에 있다니……."
"형님 1명과 동생 2명이 오랫동안 정신병원에서 나오지 못하고 있어요."

여섯 형제 중 3명이 조현병을 앓고 있었다. 진료 때 늘 대하던 그 정신질환이 아니던가. 조현병에는 여러 형태가 있어 어떤 유형은 제대로 치료하면 얼마든지 사회생활을 할 수 있고 예후가 좋은가 하면, 어떤 유형은 아무리 치료해도 점차 나빠져 사회생활이 불가능하고 인격이 황폐화할 수 있다. 형제들이 벌써 몇 년째 병원에서 퇴원하지 못하고 있다면 예후가 좋지 않을 가능성이 있어 마음이 무거웠다. 정신건강의학과 전문의로서 이 병이 주는 부담을 잘 알기에 싸이풀에게 용기를 잃지 말라고 격려해 주었다. 그는 헛기침을 두 번 하며 유쾌하게 떠들어 댔다.

"아버지는 오래전에 돌아가시고 어머니마저 지병을 앓고 계시지만 이래 봬도 제가 가장입니다. 가장이 튼튼해야지요. 보세요. 제가 터프가이 같이 보이지 않으십니까?"
"맞아. 그렇게 보이지. 하하하……."

싸이풀은 지부의 어느 직원에게도 힘들다는 내색을 하지 않고 묵묵히 자기 역할을 잘해 왔다. 모친의 심장병과 세 형제의 정신병을 챙겨야 했음에도 삼살 방글라데시의 업무뿐 아니라 로힝야족 난민들을 위한 사업까지 열심히 진행해 왔다. 삼살 방글라데시의 자랑스러운 직원이 아닐 수 없다. 삶에서 행복을 좇는 것보다 의미를 좇는 것이 더 중요하다는 말로 그를 격려했다. 의미를 부여하는 것이 왜 행복을 좇는 것보다 더 나을까? 행복을 중시

하면 원치 않는 일이 생길 때 자신을 불행하다고 여기기 쉽다. 그러나 어떤 상황이든 나름대로 의미를 추구하면 고난이 닥치더라도 불행하다고 여기지 않을 수 있다.

오스트리아 출신의 정신과의사 빅터 프랭클이 악명 높은 나치수용소에서 살아남은 후 로고테라피(의미치료)를 창시할 수 있었던 것은 죽음의 수용소와 같은 극한 삶의 환경에서도 의미와 목적을 부여할 수 있었기에 가능했다. 싸이풀의 처지도 얼마든지 불행해질 수 있다. 그렇지만 삶의 조건을 행복과 불행의 관점이 아닌 의미 추구의 관점으로 바라본다면 인생을 보다 긍정적으로 유지해 나갈 수 있다. 실제 그는 그렇게 해 나가고 있는 것 같았다.

상처 난 조개 속에서 자라는 진주

힘든 상황에 있다 하더라도 자신의 날개로 세상을 향해 부단히 날아가려고 노력하다 보면 어려움을 극복하는 과정에서 진정한 자신을 발견할 수 있다. 새끼 새는 어미가 보호해 주지 않으면 독수리와 같은 맹수에게 언제든지 잡아먹힐 수 있다. 그러나 때가 되면 어미는 둥지를 떠나고 만다. 그때부터 새끼에게 안전지대는 없다. 스스로 날지 않으면 생존할 수 없다. 생물계는 예외 없이 때가 되면 위험에 도전해서 스스로 극복해 나가야 한다. 인간도 마찬가지다. 도전 없는 인생은 없다. 부서지고 깨지는 가운데서 새로운 길이 열린다.

살마 악테르

나는 다카에서 그녀를 만났다. 한 떨기 들꽃과 같은 젊은 여성이다.

"도장염색 강사로 재직 중인 살마 악테르입니다."
"이렇게 만날 수 있게 되어 반가워요."

그녀는 여덟 살 때 아버지가 갑자기 세상을 떠났다. 남긴 유산이라곤 감당하기 어려운 빚뿐이었다. 어머니는 잠자는 시간 외에는 전부 일을 해서 빚을 갚아 나갔지만 빚은 커지기만 했다.

"경제적 고통이 너무 컸어요. 저는 어린 나이 때부터 세상에 태어난 것 자체가 불행이라고 여겼습니다."

나중에 알게 된 일이지만 아버지 소유의 작은 가게를 친척들이 가로채는 바람에 그녀와 어머니는 가진 것 하나 없이 맨몸으로 생존 투쟁을 해야만 했다.

누구에게나 한 번 주어지는 인생이다. 이 인생을 빵에다 비유한다면 맛있는 빵이 되고 싶지 부스러기로 살고 싶지 않다.

"저는 배움만이 살 길이라고 여겼어요. 모진 운명이 저에게 닥쳐와도 제 신념을 막을 수 없었습니다."

살마는 주경야독으로 공부하여 학교를 마친 후 삼살 방글라데시에서 일을 할 수 있게 되었다. 그러나 기쁨은 잠시뿐이었다. 첫 월급을 타서 콧노래를 부르며 집으로 돌아와 보니 어머니가 급작스럽게 사망한 상황이었다. 그녀는 눈물을 흘리며 살아온 이야기를 쏟아냈다.

"저는 다시 어려운 시기를 맞아야 했어요. 어머니가 돌아가신 후 가장 고통스러웠던 것은 세상에서 절 챙겨줄 사람이 아무도 없다는 것이었습니다. 방황 끝에 새로운 가족을 찾고자 결혼을 하게 되었어요. 멋진 남성을 만났다고 여겼어요. 새로운 인생이 시작될 것 같은 기대감이 가득했었죠. 하지만 현실은 냉정했어요. 시부모는 여성이 사회활동을 하는 것을 탐탁지 않게 여겼습니다. 출근길까지 막아서며 제가 직장을 그만두도록 강요했어요. 결국, 시댁에서 쫓겨나고 다시 혼자가 되었지요. 어떻게 해야 하나 하는 생각에 절망감만 남아 있었지요."

그녀의 눈가에 이슬이 맺혔다. 잠시 마음을 가다듬기 위해 침묵의 시간이 필요했다. 내가 말을 다시 시작했다.

"희망은 어둠 속에서 시작돼요. 암흑 속에서는 아무것도 보이지 않을 것 같지만 역설적으로 어둠 속에서만 빛을 볼 수 있어요."

그녀가 무슨 뜻인지 알아듣겠다며 고개를 끄덕였다.

"별이 반짝이는 것은 캄캄한 밤하늘이 배경이 되어주기 때문이
지요. 별은 내면의 어두움을 밝히는 희망과도 같아요."
"다시 용기를 내야겠어요. 제 인생의 가시밭길이 언제까지 이어
질지 몰라도 저는 절대로 포기하지 않을 거예요."

나의 격려에 그녀는 눈물 대신 웃음으로 대답했다. 그렇게 말
하는 표정에서 미움과 분노로 영혼을 갉아먹는 대신 연민과 관용
으로 영혼을 살찌우겠다는 다짐이 느껴졌다. 좀 더 하고 싶은 말
이 있으면 해보라고 하자 살마는 다음과 같이 말했다.

"우리나라 여성들에게는 현실적인 제약이 너무 많아요. 여성들
도 사회활동을 통해 자아를 발견하고 꿈을 키워갈 수 있어야 합
니다. 저는 저와 비슷하게 살아가는 여성들이 꿈을 잃지 않고 배
움의 길을 찾을 수 있도록 돕고 싶어요. 제 소망은 이 곳 삼살 방
글라데시에서 도장염색 과정을 가르치면서 그들을 응원하고, 또
그들이 배운 것을 사회에서 활용할 수 있도록 해 주는 것이에요."

멋진 말이었다. 제2, 제3의 살마가 여성 자활교육 프로그램
에 많이 들어왔으면 좋겠다. 진주는 상처 난 조개 속에서 자란다.
살마 악테르는 내면의 깊은 상처가 아물면서 진주가 되어가

고 있었다.

냐라이가 살아가는 세상

짐바브웨 구웨루행 버스비는 엄청나게 비쌌다. 수도 하라레에서 차량으로 4시간이 걸리는 그곳까지 126달러를 달라 하니 우리 돈 12만 원이 넘었다. 한국에서 아무리 비싼 버스라 할지라도 이런 비용을 요구하지 않는다. 적잖게 당황스러웠지만, 곧 진짜 상황을 알 수 있었다. 짐바브웨의 경제 사정이 극도로 악화하고 있어 물가가 천정부지로 치솟고 있었다. 하이퍼인플레이션 상황이었다. 내게 요구한 버스비는 공식 환율로 환산한 금액이었다. 그래서 '암시장(Black Market)'에서 실거래 가격으로 구하니 저렴한 가격에 탈 수 있다.

버스가 도심을 빠져나가자 나지막한 구릉이 이어지면서 원추형으로 된 전통가옥들이 나타났다. 동행한 현지 관계자는 그 허름한 곳에서 생활해 보았다고 했다. 그는 몇 달 동안 전통가옥에 머물기로 계획하고 들어갔으나 추위 때문에 못 견디고 나왔단다. 해발 1,600m 고지대의 밤은 기온이 뚝 떨어진다. 난방이 없는 원추형 오두막은 냉방 상태와 같아진다. 있는 옷을 모두 껴입어도 한기가 파고들어 한 달 만에 포기하고 하라레로 돌아왔다고 말했다.

구웨루에 내리자 현지 NGO인 CDES의 직원들이 마중을 나왔다. CDES는 청소년들을 대상으로 교육 지원사업과 시골 지역

자식 7명중 6명을 먼저 떠나보낸 냐라이의 할머니. 짐바브웨의 에이즈 문제는 절대적 빈곤과 함께 해결되어야 할 숙제다.

의 학생들에게 식량 지원사업을 해오고 있었다. 한끼의식사기금에서는 사업예산을 지원하는 방식으로 이 단체와 연대해 오고 있었다.

목적지인 세인트 패트릭 초등학교로 가는 길은 주변 경관이 아주 환상적이었다. 곳곳에 다양한 형상의 바윗돌이 나타났는데 어떤 돌은 거대한 고인돌처럼 보이기도 했다. 나라 이름인 '짐바브웨'는 현지어인 쇼나어로 '스톤하우스', 즉 돌집이라는 뜻이란다. 짐바브웨의 자연환경은 천국처럼 아름다웠지만, 사람들이 살아가는 조건은 지옥에 가깝다. 독재자 무가베와 그의 권력층 때문일 것이다.

성공회에서 운영하는 세인트 패트릭 학교에 도착했다. 스무

명 남짓한 학교 학생들이 CDES로부터 학비 및 식량을 지원받고 있었다. 학생들에게 제공되는 식량은 학교 옆 약 300평 정도 되는 채소밭에서 나온 수확물이었다. 내가 도착할 당시 옥수수와 토마토는 이미 수확을 마쳤고, 콩이 한창 주렁주렁 매달려 자라고 있었다.

채소밭을 관리하는 사람은 젊은 여성으로 그녀 이름은 '냐라이'다. 이십대 중반인 이 아가씨는 채소밭을 직접 관리하면서 학생들에게 수확물을 무상으로 제공해 왔다. 또 틈틈이 모은 돈으로 노트와 연필 등을 구매해서 학생들에게 지원해 주고 있었다. 나는 거기서 또 다른 진주를 만나는 기분이었다.

냐라이는 가족사가 참으로 기구했다. 그녀가 살아가는 집을 찾아가 보았는데 작고 낡은 전통가옥에서 할머니와 함께 살고 있었다.

냐라이의 할머니는 모두 7명의 자식을 두었으나 6명이 에이즈로 사망했다고 한다. 냐라이의 아버지도 에이즈로 사망했단다. 남편과 자식 여섯을 저 세상으로 먼저 떠나보냈으니 얼마나 가슴이 아팠을까……

한때 짐바브웨의 에이즈 문제는 아주 심각했다. 성인 3명 가운데 1명이 에이즈 양성반응을 보일 정도였다. 1980년 독립 당시 60세가 넘던 평균 수명은 2004년 유엔 통계를 보면 36세까지 떨어졌다. 가뭄으로 기근이 들면 영양이 부실하고 면역이 약한 노약자부터 먼저 사망하지만, 에이즈로 인한 사망은 젊은 성인층이 주를 이루다 보니 평균 수명이 급감한 것이다. 성인들이 질병으로 쓰러지자 농사를 지을 일손이 부족해져 기근은 더욱 심각해졌다. 이런 현상을 두고 사람들은 '신종 기근'이라고 불렀다.

냐라이네 집을 방문했을 때 할머니는 드럼통 속에 든 반액체 같은 것을 나무막대기로 돌리고 계셨다. 무엇을 하시느냐고 물으니 '치부쿠'라는 옥수수 술을 만드는 중이라고 하셨다. 아무것도 없는 처지에서 굶어 죽지 않으려면 무엇이라도 해야만 했다. 힘들게 만든 옥수수 술은 1리터에 150원 정도 받고 팔았다.

냐라이의 가족이 겪고 있는 가난은 상대적 가난이 아닌 절대적 가난이다. 절대 가난의 현장을 둘러보면서 아무런 나눔도 행하지 않고 그냥 지나치는 것은 일종의 죄를 짓는 것이라는 생각이 들었다. 가난한 사람들에게는 연민이나 동정이 아니라 실질적 도움이 필요하다. 하지만 냐라이는 도움을 받는 것이 불편하다며 자신의 능력으로 당당하게 힘든 사람을 돕겠다고 했다. 어디서 그런 의지가 나오는 것일까?

> "할머니는 자식 7명 중에 6명을 먼저 떠나보내셨어요. 할머니보다 더 불행한 사람은 세상에 없을 거예요. 하지만 우리 할머니는 절대로 눈물을 보이시지 않아요. 저는 할머니 마음속이 어떤지 잘 알아요. 매일 눈물을 흘리고 계실 거예요."

냐라이는 할머니의 슬픔을 옆에서 지켜보았기에 세상의 힘들고 약한 사람들이 슬픔에 빠지지 않도록 도와야겠다는 생각을 하게 되었단다. 그녀의 말에서 강한 힘을 느낄 수 있었다. 가족의 고통을 통해 자신이 무엇을 해야 하는지를 깨달은 그녀에게 책에서 읽은 구절을 격려의 말로 전해주고 헤어졌다.

"자신의 고통에 대해 마음을 여는 것이야말로 다른 사람을 위한 봉사에 헤아릴 수 없을 만큼 큰 도움을 줍니다. 자신의 고통을 깊이 이해할수록 도우려는 사람에게 더욱 쓸모 있는 사람이 될 수 있을 테니까요."

10

산띠라니
삼살 클리닉

의료 봉사활동에 대한 회상

등산복 차림의 한국인들이 많아 '히말라야 트레킹 시즌이 왔구나!'라고 생각하고 있는데 비행기는 카트만두 공항에 도착했다. 나는 내리자마자 곧바로 카트만두 외곽의 낙후된 지역 고다와리로 향했다. '산띠라니 삼살' 클리닉을 방문하기 위해서였다. 도심을 빠져나가는 길에는 흑백영화의 배경장면처럼 낡고 허름한 건물들이 길 양쪽에 줄지어 서 있었다. 낙서로 가득한 벽, 앞은 멀쩡한데 뒷면이 부서진 기괴한 집, 조악한 물건을 차려 놓은 노점상……. 현지 활동가인 김지나 씨는 카트만두 분위기가 심상치 않다고 했다. 이날 마오이스트(마오쩌둥 이념을 추종하는 네팔의 공산주의자)들의 시위가 있을 거라는 제보가 있다는 것이었다. 혹시 모를 시위대를 피해서 서둘러 목적지로 향했다.

조셉수녀회 수녀님들이 '나마스떼' 하고 인사하면서 나를 반겨주었다. 나마스떼는 '그대 안의 신에게 경배'한다는 의미다. 인도 깔림퐁에서 온 관구장 안나 수녀님을 비롯한 위니, 이멜다, 엘리스 수녀님은 모두 인도 출신이었다.

나는 몇 년 전 상황이 생각났다. 7월의 뜨거운 햇살이 쏟아지는 가운데 아침부터 진료를 받기 위해 많은 사람이 장사진을 치고 있었다. 마을 곳곳에는 한국에서 의료 봉사팀이 온다는 포스터가 붙어 있었다. 당시 우리는 다섯 명의 한국인 의사와 현지인 의사 한 명이 짝을 이뤄 진료했다. 점심시간이 되었는데도 도무지 환자가 줄지 않자 라면으로 끼니를 때워가며 진료했던 기억이 생생하다.

병은 조기에 치료를 받아야 비용도 덜 들고 후유증도 덜하다는 것이 상식이다. 하지만 현지 상황은 안타깝게도 그렇지 못했다. 환자들은 대부분 가난하기 때문에 참을 만큼 참다가 도저히 안 되겠다 싶으면 병원을 찾아온다. 그러면 이미 심각한 상태에 빠진 경우가 허다하다. 지난번 의료 봉사활동 중에 그런 상황을 여러 번 경험했다. 한 중년 남성이 아내를 부축하고 진료를 받으러 왔는데 아내는 제대로 서 있지도 못하고 땅바닥에 쓰러져 버렸다. 얼굴은 창백하고 호흡이 가빴다. 다행히 환자는 자신의 진료 기록부를 갖고 있어서 상태를 파악하는 데 큰 도움이 되었다. 진료 기록부에는 비뇨생식기 결핵, 신장염, 빈혈 등의 진단이 나와 있었다. 즉시 입원해야 한다고 했더니 남편의 표정이 어두워졌다. 그동안 아내의 치료비로 돈을 다 썼기 때문에 수중에는 한 푼도 없다는 것이었다.

11살 남자아이는 한쪽 청력을 상실했고 다른 쪽 귀 또한 청력이 떨어지는 가운데 진물이 흐르고 역겨운 냄새를 풍겼다. 저 어린 나이에 청력을 상실하게 되면 남은 인생이 얼마나 힘들까 하는 안타까운 마음이 들어 어떻게 해서든 아이의 불행을 막아주고 싶었다. 우리 의료진은 고다와리에서 머무르는 동안 중환자 10여 명을 현지 병원에 입원시키거나 수술을 받을 수 있도록 해 주었다.

이어서 진료팀은 인도와 접해 있는 국경 마을인 자파로 이동했다. 네팔 동남쪽 끝에 위치해 마치 외딴 섬과 같은 오지였다. 주민들은 평생 병원에 한번 가보지 못한 사람들이 태반이었고 외국에서 의료 봉사활동을 다녀간 의료팀이 한 차례도 없었다고 했다. 그런 마을에 우리 의료팀이 찾아가니 주민들이 얼마나 반기며 환영하던지……. 그때 모습이 영화의 한 장면처럼 눈에 훤하다.

한낮 자파의 기온은 40도를 오르내렸다. 가만히 앉아 있어도 숨이 턱턱 막히고 등줄기에서 땀이 줄줄 흘러내렸다. 습도 또한 매우 높았다. 한 가지 위안이 있었다면 눈 앞에 펼쳐진 차 밭이었다. 녹색의 시원함이 잠시 무더위를 달래주는 듯했다. 마을에서 재배하는 차는 주민들의 유일한 생계 수단으로, 종일 일해도 수

입은 한국 돈 1,600원 정도밖에 되지 않았다. 딱한 현실이었다. 주민들에게 다른 일자리는 없었다.

모란 메모리얼 학교의 로이 교장 선생님 일행이 마중을 나왔다. 모란 메모리얼 학교는 자파에서 제일 좋은 학교란다. 학생들은 무료로 지급된 교복을 학교에서나 집에서나 할 것 없이 늘 입고 다녔다. 교복이 유일한 옷이기 때문이다. 밤에는 전기가 들어오지 않는 집이 많고 좁은 방에서 온 가족이 함께 생활했다.

낙후된 오지 풍경이라도 보는 이가 마음을 어떻게 먹느냐에 따라 다르게 보일 수 있다. 해 질 무렵 차 밭에서 고된 노동을 마친 아낙네들이 집으로 돌아가는 모습이 눈에 들어왔다. 내 눈에는 시골의 서정적인 풍경으로 비쳤다. 밀레의 그림을 보는 것과 같다고 할까. 실제 그들의 삶은 한없이 힘들고 팍팍하겠지만 말이다.

자파에는 외부에서 손님이 올 일이 없다 보니 변변찮은 게스트하우스조차 없었다. 우리는 진료 지역으로부터 자동차로 한 시간 이상 떨어진 곳에서 겨우 숙소를 잡을 수 있었다. 오지에서 찾아낸 게스트하우스는 어떤 수준일까? 아무리 기대를 하지 않는다고 해도 도가 지나쳤다. 방문을 여니 퀴퀴한 곰팡이 냄새가 확 풍겼다. 문짝은 아귀가 맞지 않아 문을 여닫을 때는 화가 난 사람처럼 세게 당기고 밀쳐야 했다. 그뿐만 아니라 베니어판 벽 칸막이는 방음이 안 되어 옆방에서 무슨 말을 하는지 다 들렸다. 벽에는 낡은 에어컨이 붙어 있긴 했으나 작동이 되지 않아 무용지물이었고, 느릿느릿 돌아가던 선풍기마저 더위 먹은 사람들이 동시에 틀어대자 멈추어 버렸다. 샤워장에는 거미줄이 군데군데 있었으나 이런 악조건은 오히려 봉사활동을 한 뒤 후일담으로 삼을만한 경험이었다.

다음날 잠자리에서 일어나니 온몸이 끈적끈적했다. 습도가 높아 침대는 물을 뿌려놓은 듯 축축했다. 문짝이 제대로 닫히지도 않는 샤워장에서 샤워하고 있는데 불청객이 하나 들어와 있었다. 두꺼비 한 마리가 벌거벗은 내 모습을 멀뚱멀뚱 쳐다보고 있는 게 아닌가.

진료 첫날이었다. 모란 메모리얼 학교에 도착하니 학생들이 우리를 맞이하기 위해 운동장에 모여 있었다. 학생 대표가 일행의 이마에 축복의 의미로 티카(네팔에서는 외부에서 손님이 오면 축복의 의미로 꽃잎을 으깨어 이마에 붉게 칠을 해 주는데 이것을 티카라고 한다)를 붉게 칠해 주고, 얇은 헝겊을 옷 위에 걸쳐 주는 예식을 거행하며 환영해 주었다.

진료가 시작되자마자 순식간에 북새통으로 변해 버렸다. 어린이와 노약자 우선 개념도 없이 자신부터 진료를 받게 해 달라고 난리법석을 떨었다. 재해를 당한 이재민들이 생필품을 받으려고 달려드는 모습과 흡사했다. 큰일 나겠다 싶어 일정한 단위로 나누어 진료소 안으로 들여보내니 질서가 잡혔다. 자파 진료에서 특이한 환자 한 명을 만났다. 그는 거대 음낭 수종으로 진료를 받으러 왔는데 음낭이 어찌나 큰지 모든 의료진이 놀랐다. 몸에 거대한 종을 매달고 있는 듯한 형상이었다. 움직일 때마다 수종이 한쪽으로 치우치는 바람에 그는 중심을 잡지 못하고 비틀거릴 정도였다. 이전에 주사기로 물을 빼는 등 단순 치료를 몇 차례 받은 적이 있었으나 현지 병원에서 수술을 감당할 능력이 안 된다며 인도의 큰 병원으로 가보라는 말을 들었단다. 나간 라이는 부끄러움으로 바깥출입을 거의 하지 못했으며 심적인 고통 때문에 일상생활을 할 수 없는 지경에 처해 있었다. 생명에는 지장이 없는 질병일지라도 몸에 붙어 있는 거대한 장애물로 인해 그의 인생은 좌절감에 빠져 있었다. '신이시여! 우리가 가진 것은 얼마 없지만, 저 사람을 위해 돈을 쓰도록 해 주세요.'라고 기도하며 그를 인도로 보내기로 했다.

자파에 머무르는 사흘 동안 하루 평균 600명 넘는 환자를 진료했다. 매일 일과가 끝나면 온몸이 파김치가 되었지만, 진료팀 얼굴에는 미소가 가득했다.

나를 애타게 기다리는 사람들

산띠라니 삼살 클리닉은 한끼의식사기금과 조셉수녀회가 공동으로 운영해 왔다. 질병에 걸려도 돈이 없어 병원에 가지 못하는 가난한 네팔인들을 위해 두 기관이 협력하여 진료소를 세웠다. 역할을 분담해 우리는 사업 방향과 예산을, 수녀회 측에서 의료 인력과 운영을 맡기로 했다. 진료소의 이름이 '산띠라니 삼살'인 것은 마을 이름인 '산띠라니'와 우리 단체의 영문 이름인 '삼살'에서 따왔다. 시설이 부족한 작은 클리닉이지만 의료혜택이 전혀 없는 가난한 산골에 존재한다는 것 그 자체만으로도 가치는 충분하다고 생각한다.

　의료 봉사활동을 한 지 2년이라는 시간이 흘러 나는 산띠라니 삼살 클리닉을 다시 찾게 되었다. 방문한 목적은 진료소의 운영 상황을 살펴보고 동시에 주민들의 건강 상태를 조사하기 위해서였다. 진료실 안으로 들어서는데 마리 수녀님이 나를 쳐다보며 말했다.

　"몇 시간째 의사 선생님을 기다리고 있었습니다."

　진료소에는 의사가 없는데 누구를 가리키는 말인가?

　"바로 선생님입니다."

　나는 정신건강의학과 전문의인데……. 하지만 그런 말을 할 상황이 아니었다. 나무의자에 앉아 있는 세 사람의 상태를 보니 심상찮아 보였다. 첫 번째 환자는 복수가 차서 숨쉬기조차 힘들어했다. 눈이 노란 것을 보니 간이 나쁘다는 것을 한눈에 알 수 있었다. 두 번째 환자는 기침을 콜록거렸는데 소리가 둔탁하고 가래가 차 있었다. 가족 중에 비슷한 증상을 가진 어르신이 있다고 했다. 결핵의 가능성을 생각해야 했다. 세 번째 환자는 백내장으로 한쪽 눈을 수술했다는데 다른 쪽 눈마저 비슷한 증상이 있다

산띠라니 삼살 클리닉의 진료소 내부. 진료를 받아야하는 사람은 많지만 의사가 없어 진료를 받기가 대단히 어렵다.

며 불안한 모습이었다. 세 사람 모두 간절한 마음으로 치료를 받고 싶어 하는 눈빛이었다.

마리 수녀님은 고다와리에 이런 환자들이 상당히 많다고 했다. 세 환자 모두가 신체적 고통이 많았을 테고 인간으로서 품위 있게 살지도 못했을 것이다. 그들 마음에 상처를 주지 않으면서 도움을 줄 방법을 생각해 냈다. 몸이 낫거든 산띠라니 삼살 클리닉에서 환자 도우미 역할을 하게 하면 어떻겠냐고 수녀님께 물으니 아주 좋은 생각이라고 동의했다. 환자들도 모두가 찬성했는데 그중 한 사람은 이렇게 말했다.

"맞아요. 내가 도움을 받았으니 당연히 도움을 주어야죠."

마리 수녀님의 안내를 받아 나는 고다와리 산동네로 향했다. 사람들이 사는 집은 가파른 산 중턱 위에 자리하고 있었다. 여섯 가정을 방문했다. 당뇨병성 신경염에 경추협착증을 앓고 있는 환자, 결석 수술을 받고 막 퇴원한 환자, 몇 년째 결핵을 앓고 있는 환자, 골절된 다리로 인한 통증과 부종을 호소하는 환자들이었다. 아무런 검사도 해 보지 않고 자신 있게 환자들의 진단명을 나열할 수 있었던 것은 모두 자신의 진료 기록부를 지니고 있었기 때문이다. 특이하게도 네팔에서는 검사 기록, 엑스레이 필름, 투약 내용뿐 아니라 진단명까지 적힌 진료 기록부를 환자 본인이 직접 보관할 수 있다. 한국에서는 있을 수 없는 일이지만 말이다.

가정 방문 중에 한 환자가 헝겊으로 싼 뭉치 하나를 내게 보여주었다. 마치 강가의 작은 자갈처럼 생겼다.

"이게 뭔가요?"
"제 배 안에서 나왔어요."
"조그만 돌멩이로 보이는데요."

환자는 옷을 올려 수술 자국이 선명한 배를 보여주었다. 배 속에서 나온 결석이라고 믿기 힘들 정도로 컸다. 이렇게 큰 결석이 배 안에 있었다니. 얼마나 통증이 심했을까. 한 개도 아니고 대여섯씩이나 나왔다. 그 지역에는 결석환자가 상당히 많았다. 히말라야 빙하에서 녹아내린 물에는 석회 성분이 많은데 그 물을 식수로 사용하다 보니 결석환자가 많이 발생하고 있었다.

어둠 속의 만찬

가파른 언덕을 올라갈 때마다 마리 수녀님의 거친 숨소리가 귀에 들려왔다. 수녀님은 이 험한 길을 매주 세 번씩 다니셨단다. 연로한 몸을 이끌고 다니는 순회 진료는 아픈 사람들을 감동케 했을 것이다. 그러면서 내심 노 수녀님의 건강이 걱정됐다.

환자를 찾아 산악 마을을 옮겨 다니다 보니 시간이 꽤 지체되어 이미 날은 저물고 보름달이 산마을을 훤히 비추었다. 진료소로 돌아오는 길은 내리막이라 마리 수녀님이 숨차 하지 않아 좋았다. 우리는 대화를 나누며 걸었다. 수녀님은 그동안 환자들을 돌보면서 느꼈던 것에 대해 말했다.

"사람은 고통을 통해 자신을 성숙시킬 수 있어요. 그런 의미에서 질병은 삶의 선물이에요. 질병은 교만했던 시간에 대한 반성의 기회이며, 참회를 통해 겸손해진 내일을 바라본다면 이는 삶의 축복이지요."

옳은 말씀이다. 육체적 고통은 때로 정신적 성숙을 가져다준다. 고통으로 방황하던 어두운 밤이 좌절감을 뛰어넘어 희망으로 무장할 때 우리 내면은 새로운 기운으로 흘러넘칠 것이다.

진료소로 돌아와 늦은 저녁을 하려는데 전기가 나가버렸다. 이전에도 나는 캄캄한 곳에서 식사한 경험이 있었다. 방글라데시 찔마리로 식량 구호활동을 갔을 때 전기가 나가 버려 암흑 속에서 식사했다. 정말이지 특이한 체험이었다. 반찬 위치를 찾다가 수저가 부딪는 소리, 음식을 씹는 소리 등……. 오직 식사에만 집중할 수 있었다. 네팔에서 정전은 일상적인 일이란다.

"하루에 정전되는 시간이 무려 14시간이나 되어요. 냉장고는 말할 것도 없고 컴퓨터를 사용하기도 절대로 쉽지 않아요."

항상 전기 공급을 받는 곳에 사는 사람들은 잠시만 전기가 나가도 매우 불편해한다. 하지만 상시로 전기가 나가는 곳에서 사는 사람들은 다시 전기가 들어오는 것을 감사하게 생각한다.

세계은행이 발간한 연례보고서에 따르면 2017년 기준으로 전 세계 인구 10명 중 1명은 전기 없이 생활하고 있는 것으로 나타났다. 전기 보급은 해마다 늘고 있지만 8억4000만 인구가 아직도 적정한 전기 공급을 받지 못하고 암흑 속에서 살아가고 있다.

한번 나간 전기는 식사를 마칠 때까지 들어올 줄 몰랐다. 관구장 안나 수녀님, 이멜다 수녀님 등과 달빛에 의지한 채 향후 해나갈 일들을 의논했다.

"이른 시간 안에 우리가 해야 할 일은 의사를 채용하는 것입니다.

수녀회 측의 사정은 어떻습니까?"

"가정의학과 전문의가 올 예정이었으나 갑자기 취소되었습니다.
지금으로선 다른 방도를 찾아야 할 것 같습니다."

"현지 병원과 연계해서 알아보는 것은 어떨까요?"

"가능하겠지만 급여를 많이 요구할 것 같습니다."

그 밖에 입원이나 수술이 필요한 경우 현지 병원들과 어떻게
연계할 것인지, 그 경우 진료비 지원은 어떻게 할 것인지, 아이들
의 비타민 부족이나 기생충 질환을 어떻게 해결해 나갈 것인지
등등 다양한 이야기를 나눴다.

마지막으로 구충제에 관한 이야기가 나왔다. 그때 위니 수녀
님이 한국산 구충제에 대한 칭찬을 상세하게 늘어놓았다. 얼굴
이 누렇게 뜬 아이들에게 한국산 구충제를 먹였더니 금방 혈색이
돌고 살이 통통해지더란다. 다른 사람들의 이야기를 듣고만 있던
마리 수녀님이 꾸벅꾸벅 졸기 시작했다. 가파른 산언덕을 오르내
리느라 피곤했으리라. 나머지 사람들도 조용히 회의를 마무리하
고 각자 휴식처로 돌아갔다.

아쉽게도 진료소를 닫다.

산띠라니 삼살 진료소에는 트리부반 대학병원의 내과 의사
코이랄라 씨 등 현지인 의사들이 파트타임으로 나와 진료했다.
주말마다 수십 명의 환자가 진료 혜택을 보게 되었고 그중에는

중환자도 심심치 않게 있었다. 그들에게는 현지 병원에 입원해서 치료를 받을 수 있게 조치하기도 했다. 정해진 예산보다 지출이 늘었지만, 가난한 이들의 생명을 살리는 것보다 더 고귀한 일이 어디 있을까.

가난한 주민들은 영양 상태가 부실하다 보니 아이나 어른 할 것 없이 병치레가 많았고 일부는 중병으로 진행됐다. 이런 문제를 개선하기 위해 영양공급이 필요한 환자들을 선정하여 일주일에 다섯 번씩 영양식을 제공했다. 수녀님들의 활동 보고서에는 영양식을 제공받은 환자들 이야기가 실려 있었다.

* 니르말라 타망(여) : 하루 임금 250루피(한화 2500원)가 채 안 되는 돈이지만 몸이 너무 아픈 날은 이마저도 벌 수 없는 형편이다. 병원은커녕 한 알의 약조차 구경할 수 없었던 그녀에게 진료소는 한 줄기 빛이다. 담석 제거 수술을 받은 후 전신마취에서 깨어나자마자 눈물을 글썽이며 연신 '떤야밧 떤야밧'이라며 고맙다는 말을 잊지 않았다.

* 부띠망 타망(남) : 영양 결핍에다 결핵에 걸려 일상적인 활동을 하지 못하는 처지다. 형 집에 얹혀살고 있던 어느 날 갑자기 앞이 보이지 않게 된 그는 절망에 빠져 진료소를 찾았다. 두 눈 모두 백내장으로 진단받았다. 수술해야 한다는 의사의 소견을 듣고 진료소에 도움을 청해왔다. 그에게 수술을 받게 해주어 두 눈은 시력을 회복했

다. 덩달아 결핵까지 호전되어 원래의 순박한 모습을 되찾았다.

* 뿌띨리 비순케(여) : 할머니는 기관지 천식에 폐렴이 겹쳐 숨 쉬는 것조차 힘들어했다. 병원에서 입원치료를 받고 증상이 한결 호전되었다. 퇴원 후 100세까지도 거뜬히 살 수 있겠다고 말하는 할머니의 입가에는 웃음이 떠나지 않는다.

이처럼 환자들이 좋아지니 일하는 수녀님들뿐 아니라 나도 기뻤다. 그런데 수녀님들의 체력이 문제였다. 모두 나이가 일흔이 넘은 고령자였다. 그분들은 진료소 일만 아니라 마을을 다니며 순회 진료를 해야 했다. 그러다 보니 회계 관리, 행정처리뿐 아니라 컴퓨터로 보고서를 작성하는 데도 시간이 꽤 걸렸다. 어느 시점부터 정기적으로 들어오던 보고서가 늦어지고 활동 내용도 이전보다 부실해졌다. 하루는 마리 수녀님에게서 연락이 왔다.

"그동안 저희 나름대로 환자들을 열심히 돌보아 왔습니다. 이제는 안 될 것 같아요. 저 사람들을 두고 문을 닫는다고 생각하니 가슴이 미어지는 것 같아요. 하지만 더는 산마을을 다닐 수 없어요. 클리닉 밖으로 산책하러 나가기도 힘들어졌어요……."

사실 수녀님들의 건강은 몇 년 전부터 적신호가 켜져 있었다. 연세가 들면서 활동력이 떨어지고 경사진 산길을 오르내리면서 무릎 손상이 더 심해졌다. 체력이 약해지고 지병이 늘어나니 이동 진료를 할 수 없게 되었다. 새로운 방안을 같이 찾아보자고 조셉수녀회에 요청했지만, 더는 진료를 감당할 수 없을 것 같다는 회신이 왔다. 그리하여 수년간 운영되던 산띠라니 삼살 클리닉은 석양에 물든 저녁놀처럼 아쉬움을 남기고 문을 닫을 수밖에 없었다.

한끼의 기적

2부

"아무리 공부를 많이 해도 길거리의 사람들을 돕지 못한다면 전부 낭비일 뿐이야.
바바사헤브는 정부의 어떠한 요직도 차지할 수 있었지만, 민중의 단합과 사회 개혁의 길을 선택했어.
너도 미국에서 학위를 받았지. 그런데 너는 왜 인도준비은행에서 일하려는 거니?"

11

신도 버린 사람들

카스트제도에 속하지 못한 계층민

2019년 9월 영국 BBC방송은 인도 바크헤디 마을에서 '달리트' 아동 2명이 길에서 용변을 보다가 남성들에게 폭행을 당한 후 사망하는 일을 보도했다. 집에 화장실이 없는 아이들은 거리에서 용변을 봤던 것으로 조사됐다. 달리트는 불가촉천민을 지칭하는 말로, 공용 화장실을 사용하지 못하고, 버스나 기차에서 빈자리가 있어도 앉지 못하는 등 극심한 사회적 제약을 받고 있다. 인도 정부는 달리트 차별금지법을 공표했지만, 비인간적인 차별은 사라지지 않고 있다.

인도는 고대로부터 카스트제도에 의해 직업과 신분을 엄격하게 구분해 왔다. 네 개의 카스트 계급이 있어 종교적 일을 담당하는 브라만, 정치와 군대를 담당하는 크샤트리아, 상업과 농업을 담당하는 바이샤, 시중을 드는 노예계급 수드라로 나누고 있다. 달리트는 카스트 계급의 어디에도 속하지 못하는 최하층 민이다. 인도 전체 인구의 16%인 2억 명이 달리트로 이들은 시체처리, 거리청소, 분뇨처리, 머슴, 음식물쓰레기처리 등에 종사해 왔다.

접촉하기만 해도 오염된다고 해서 접촉할 수 없다는 뜻의 불가촉천민은 힌두교의 카르마에 따라 미천한 일을 하는 것이 전생의 악업 때문이라 믿으며 아무런 저항도 하지 않고 오랜 시간을 살아왔다. 사원 출입이 금지되고 마을 공동우물의 물을 긷는 것도 허락되지 않으며, 신발을 신을 수도 없게 되어 있다. 그들 스스로가 이렇게 말할 정도였다.

"우리는 우리의 더러운 발자국을 지우기 위해 허리춤에 빗자루를 매달고 다녀야 합니다."

20세기에 들어서면서 극단적 차별 속에서 살아온 불가촉천민들이 억압에 반발하는 움직임이 나타났다. 그리고 인도 하층민의 아버지로 불리는 사회운동가 암베드카르에 의해 적극적인 저항운동으로 번져나갔다. 암베드카르는 달리트 출신으로 미국 컬럼비아 대학과 영국 런던정경대학에서 경제학을 전공하고, 변호사 자격까지 획득한 지식인으로 정부 요직을 지냈으며, 달리트의 사회적 평등을 목표로 힘을 키워나갔다.

"우리의 기본적인 인권, 그리고 문명과 문화의 혜택을 받을 권리를 더는 거부할 수 없습니다. 인간으로서 타고난 권리를 쟁취하는 날까지 우리는 저항운동을 계속해야 합니다."

이를 배경으로 쓴 책이 『신도 버린 사람들(Untouchables)』이다. 이 책은 신분제의 굴레, 카스트제도 하에서 숙명적인 저항을 하며 살아있는 신화가 된 어느 불가촉천민 가족의 이야기를 담고 있다. 저자 나렌드라 자다브는 부모의 눈물겨운 삶을 통해 억압의 굴레에서 벗어나고자 했던 과정을 대하 드라마처럼 들려주고 있다.

나는 이 책에서 인간 존엄성을 회복하는 것이 얼마나 어려운 과정인가를 느끼면서 다무와 소누가 서로에게 '무지개가 뜨려면 비와 햇살이 모두 필요하다.'라고 한 부분에서 깊은 감명을 받았다.

파키스탄의 힌두교도

파키스탄에는 힌두교도가 얼마나 살고 있을까? 이 물음은 이 장의 주제인 바그리족과 맞닿아 있다. 1947년 영국령 인도가 인도와 동서 파키스탄으로 분할 독립할 당시 이슬람교가 국교인 파키스탄으로 700만 명의 무슬림이 이동을 했고, 600만 명의 힌두교도와 시크교도는 인도로 이동했다. 파키스탄에는 현재 2% 수준인 400만 명의 힌두교도가 있다고 하는데, 그들 중 75%가 달리트에 속한다. 카스트에 속하지 못하는 최하층민이라 사회적 차별에 시달리고, 소수종교다 보니 이슬람 원리주의에 탄압을 받는 등 이중고에 시달리고 있다.

오랜 차별에 대해 파키스탄 내 일부 힌두교도가 항의하고 나섰다. 신드 지역에서 무슬림 남성들이 15살 소녀 다야를 납치하여 강제로 개종시킨 후 결혼식까지 올리자, 70명의 달리트 가족이 당국에 항의하며 안전대책을 요구했다. 그러자 무슬림들은 달리트 공동체가 조용히 있지 않으면 더 많은 소녀를 납치할 것이라고 협박했고, 힘없는 힌두교도들은 조상들이 살던 고향 땅을 떠나야 하는 일이 벌어졌다. 비슷한 일이 또 일어났다. 17살 처녀 카스투리가 복면을 한 현지 남성들에게 납치되자 가족들이 경찰에 신고했고, 법원은 보석금을 받고 구속된 피고인을 석방하는 일이 벌어졌다. 그러자 가해자들은 카스투리와 그녀 가족들의 안전을 위협해 그들 역시 마을을 떠나야 했다.

또 신드 지역 주민인 람 다스는 고향에 가지 못하고 인도에서 불법 이민자로 지내고 있다. 비자 기간이 만료되었지만, 파키스탄으로 돌아가지 않고 델리 주변에 눌러앉아 버렸다.

"고향으로 돌아가고 싶지 않아요. 우리는 힌두교도이기 때문에 거기서는 인간으로서 누려야 할 존엄성, 기본적인 권리, 생계 등을 보장받을 수가 없어요."

인간은 안전하다고 느끼는 곳에 살아야 한다. 파키스탄 달리트에게는 그런 안전이 보장되지 않는다. 1971년 방글라데시가 독립한 이후 힌두교도와 시크교도는 파키스탄에서 잔인한 공격의 대상이 되었다. 아무런 잘못도 없이 증오의 대상이 된 이유는 인도군의 도움을 받은 동파키스탄이 방글라데시라는 독립 국가로 바뀌었기 때문이었다. 당시 파키스탄군은 다카에서 인도 원정군에게 굴욕적인 항복을 한다. 그 분노는 파키스탄 내에 있는 힌두교도들에게 돌아갔다. 파키스탄 정부의 기록에 따르면 1971년과 1972년에 카라치 안팎에서 최소 500명의 힌두교도가 살해된 것으로 나타나 있다. 그 이후 힌두교 숭배 장소의 불법 점령은 지금까지 계속되고 있다.

바그리족과 네스트센터

파키스탄 카라치에는 여자 포콜라레 공동체가 설립되어 있고, 예하의 '네스트센터(Nest center)'는 힌두교도 소수 민족인 바그리족을 지속해서 도와왔다. 이 센터의 실무 책임자는 헝가리 출신의 마르타 쿠르츠다.

인도 서부와 파키스탄 일부 지역에 분포해 있는 바그리족은 전통적으로 목축업에 종사하며 살아왔다. 그들은 힌두교와 전통 종교를 신봉하며 카스트제도를 엄격히 따르는데 결혼은 같은 계급 사람들끼리만 하고, 같은 씨족 사이의 결혼은 금지하지만 이혼한 여자나 과부의 결혼은 허용하고 있다.

파키스탄이 독립할 당시 힌두교도 상당수가 인도로 이동을 했지만, 일부는 고향에 남는 쪽을 선택했다. 그 결과 무슬림 사회로부터 차별대우를 받아 오면서 심각한 고통과 빈곤 속에 살아왔다. 그들 대부분은 경제적으로 매우 가난하여 사회의 밑바닥을 형성하고 있다. 남성 중심의 파키스탄 사회에서 남편이 없는 바그리족 과부의 지위는 더욱 낮았다. 혼자서 밖에 나갈 수도 없으며 다른 사람들 앞에 나설 수도 없다. 그런 바그리족 여성은 자녀와 함께 쓰레기더미와 같은 지저분한 곳에서 텐트를 치고 살아가는 형편이다. 대도시 카라치 주변에 사는 바그리족 가운데는 기초 교육을 받은 성인이 거의 없어 조잡한 일을 구하거나 구걸로 생계를 잇는 형편이다.

카라치의 바그리족과 포콜라레가 인연을 맺게 된 것은 30년 전으로 거슬러 올라간다. 당시 파키스탄에서 포콜라레를 이끌던 벨기에 출신의 프란치스코회 수사가 처음으로 바그리족을 돕기 시작했다. 그 후 파키스탄 여자 포콜라레가 이어받아 극빈층 아이들을 위한 방과후교육을 시작했고, 활동은 점차 확대되어 2002년에는 NGO 형태의 네스트센터를 설립하게 되었다.

한끼의식사기금은 2017년 바그리족 아동지원 프로그램을 확대 지원하기 위해 그들의 파트너가 되었다. 네스트센터의 2017~2018년 활동을 보면, 총 100명의 아이에게 교육 및 보건위생 프로그램을 운영했다. 취학 전의 가장 어린 아동 70명을 대상으로 보육원을 운영했고, 좀 더 큰 취학 전 아동 30명을 대상으로는 기초 교육반을 운영했다. 또 학교에 다니는 30명의 아이에게는 학비, 학용품, 신발, 의류 등을 제공했고, 학교수업이 끝나면 센터 내에 방과후교실을 개설하여 학업을 잘 마칠 수 있도록 동기를 부여했다. 또 네스트센터 내 보육원에 나오는 모든 어린아이에게 매일 한 끼의 식사를 제공했다.

네스트센터의 활동가들은 바그리족과 유대와 신뢰를 강화하기 위해 각 가정을 정기적으로 방문하고 있다. 문맹인 부모들과 회의를 개최하여 자녀 학업의 중요성을 설명하고, 여자아이들의 조혼 문제를 개선할 수 있도록 교육도 하고 있다.

공존을 위한 새인류 국제회의

네스트센터와 한끼의식사기금이 어떻게 연결되었는지 설명하려면 먼저 새인류 국제회의를 말하지 않을 수 없다.

'어떻게 하면 세계를 평화로운 네트워크로 엮어 나갈 수 있을까?'라는 주제로 로마 근교의 카스텔 간돌포에서 열린 국제회의에 참석한 적이 있다. 회의 현장에서 세계의 흐름을 읽을 수 있었다. 인도의 고가도로 붕괴, 파키스탄의 자살폭탄테러, 시리아 내전 등 회의의 첫 회기에서부터 스크린에 비친 세계의 암담한 현실을 지켜보았다. 힘의 논리를 앞세운 강대국들은 힘이 약하거나 다른 처지에 놓인 사람들을 포용하기보다 분열과 파괴로 치닫게 만들고 있었다.

공존하는 삶이 절실한데 인류는 파괴와 갈등 상황만 반복하는 것일까? 이런 문제에 대한 근본 대책을 누군가가 나서서 해결해 줄 것이라고 기다리지 말고 우리 자신이 먼저 해결 주체가 되어야 한다는 것이 카스텔 간돌포 국제회의의 주된 내용이었다. 주제 발표에 이어 참가자들은 소그룹 모임을 통해 실천 방안에 대한 의견을 나눌 수 있었다. 그 과정에서 나는 아무(AMU) 관계자들을 만났다. 포콜라레 운동 산하에서 활동하는 이탈리아의 국제 NGO 단체인 아무(AMU)는 인도네시아의 족자카르타 사업으로 우리와 인연이 있었는데, 본부의 실무 책임자를 국제회의장에서 직접 만나게 된 것이었다.

분과별 소모임에서 아무(AMU)의 개발 협력 매니저인 스테파노 코마찌는 각국에서 온 지역 활동가들 앞에서 세계를 빛의 네트워크로 엮어나가기 위한 발표를 하면서 사례로 인도네시아에서 진행했던 지진 피해지역 재건사업과 그 지역 아이들을 위한 방과후교육 프로그램을 언급했다. 그리고 나를 지목하며 아무(AMU)가 하던 사업을 한끼의식사기금에서 이어나갔다며 추가적인 설명을 부탁하는 것이었다. 그리하여 나는 계획에 없던 족자카르타 교육프로그램을 소개하게 되었다. 그러자 독일, 스위스, 포르투갈, 스페인, 룩셈부르크, 파키스탄, 아프리카 브룬디 등지에서 참가한 실무자들이 한끼의식사기금이 어떤 NGO인지 관심을 보이며 함께 연대를 제안하기도 했다.

그로부터 1년 후인 2017년 4월, 파키스탄의 여자 포콜라레 책임자인 그리스 출신의 율리아에게서 요청이 들어왔다. 카라치

로마 근교 카스텔 간돌포에서 열린 국제회의의 소그룹모임. 이 만남은 아무(AMU) 관계자들과 인연이 닿아 바그리족 문제를 공유하는 계기가 되었다.

빈민가에는 가난 등으로 고아가 되거나 길거리에 버려져 있는 아이들이 많은데 그들을 돕자는 것이었다. 본 단체를 어떻게 알고 연락을 할 수 있었냐고 묻자 스테파노 코마찌가 아시아 쪽의 도움은 한국의 NGO에 연락을 취해 보라고 해서 나에게 연락을 하게 되었다는 것이었다. 이렇게 해서 바그리족 프로그램을 공유하게 되었다.

손에 손을 잡고

네스트센터의 실무 책임자 마르타 쿠르츠로가 메일을 보내왔다. 내용은 바그리 가족의 이야기가 들어 있었다. 글 속에서 작은 아름다움을 느낄 수 있었다.

히나의 가족은 대가족입니다. 부모와 여덟 명의 자녀가 구성원이지요. 그들은 십수 년째 전기도 없는 다리 밑에서 텐트를 치고 살아갑니다. 아이들 몇 명은 네스터센터에서 도움을 받고 있어요. 히나 아버지는 장애인입니다. 어릴 적에 소아마비를 앓아 다리를 절며 다녀요. 다행히 어머니의 바느질 솜씨가 좋아요. 네스트센터에서 그녀에게 재봉틀을 대여해 주고 옷을 수선케 하여 그 수입으로 가족의 생계에 보탬이 되도록 해 주고 있습니다.

히나는 큰딸로, 우리 센터에서 몇 개월 봉사활동을 했어요. 네스트센터의 모든 사람은 파키스탄의 국어인 우르드어를 사용합니다. 반면 바그리족은 그들의 언어를 사용합니다. 아이들은 학교생활과 사회생활을 위해 우르드어를 배워야만 해요. 바그리어만할 수 있었던 히나가 네스터센터에서 일하는 동안 우르드어를 배울 수 있게 되어 고마워했어요.

요즘 히나의 가족은 꽃팔찌를 만들고 있어요. 예쁘게 만들어 저녁마다 거리에 나가서 팔고 있어요. 그렇게 하지 않으면 먹고 살수가 없어요. 꽃팔찌를 판 돈이 얼마나 되겠어요? 그래도 가족이다 함께하니 웃음소리가 들려요.

아이들 중 누가 아프면 센터로 달려와요. 그러면 우리가 정성껏 치료를 해 주지요. 며칠 전 아픈 동생을 데리고 온 히나가 물었어요.

"왜 우리 가족은 가난하게 살아야 하나요? 왜 우리 마을은 차별을 받아야 하나요?"

저는 말해 주었지요. 당장은 안 되겠지만 우리 모두 노력하면 더 나은 세상을 만들 수 있을 거라고.

사람마다 여건이 서로 다르다. 잘 사는 사람과 못 사는 사람, 안정적 삶을 누리는 사람과 그렇지 못한 사람, 배울 기회를 가진 사람과 그렇지 못한 사람 등등……. 서로 다르기에 어려움과 도전에 직면할 수 있다. 지배력이 강한 사람은 약한 사람을 흡수하려고 한다. 하지만 이성적인 인간이라면 다른 사회문화적 요소를 밀어내거나 거부하지 않아야 한다. 오늘의 세계는 다문화 사회이다. 많은 이가 상대방 나라와 지역을 오가며 한 지역의 문화가 다른 지역에 전달되어 문화들이 융합되고 있다. 그래서 '상호문화성'이라는 말이 등장한다. 자신이 우월하다는 생각으로 자신을 고립시키지 않고 서로 소통하고 이해하는 자세를 택하라는 것이다. 우리는 서로 관계 안에서 발전해야 한다. 조화로운 관계의 열매가 바로 평화다.

대도시 카라치 변두리에서 살아가는 달리트 바그리족도 그들의 고유한 삶을 인정받으며 다른 문화에 속한 이들과 공존할 수 있는 세상이 하루빨리 오기를 희망한다.

12

예멘 난민, 그들은 왜
제주도에 왔는가?

난민들은 어떻게 살고 있는가?

제주도에 500명이 넘는 예멘인이 입국했을 때 청와대 청원에는 무려 70만 명이 동참하여 찬반양론에 대한 뜨거운 관심사를 나타냈다.

2019년 2월 예멘 난민의 근황을 알아보기 위해 나는 제주시의 나오미센터를 방문했다. 나오미센터는 천주교 제주교구 산하의 이주민 사목센터다. 김상훈 사무국장과 마주하고 앉았는데 눈앞에 정신과 진단서가 놓여 있었다. 우리는 먼저 그 진단서에 관해 이야기를 나누었다. 예멘인 새미(가명)는 제주의 정신병원에 입원했는데 치료비를 감당할 수 없어, 그를 돌보던 나오미센터에서는 일단 퇴원시켜 통원치료를 받게 할 예정이었다. 그의 증세는 입국 전 말레이시아에서부터 나타났다고 한다. 새미는 불안에 빠져 장시간 아무 말도 하지 않고 부동자세로 있었다. 동료들이 외출에서 돌아와도 몇 시간 전 모습 그대로 웅크리고 있기도 했다. 외부와 단절된 채 자기만의 세계에 있는 모습. 왜 이런 증상이 생겨난 것일까? 해외를 떠돌면서 마음속으로 얼마나 고통이 컸을까. 무섭기만 한 현실에서 어디로든지 도피하고 싶은 마음이 외부와 단절되는 형태의 증상으로 나타난 것이리라.

그다음으로 여성 난민 나질라에 대해서 이야기를 나누었다. 그녀가 조국을 떠나게 된 것은 비행기에서 투하되는 폭탄에 대한 공포 때문이었다. 정부군과 후티족 반군 사이의 내전은 2015년 3월 이후 국제전으로 비화했다. 아랍의 맹주를 자처하는 사우디아라비아와 중동의 패권을 노리는 이란이 개입함으로써 전쟁은 한층 본격화되었다. 사우디아라비아 주도의 다국적군은 공군력에 의존하다 보니 민간인 지역에 잦은 오폭을 일으켰고, 주택, 학교, 회사 등에 폭탄이 떨어져 무고한 사람들이 많이 죽었다.

"하늘에 비행기들이 나타나면 엄청난 굉음을 일으키며 폭탄 터지는 소리가 사방에서 났어요. 마을 전체가 흔들리는 충격이었어요."

공포 속에서는 더 살 수 없다고 판단하고 혼자 탈출을 감행했단다. 나질라는 먼저 비자 없이도 체류가 가능한 말레이시아로 향했다. 하지만 난민 협약국에 가입되어 있지 않은 말레이시아에서 아무런 도움을 받을 수 없었다. 그리하여 2018년 4월 다시 비행기에 타고 제주도로 향했다.

낯선 아랍인들이 몰려들자 제주 민심이 나빠지면서 각종 소문이 퍼졌다. 게스트하우스에 투숙해 있던 나질라는 불안감에 휩싸여 밤에도 잠을 제대로 이루지 못했다. 하지만 '하늘은 스스로 돕는 자를 돕는다.'라는 말이 있듯이 그녀에게 도움을 주는 주민이 나타났다. 방 한 칸을 무료로 제공해 주었고 주말에는 카페에서 아르바이트도 할 수 있게 해주었다. 그 후 법무부로부터 인도적 체류 허가자로 인정을 받아 그녀에게는 출도 제한조치가 풀렸다. 목포로 가서 조선소에 취업했다. 하지만 여성에게 조선소 일은 매우 고된 일이어서 얼마 견디지 못하고 제주도로 되돌아오고 말았다. 그 후 나오미센터에서 운영하는 한국어교실에 나왔다.

"한국어 공부를 하는 것은 여기서 생존하기 위함입니다. 이 땅에서 살아가려면 한국인과 소통해야 해요. 말이 통해야 일자리를 구할 수 있고 좀 더 나은 대우를 받을 수 있습니다."

김 국장은 이렇게 말하며 나질라의 생존 본능을 자극했다고 한다.

난민 신청자는 주소지를 옮길 때마다 2주 이내에 관할 출입국 사무소에 신고해야 한다. 나질라는 그동안 열 번 가까이 숙소를 옮겨 다녀야 했다.

"간절히 바라는 것은 떠돌아다니지 않고 한곳에 정착하는 것입니다."

김상훈 사무국장과 헤어진 뒤 나는 나오미센터 근처에 할랄 식당을 방문했다. '할랄'이란 무슬림들이 그들의 율법 규정에 따라 먹을 수 있고 쓸 수 있는 것을 통틀어 하는 말이다. 식당 여주인이 난민들에게 우호적이고 일자리도 제공해 준다는 말을 듣고 찾은 것이다. 출입문을 열고 들어서자 예멘 남성 세 명이 서툰 한국말로 인사를 건넸다. 주인을 만나고 싶다고 하자 한 젊은이가 위층으로 뛰어 올라갔다. 잠시 후 여주인이 나타났는데 상당히 젊은 분이었다.

"사장님께서는 예멘 난민들을 잘 대해 주신다는 말을 들었습니다. 괜찮으시다면 그들에 대해 사장님과 이야기를 나누고 싶은데요."

돌아온 대답은 안 된다는 것이었다. 순간 당황스러운 마음을 억누르고 잠시만 이야기하고 싶다는 뜻을 다시 전했으나 이번에도 약간 떨리는 목소리로 다시 거절했다.

"죄송해요. 영업시간이라 힘들어요. 손님들이 올 시간이에요."

아차! 그렇구나. 시계를 보니 오후 여섯 시를 가리키고 있었다. 식사시간에 찾아가 내가 영업을 방해하고 있는 격이었다. 곤혹스러워하는 그녀의 모습에 무례한 짓을 했다는 생각이 들어 사과한 뒤 얼른 가게를 나왔다.

그날은 제대로 대화하지 못했지만, 후에 전해 받은 소식을 통해 할랄식당 여주인에 관한 이야기를 접할 수 있었다. 예멘인들이 자신들의 율법에 따라 식사를 하면서 서로에게 위안을 주는 장소로 식당만한 곳이 없겠다고 생각하여 할랄 음식점을 개업하게 되었단다. 식당 이름이 '와르다 레스토랑'이다. 와르다는 아랍어로 '꽃'이라는 뜻이다. 예멘인들이 제주에 처음 들어왔을 때 잠자리도 없이 거리를 배회하는 것을 본 여주인은 자신이 운영하던 국악 연습실을 난민들에게 숙소로 제공하게 되었다. 난민에 대한 편견이 적지 않은 우리 사회에서 와르다 레스토랑은 예멘인들에게 단순히 음식을 제공하는 것 이상의 의미, 즉 공존하고자 하는 의식이 있는 곳이었다.

예멘 난민들을 직·간접적으로 만나면서 나는 그들의 사정을 좀 더 알게 되었다. 상당수는 시아파 반군세력의 강제징집을 피해서 떠나온 사람들이었다. 그들 중에는 고등교육을 받고 엔지니어, 회계사, 약사 등 전문 직업을 가졌던 사람들도 있었다. 전쟁과 탈출과정에서 입은 갖가지 부상으로 치료를 받아야 하는 이들도 많았지만 제때 치료를 받지 못해 상처가 심해진 경우도 여럿 있었다. 난민은 어디를 가더라도 제대로 된 일자리를 구할 수가 없다. 유엔 조사를 보면 학위를 소지한 이민자 중 30%만이 학위에 걸맞은 직종에서 일하는 것으로 나타나 있다. 이주민과 난민들을 위해 일하는 한 NGO 활동가는 '외과의사 면허증을 가진 이에게 햄버거 뒤집는 일을 시키지 말아야 한다.'라고 강조했다. 전문 능력이 있는 난민이나 이민자가 저임금 노동 분야에 종사하고 있다는 것은 사회적 손실일 뿐이다. 유엔난민기구와 유네스코는 학위를 국제적으로 인정하는 절차를 간소화할 필요가 있다고 주장하고 있지만, 난민을 받아들이는 국가에서는 일자리가 줄어들 것을 우려하여 이를 전혀 반영하지 않고 있다.

제주도에 들어온 예멘인들은 한국인들이 꺼리는 3D업종에 취업하는 경우가 대부분이었다. 번듯한 사무실에서 일하던 압둘라(가명)는 제주도에 와서는 배를 탔다. 하지만 멀미 때문에 선주에게서 심한 욕설을 들었고 며칠 만에 일을 그만둬야 했다. 다른 일자리를 찾아 전전하다가 돼지고기가 나오는 식당에서 하루 12시간씩 일하며 버텨나가고 있다. 돼지고기를 먹지 않는 무슬림으로 돼지고기가 주된 메뉴인 음식점에서 일해야 하는 처지가 딱하기만 했지만, 난민 지위를 얻기 위해서는 가혹하다고 여겨지는 현실을 어떻게든 버텨나가야만 했다.

이시돌목장에서

2월 끝자락에서 불어오는 차가운 바람을 맞으며 이시돌목장으로 향했다. 목장에 이르자 풀을 뜯고 있는 말과 신선한 우유를 제공해 주는 젖소들로 인해 목가적인 분위기를 느낄 수 있었다. 이시돌목장에 간 이유는 마이클 신부님과 예멘 난민 문제에 관해 대화를 나누기 위해서였다. 아일랜드 출신의 이 신부님은 한국말이 유창했다. 얼굴의 반이 수염으로 덮인 모습이지만 눈빛이 온화하고 부드러웠다. 신부님은 1970년대에 수의사로 한국을 방문하여 2년간 봉사활동을 하고 본국으로 돌아갔다가 가톨릭 사제가 된 후 다시 제주도로 돌아와 현재까지 이시돌 농촌개발협회 이사장 등 목장의 터줏대감 노릇을 하고 계신다.

신부님을 만나 목장에서 일하는 예멘인 부부에 관한 이야기를 들었다. 나는 직접 그 부부들과 대화하기를 원했으나 만나지 못했다. 이전에 여러 언론과 인터뷰를 했지만, 자신들에게 별로 도움이 되지 못했고 잦은 인터뷰로 신분이 노출되는 것을 꺼렸기 때문이었다. 대신 마이클 신부님을 통해 그들의 근황을 파악하는 것으로 만족해야 했다.

인도적 체류 허가를 받은 예멘인 부부는 두 달째 목장에서 일하고 있었다. 전에는 남원읍의 한 양식장에서 일했다고 한다. 부부가 목장에서 일하게 되자 신부님은 그들을 데리고 출입국 관리사무소에 신고하러 갔다. 담당 공무원이 모하메드(가명)에게 잘 지냈느냐며 반갑게 인사를 건넸다고 했다. 신부님은 그 공무원에게 많은 예멘인 중 어떻게 그를 기억하는지 물어보았단다.

"모하메드는 예멘인 중 성실한 10%에 들어간다고 담당 공무원이 말하더군요."

마이클 신부님은 그들이 고등교육을 받은 사람으로 보이지만 신상 이야기를 하는 것은 부담스러워한다고 했다. 예멘인끼리도 부족과 종파가 달라 적대적인 상황에 놓이는 경우가 있어 신상에 대해 말하는 것은 할 수 있으면 피하려 한단다.

그 부부가 목장에서 일하기 전에도 예멘인 한 사람이 한동안 일을 하다가 다른 지역으로 옮겨갔단다. 그들이 가장 원하는 것은 난민 지위를 인정받는 것인데, 이시돌목장과 같은 시골 지역에 떨어져 있게 되면 정보를 접하기 힘들고, 난민 체류를 위한 정부 인터뷰를 제대로 받지 못할 것이라는 생각에 도시로 나가고 싶어 한다는 것이다. 신부님 편에서는 일하는 사람이 자꾸 바뀌는 것보다 한 사람이 꾸준히 머물러 주기를 원했다. 하지만 그들의 사정을 이해하기 때문에 한 사람이 떠나고 다시 찾아오는 다른 사람을 고용해 나갈 것이란다. 마이클 신부님의 넓은 자비심이 가슴에 와 닿았다.

난민 수용에 대한 찬반 갈등

2018년 4월 예멘인 561명이 내전을 피해 제주도에 들어왔다. 출도 조치가 내려지기 전에 다른 지역으로 나간 이들을 제외하고 484명이 정부에 난민 지위를 인정해 달라는 신청서를 냈다.

'난민 신청자'란 국내에 입국하여 법무부에 난민 지위 인정을 신청한 외국인들을 말한다. 난민법 제40조에 의하면 난민 신청을 하면 6개월 동안 생계비를 지원받을 수 있고, 그 후부터는 체류 허가를 받은 사람만이 국내에서 취업할 수 있게 되어 있다. 낯선 이방인들이 제주도에 대거 들어오자 난민 문제가 국민적 관심사로 떠올랐다. 인도적 차원에서 이들을 난민으로 받아들여야 한다는 의견과 사회적 혼란을 일으킬 수 있으므로 함부로 난민으로 인정해서는 안 된다는 의견이 첨예하게 맞섰다. 청와대 홈페이지에 국민청원이 쏟아졌는데 한 설문조사에 따르면 '수용 반대' 56%, '찬성' 24%, '모르겠다' 20%로 여론은 반대쪽이 우세했다.

난민 수용을 반대하는 이유는 크게 세 가지로 요약해 볼 수 있다. 첫째, 일자리를 찾아서 들어온 가짜 난민의 가능성이 있다는 것. 둘째, 낯선 이방인들에게 국민 세금으로 정부가 과도한 지원을 한다는 것. 셋째, 난민들로 인한 사회 불안과 범죄 발생의 가능성이 있다는 것이었다.

위에서 제기된 문제들을 확인해 보면 사실과 많이 다름을 알수 있었다. 인도적 체류 허가를 받더라도 그들이 하는 일은 내국인들이 회피하는 3D업종이었다. 사람을 구하지 못하는 업종이나 농촌 지역에서는 그들의 일손이 도움이 되었다고 말하기도 했다. 정부가 과도한 지원을 하고 있다는 주장도 자세히 들여다보면 그렇지 않음을 알 수 있다. 난민 신청을 하면 매달 138만 원에 달하는 생계비를 받는다는 말이 있지만, 현실은 달랐다. 난민인권센터에 따르면 1인당 지원된 생계비는 44만원 수준으로 1인가구 기준 최저 생계비에도 미치지 못하는 수준이었다. 이마저도 지급 대상자의 일부에게만 지급되었다. 또 다른 반대 이유인 범죄 발생에 관해서는 아직 국내에서 난민이 저지른 범죄 통계가 없다. 전체 외국인을 대상으로 조사한 형사정책연구원의 통계에 의하면 2011년 이후 인구 10만 명당 범죄 발생률은 내국인이 외국인보다 매년 2배 이상 높은 것으로 나타났다. 외국인 범죄율이 내국인의 절반이라는 얘기다. 현실적으로 난민 신청을 한 이방인이 국내에서 범죄를 저질렀다가는 추방 대상이 될 가능성이 커서 범죄를 저지를 가능성은 적다고 볼 수 있다.

일각에서는 난민들이 여성과 노약자라면 충분히 이해가 되지만 왜 대다수가 젊은 남성이냐며 문제를 제기했다. 그렇지만 현지 사정을 알면 이해가 된다. 젊은 남성들은 고향에 머물러 있다가는 강제로 징집되어 같은 땅에 사는 사람들을 향해 서로 총부리를 겨누어야 하는 어쩔 수 없는 상황이어서 탈출한 것으로 여겨진다. 그렇지만 자신의 안위만 생각하고 조국을 떠나는 것은 비겁한 행위라고 말할 수 있을지도 모르겠다.

6.25 전쟁을 겪은 한국은 국제사회로부터 많은 도움을 받았다. 이제 OCED 국가 중 당당히 개발원조위원회(DAC)에 가입하여 국제개발의 공유국 위치에 올라서 있다. 하지만 예멘인을 대하는 우리의 모습은 어떠한가? 남의 나라에서 발생한 일에 도움을 주지는 못할망정 우리 땅에 들어온 난민을 대하는 태도는 차갑기만 했다.

거부감에 대한 행동심리

행동심리학적으로 인간은 낯설고 어색한 상황에 놓이면 거부하려는 경향이 있다. 그래서 잘 모르는 사람에게 다가가기가 쉽지 않다. 낯선 사람을 대할 때는 상대가 어떤 사람인지, 나에게 적대감을 가지고 있는 것은 아닌지 경계심을 느끼기도 한다. 우리 사회는 이런 행동심리 때문에 예멘 난민들에게 배려보다 거부감을 먼저 보였다.

하지만 낯설다고 해서 무조건 거부감을 가지는 것은 바람직하다고 할 수 없다. 첫인상이 좋지 않았던 사람이 알고 보면 좋은 사람인 경우도 많다. 난민 문제도 같은 맥락으로 이해해 볼 수 있다. 누군지도 잘 모르는 사람들에게 무조건 지원과 배려를 해주는 것은 쉬운 일이 아닐 것이다. 제주 중앙성당 레지오 단원 들역시 예멘인들을 처음 대했을 때 불안감과 거부감이 있었다고 털어놓았다. 한 여성은 솔직한 심정을 드러냈다.

"성당에서 도와주라고 해서 입을 것과 먹을 것을 나누어 주기는 했는데, 왜 그렇게까지 해야 하는지 잘 모르겠어요."

그렇지만 난민들이 입을 옷을 골라주고 생필품을 전달하는 과정에서 손짓, 발짓으로 소통하면서 레지오 단원들은 점차 친밀감을 느끼게 되었다. 그들도 한국의 청년들과 다를 바 없다는 느낌이 들면서 막연한 두려움이 사라졌다고 했다.

불안 심리는 위험한 일이 일어날 것 같은 상황에서 자신을 보호하려는 현상이다. 불안은 실체가 위험한 것인지 아닌지에 상관없이 미리 마음이 두려움에 휩싸일 때 일어난다. 불안한 상황에 놓인 사람들은 선입견으로 인해 편견과 오류에 빠져들기 쉽다. 칠흑같이 어두운 밤에 홀로 길을 걷는다고 생각해보자. 대로에서 골목길로 들어설수록 등 뒤에서 누가 흉기로 해치지나 않을지 불안해지면서 머리카락이 쭈뼛거린다. 하지만 밝은 대낮에 그 길을 걸어보라. 아무렇지도 않다. 그 길이 그저 평범한 길이란 것을 알기 때문이다. 실체가 보이지 않으면 불안이 엄습한다. 같은 차원으로, 예멘 난민들이 처한 상황을 바로 알려는 태도를 지닌다면, 우리는 불안해할 필요가 없다고 생각한다.

한국의 난민 정책

유엔난민기구(UNHCR)가 발간한 연례보고서에 따르면 2017년 지구 전체의 난민 수는 6,850만 명으로 사상 최고를 기록했다. 1년 전보다 300만 명 가까이 늘었고 10년 전과 비교하면 50% 증가한 규모다. 국제분쟁의 확산과 경제적 이익을 찾아 부유한 국가로 떠나는 경제난민까지 더해진 결과이다. 인구 110명 중 1명이 난민인 셈이니 대략 세계 인구의 약 1%에 해당하는 어마어마한 수치다.

왜 이렇게 난민 수가 늘어나고 있는가? 첫째, 중동과 아프리카의 오랜 내전 탓이다. 둘째, 부자 나라와 가난한 나라의 빈부 격차가 커진 데도 원인이 있다. 셋째, 통신기술의 발달로 가난한 사람들이 잘사는 나라에 대한 정보를 쉽게 입수하고 실제로 그곳에 가면 잘살 수 있다는 가능성을 발견하게 되었다.

그럼 급증하는 난민을 바라보는 우리의 인식은 어느 정도인가? 아프리카나 시리아와 같은 나라는 지리적으로 멀리 떨어져 있다 보니 그곳 출신 난민에 대한 이미지가 막연하거나 왜곡되기 쉽다. 사실 그들이 원래부터 가난하고 힘없는 계층의 사람들은 아니었다. 특정한 상황이 벌어지기 전에는 우리와 똑같은 환경 속에서 사회활동을 하며 살았던 사람들이었다.

난민법에 따르면 난민이란 '인종, 종교, 국적, 사회적 신분, 정치적 견해 등을 이유로 박해를 받을 수 있는 근거 있는 공포로, 국적국의 보호를 받을 수 없거나 그런 공포로 인해 거주했던 국가로 돌아갈 수 없거나 돌아가기 원하지 않는 외국인'을 가리킨다. 이러한 상황에 놓인 사람이라면 누구나 난민 신청을 할 수 있는 권리가 있다.

2018년 12월 법무부는 예멘 난민 신청자 484명을 대상으로 신분 및 지위에 대해 발표했다. 전체 신청자 가운데 난민 인정은 단 2명뿐이었고, 412명은 인도적 체류 허가자였다. 56명은 단순 불인정자로, 14명은 직권 종료로 처리했다. 여기서 '인도적 체류 허가'란 난민 인정요건은 충족하지 못하지만 추방할 경우 생명에 대한 위협이 있을 가능성이 있는 경우에 적용될 수 있다. 이 경우라도 본국의 전쟁 상황이 호전되거나 범죄사실이 드러나면 체류 허가가 취소될 수 있다.

　제3국에서 정착 가능하다고 본 사람은 단순 불인정자로 결정될 수 있다. 단순 불인정자로 결정될 수 있는 조건은 예멘이 아닌 제3국에서 출생하여 그곳에서 살아왔거나, 배우자가 외국인이어서 제3국에서 안정적으로 정착할 수 있어 경제적 목적으로 난민을 신청한 것으로 판단되는 자, 범죄혐의 등으로 국내 체류가 부적절한 자 등이 있다. 이들 역시 곧바로 추방되는 것은 아니고 법무부의 결정에 이의신청이나 행정소송을 통해 절차가 종료될 때까지 국내에 체류할 수 있다.

　한국은 1992년에 난민협약에 가입했고 2013년 아시아 최초로 난민법을 제정했지만, 실제 난민 정책에 대해서는 인색하다는 평을 듣고 있다. 실제로 우리나라에서 난민으로 인정받기는 까다롭다. 법무부는 심사를 엄격하게 진행하여 난민 지위를 잘 승인해 주지 않는 것으로 알려져 있다. 2018년 5월 말 기준으로 난민 신청자 4만470명 중에 840여 명만이 난민으로 인정받아 겨우 4.1% 수준이다. 참고로 국제적으로 난민 승인은 평균 39%에 달한다.

예멘 내전은 왜 발생했을까?

　독재정권의 탄압, 뿌리 깊은 집권층의 부패, 골 깊은 빈부 차이, 높은 청년실업률과 같은 문제들이 누적되면 국민의 분노는 언젠가 폭발하게 된다. 2010년 '아랍의 봄'은 오랫동안 억압받아온 대중의 민주화를 향한 함성이었다. 아랍의 봄은 2010년 12월, 튀니지에서 평범한 한 청년의 분신자살로 촉발됐다. 26세의 모하메드 부아지지는 부패한 경찰의 노점상 단속에 저항하여 길거리에서 몸에 휘발유를 붓고 분신을 기도했다. 충격적인 장면은 사촌 동생에 의해 촬영되어, 소셜 미디어를 통해 삽시간에 퍼지면서 엄청난 후폭풍을 몰고 왔다. 이 반정부 시위운동으로 벤 알리 튀니지 대통령은 사우디아라비아로 망명하고 새로운 정부가 들어서게 되었다. 이 사건을 튀니지에서 흔히 볼 수 있는 꽃인 재스민의 이름을 따서 '재스민 혁명'이라고 부른다.

이 초유의 사태는 계속 퍼져나가 북아프리카와 중동의 아랍 문화권 국가들에도 영향을 끼쳤다. 이집트에서는 무바라크 대통령이 권력에서 물러났다. 예멘 또한 2011년 11월 알리 압둘라 살레 대통령이 부통령인 하디에게 권력을 이양하면서 33년간의 철권통치가 막을 내리게 되었다. 그러나 아랍의 봄은 튀니지를 제외하면 중동과 북아프리카 지역을 새로운 문화와 사회로 바꾸고자 하는 열망만 확인했을 뿐 미완에 그치고 말았다. 아랍의 봄 이후 여러 지역에서 내전과 심각한 사회 혼란이 발생했고, 무슬림 종파끼리 극한 대립이 이어졌다.

아랍의 봄 이후 예멘에서는 어떤 일이 일어났을까? 이를 위해서 예멘의 역사를 간단히 살펴볼 필요가 있다. 예멘은 아라비아반도 서남부에 위치한 이슬람 국가이다. 전체 인구 구성은 남부를 장악하고 있는 수니파가 53%, 북부를 지배하는 시아파가

47%를 이루고 있다. 로힝야족 난민 문제가 그랬듯이 예멘의 비극도 영국의 식민지배로부터 시작되었다. 제국주의에 의한 식민지배 정책이 모든 문제의 출발점이었다.

일찍이 아덴항을 장악한 영국은 예멘 영토의 3분의 2에 해당하는 남예멘을 한 세기 이상 식민 통치했다. 2차 세계대전이 끝나고 신생 국가들이 차례대로 독립하면서 예멘에서도 반영(反英) 운동이 일어나게 되었고, 1967년 영국의 철수와 함께 예멘에 새로운 세력이 들어섰다. 남예멘에서는 마르크스주의자들이 정권을 장악하여 공산주의 노선을 채택했고, 북예멘에서는 내전을 거쳐 공화정을 수립했다. 한반도처럼 서로 다른 체제의 두 나라가 총을 겨누게 된 형국이 되었다. 그 후 사회주의 종주국인 소련이 무너지자 1990년 5월 예멘은 통일의 꿈을 이루게 된다. 통일 예멘공화국은 북예멘의 살레를 대통령으로, 남예멘의 알베이드를 부통령으로 선출했다. 그러나 예멘의 앞길은 험난했다. 경제 갈등 등 여러 불만이 쌓이면서 결국 남예멘의 알베이드 등이 1994년 5월 아덴을 수도로 하는 남예멘 독립국을 선포하게 된다. 이에 살레 대통령이 이를 거부하고 공격을 감행하여 아덴을 점령함으로써 내전은 끝났다. 그러나 그 후에도 정치세력 간의 갈등이 반복되면서 예멘의 통합과 발전을 가로막았다.

2011년 '아랍의 봄'으로 예멘에는 잠시 희망의 기운이 감돌았으나 반군과 정부군의 내전은 다시 격화되었다. 축출된 벤 알리로부터 정권을 이양받은 만수르 하디는 2014년에 예멘 전역을 6개 주로 분할하고 주별로 자치권을 허용하는 안을 공포하게 된다. 종파와 부족별로 일정한 자율권을 주면서 협치 모델을 만들려 했으나 그만 사달이 나고 만다. 북부의 시아파는 인구와 세력을 근거로 최소한 2개 주 이상에서 지분을 인정받아야 한다고 주장했지만, 하디 정부는 1개 주에서만 시아파의 관할권을 인정했다. 이에 분노한 시아파가 결국 총을 들었는데 이것이 2차 예멘 내전이다. 이후 2014년 9월 시아파 국가인 이란의 지원을 받는 후티 반군이 만수르 하디 대통령에게 반기를 듦으로써 본격적인 내전이 시작됐고, 그 이듬해 수니파의 종주국 사우디아라비아가 이란의 세력 확대를 막는다는 명분으로 정부군과 연합하여 군사개입을 시작하면서 국제전으로 확전 양상을 띠게 되었다. 게다가 아랍에미리트의 용병과 이슬람 무장단체까지 가세하여 예멘 내전은 한층 복잡한 전쟁으로 비화했다.

싸움의 당사자들이 많아 해결이 어렵기도 하지만, 사실상 이란과 사우디아라비아가 중동의 패권을 놓고 예멘에서 대리전을 벌이고 있는 셈이다. 유엔은 내전과 기근으로 840만 명이 아사 위기에 놓였다고 발표하면서 예멘을 '세계 최대의 인도주의 위기 국가'로 규정했다.

우리가 나아가야 할 방향

중동이나 아프리카에서 전쟁이나 정치적 박해를 피해서 많은 사람이 목숨을 걸고 탈출하여 서방 선진국으로 몰려들고 있다. 그로 인해 사회적 혼란이 야기되자 난민에게 우호적인 정책을 펴오던 유럽 국가들이 더는 수용이 불가하다며 반(反)난민 정책으로 선회했다. 어떤 지역에서는 이질적 문화가 유입되는 것에 대한 반감으로 극우 정권의 세력이 강화되기도 했다. 분명한 것은 난민 문제는 앞으로도 확산할 것이다. 이 문제는 지구촌 전체가 공존의 해법을 찾아야만 한다. 난민 문제는 개별국가가 배타적으로 풀어나가야 할 문제가 아니라, 함께 평화를 향해 나아가야 한다는 인류 공동체적 인식에서 공유해야 할 문제라고 본다.

2014년 시작된 예멘 내전은 끝이 보이지 않는다. 무고한 예멘 국민은 엄청난 고통을 겪어왔다. 수많은 사상자가 났고, 지옥과도 같은 고국을 떠나 난민의 처지가 되었다. 이민자와 난민에 애정과 관심이 많은 프란치스코 교황께서 다음과 같이 말씀하셨다.

"인간의 존엄성은, 상대방이 시민이거나 이주민이거나 난민이라는 데 달려 있지 않습니다. 전쟁과 빈곤으로부터 생명을 구하는 일은 무엇보다 인간다운 행위입니다."

영화배우 안젤리나 졸리도 가세했다.

"난민은 생존자이다. 그들은 우리의 엄마, 아빠, 딸과 아들이며 큰 상처 앞에서도 놀라운 이야기를 가진 특별한 사람들이다."

국제올림픽위원회의 위원장인 토마스 바흐도 말했다.

"난민도 우리와 같은 인간이며, 우리가 사는 사회를 함께 풍부
하게 할 수 있다. 이것은 국제사회에 보내는 공유의 신호이다."

난민 문제는 그동안 우리 사회의 관심사에서 멀리 떨어져 있
었다. 그러나 우리와 관계없는 남의 일이라고 보면 안 된다. 지금
의 세계는 하나의 세계다. 지구촌 한곳에서 생겨난 문제는 연쇄
적으로 파급되어 전 세계가 영향을 받는다. 한국에서 인도적 체류
허가를 받은 상당수 예멘인은 일자리를 찾아 전국 각지로 흩어졌
다. 그들은 인간으로서 기본 권리를 보장받아야 한다. 그들이 잠
재적 테러리스트 혹은 범죄자라는 근거 없는 생각은 버리고 이 땅
에서 잘 적응할 수 있도록 격려해주어야 할 것이다.

13

황금 심장을
가진 사나이

릭샤 타기는 힘들어

방글라데시를 방문할 때면 나는 수시로 자주 릭샤를 타야 했다. 다카는 그야말로 릭샤의 천국이다. 빈민가를 방문하게 되면 좁은 골목길이라 차량을 이용하기 힘들어 릭샤에 의지할 수밖에 없다. 릭샤에는 두 종류가 있다. 자전거 뒤쪽에 달린 의자를 붙여놓은 삼륜차인 사이클 릭샤는 사람이 페달을 밟아가며 달리는 인력거로 단거리 이동에 유용하다. 반면 오토 릭샤는 소형 엔진을 장착한 삼륜차로 속도가 빨라 멀리까지 갈 수 있다. 동남아시아에서는 흔히 '툭툭이'라고 부른다.

다카에서 짧게는 10분, 길게는 30분씩 타고 계속 이동하다 보니 나중에는 타고 있는 것 자체가 힘들었다. 웅덩이가 팬 곳을 만나면 몸이 위로 떴다가 떨어지면서 등받이에 강하게 부딪히기도 한다. 그런 상황이 반복되면 나중에는 등이 뻐근해 오는 등 통증까지 느껴진다. 또 릭샤에 앉아 있으면 흙먼지를 고스란히 뒤집어쓰게 된다. 코가 따갑고 눈이 쓰리고 입 안에까지 흙먼지가 날아든다. 일정을 다 마치고 숙소에 돌아와 얼굴을 쓰다듬으니 손바닥에 초콜릿 녹은 것처럼 흙먼지가 묻어날 정도였다.

한번은 릭샤를 타고 가다가 소나기를 만났다. 릭샤 윗덮개는 장식품에 지나지 않아 그대로 비를 맞아야 했는데 릭샤왈라(릭샤를 끄는 사람)가 허리춤에서 비닐을 하나 꺼내주었다. 그것으로 대충 피하라는 것이었다. 비에 젖지 않으려면 지저분한 비닐이라도 뒤집어 써야 했다.

요철이 있는 곳에서는 릭샤의 속도가 느려지기 때문에 릭샤왈라가 힘을 주어야 하니 그의 등에 금방 땀이 흥건해진다. 경사진 오르막에서는 더 안쓰럽다. 페달을 세게 밟아보지만 다리만 파르르 떨릴 뿐 속도를 올리지 못하고 좌우로 비틀거리기만 한다. 경사가 더 심해지면 아예 릭샤를 손으로 밀며 가기도 한다. 그래서 릭샤를 탈 때마다 내 마음이 편치 못했다. 릭샤왈라들은 하루 종일 땡볕에서 고생스럽게 일을 하다 보니 얼굴이 검게 그을려 실제 나이보다 더 늙어 보였다.

장황하게 릭샤에 대해서 늘어놓는 이유는 전문 릭샤왈라로 평생을 살아온 인물, 조이날 아베딘을 소개하기 위함이다.

황금 심장을 가진 사나이

삼살 방글라데시의 직원들과 함께 조이날 아베딘이 살고 있는 마이맨싱으로 향했다. 나윤뿔이라는 곳에서 출발했는데 워낙 열악한 비포장도로인지라 언제 도착할지 예상하기가 어려웠다. 울퉁불퉁한 길이 끝없이 이어져 동계 올림픽의 모굴스키 코스와 같다 해도 과언이 아니었다. 어떤 곳에서는 깊게 패인 웅덩이들이 지뢰밭처럼 널려 있어 자동차는 엉금엉금 기어가야 했다. 길이 왜 이러냐고 렌터카 기사에게 물으니 그가 이렇게 대답했다.

"다 정치인들 때문이에요."
"힘 있는 정치인은 자기 지역구에 포장도로를 깔 수 있지만 그렇지 못한 정치인의 지역구는 길이 형편없어요. 도로 포장도 해내지 못해요."

이에 나도 한마디를 보탰다.

"어디를 가나 정치인의 행태는 비슷한가보네요."

저녁 무렵 어느 마을에 차를 세우고 식사를 하게 되었다. 이 나라 음식은 대부분 튀긴 것들이다. 덥고 습한 기후여서 상하는 것을 막기 위해 발달한 음식문화다. 맵고 강한 향신료가 든 음식이 나와 대충 끼니를 때우고 다시 길을 나섰다. 밤이 되자 길이 헷

갈리는 듯 렌터카 기사는 지나가는 행인에게 묻고 또 물었다. 차에는 네비게이션 장치가 없었지만 있다 한들 무용지물일 것 같았다. 가로등도 없고 칠흑같이 캄캄한 밤중이라 어디가 어딘지 전혀 분간이 되질 않았다. 길을 잘못 들어 되돌아오기를 반복한 끝에 한밤중에야 마이맨싱에 도착할 수 있었다.

다음 날 아침 호텔에서 이른 식사를 한 후 조이날 아베딘의 집을 찾아 나섰다. 시내를 벗어나자 시골 풍경이 눈에 들어왔다. 길가에 늘어선 잭플룻이 커다란 과일을 매달고 결실의 계절임을 알렸다. 탈곡하고 남은 볏단이 길가에 쌓여 있었는데 노란 볏단들이 시골 분위기를 물씬 풍겼다. 갈림길이 나올 때마다 직원 '살레하'는 사람들에게 외쳐댔다.

"암비가 곤스!" "암비가 곤스!"

조이날 아베딘이 사는 마을 이름이었다. 드디어 암비가 곤스에 도착했다. 조이날 아베딘은 연락을 받고 마을 입구에 나와서 일행을 기다리고 있었다. 그를 처음 접하게 된 것은 영국의 타블로이드판 신문 '데일리 스타'를 통해서였다. 조이날 아베딘은 25년 전 부친이 무슨 병인지도 모르고 갑작스럽게 사망을 하자 충격을 받고 비통한 마음에 빠졌다. 이를 계기로 부친과 같은 죽음을 겪는 가난한 이들을 위한 자선병원을 세우겠다는 결심을 하게 되었다. 하지만 수중에 돈 한 푼 없이 어떻게 이 꿈을 이룰 수 있단 말인가? 누가 들어도 허황된 꿈이라며 코웃음을 칠 일이었다. 그러나 그는 긴 세월 역경을 무릅쓰고 자신의 꿈을 실현하기 위한 준비를 해 나갔다. 시골에서는 돈을 벌 수 없다는 생각에 다카로 올라왔다. 그러나 막상 무슨 일을 해야 할지 막막해 일주일째 물만 마시며 길거리에 주저앉아 있었는데 한 남자가 측은히 여겨 릭샤를 끌어볼 것을 권하며 얼마의 돈을 주었단다. 그렇게 해서 릭샤왈라가 되었고, 밤낮으로 쉬지 않고 14년 동안 릭샤를 끌었다. 그의 아내 또한 남편의 꿈을 이루기 위해 병원에서 허드렛일을 했다. 조이날 아베딘은 그런 아내에게 늘 고마움을 표했다.

> "랄 바누는 그 누구보다 나를 많이 도와주었어요. 그동안 많은 고생을 했지요."

수중에 284,000타카(한화 약 390만 원)라는 거금이 생겼다. 그는 때가 왔다고 생각하고 행동으로 옮기기로 마음을 먹었다. 고향인 마이맨싱의 사다르 우파질라로 돌아와 가족이 거처할 수 있는 집을 먼저 짓고 나머지 돈으로는 작은 클리닉을 열었다. 클리닉 이름은 딸의 이름을 따서 '몸타즈 클리닉'이라 불렀다. 클리닉 옆에는 극빈층 아이들을 위한 무료 교육센터를 열었다.

악착같이 번 돈으로 안락한 생활을 하지 않고 가난한 이웃을 위해 헌신한 조이날 아베딘의 노력을 높이 평가한 방글라데시 정부는 그에게 '황금 심장을 가진 남자(Sada Moner Manush)'라는 칭호를 붙여주었다. 나는 그를 직접 만나게 되었다.

몸타즈 클리닉

그가 거친 손을 내밀며 악수를 청해 왔다. 허름한 옷을 입었지만 손에서 따뜻함이 느껴졌다. 이 현명한 사람은 아주 간소하고 궁핍한 생활을 했다. 그의 자발적 빈곤은 인생을 능동적으로 사는 사람들의 자유의지가 빚어낸 소박함이리라. 누추한 곳까지 찾아와주어서 감사하다고 말하는 그에게 나는 대답했다.

"황금 심장을 가지신 분을 만나 뵙게 되어 영광입니다."

그 또한 한끼의식사기금 다카 사무실을 방문한 적 있다며 소감을 말했다.

"가난한 여성들과 청소년들을 위해 여러가지 프로그램을 운영하는 것을 견학한 적이 있습니다. 아주 인상적이었습니다."

선물로 가져온 종합 비타민을 건네자 고마워하며 그는 나를 몸타즈 클리닉으로 안내했다. 멀리서부터 환자들이 이 클리닉을 찾아온단다. 의료사업은 돈이 많이 들어가기 때문에 사업을 지속적으로 유지하려면 외부지원이나 수입원을 계속 창출하지 않으면 안 된다. 사업 초기에는 압둘라 아부 사이드라는 저명한 인사로부터 꾸준히 자금과 약품을 지원받았다고 한다. 또 월드비전으로부터 의약품을 지원받기도 했고, 지방정부와 사회복지기관으로부터도 클리닉 운영 예산을 지원받았다고 한다. 하지만 그 돈으로는 몰려드는 환자를 감당하기에 역부족이었다. 조이날 아베딘의 헌신적인 노력에도 불구하고 시간이 가면서 몸타즈 클리닉은 점차 위기에 봉착하게 되었다.

대화를 할수록 그의 마음 한구석에서 우울함이 읽혀졌다. 사진에서 본 강한 모습과 달리 어딘지 모르게 쓸쓸한 모습이 교차되어 보였다. 젊은 시절에 너무 혹사를 당해서 지친 것일까. 내가 그런 생각하고 있을 때 그는 자신을 늙게 만든 사연을 말해 주었다.

"최근 몇 년 간은 후원을 받지 못했어요. 의약품 가격은 몇 배나 올라 병원 운영이 위태로운 처지에 놓여 있어요. 병원이 제대로 기능을 하려면 매일 최소한 수 백 다카는 필요해요."

그는 생각에 잠겼다가 다시 말을 이어갔다.

"많은 사람이 도움을 주겠다고 약속을 했지만 지키지 않았어요. 심지어 몇몇 사람은 나를 초대해 놓고는 되레 욕심 많은 사기꾼이라고 공격했어요."

도와주고 싶다며 약속을 했던 사람이 그를 사기꾼으로 몰아 경찰에 넘겨버린 일이 있었다고 했다. 조이날 아베딘은 이제 아무에게도 도움을 청하고 싶지 않다며 우울한 표정을 지었다.

그는 머리로 일을 하는 사람이 아니라 가슴으로 일하는 사람이라는 것을 느낄 수 있었다. 이 세상은 자존심도 지키고 목적도 달성할 수 있는 그런 수월한 곳이 아니다. 꽃이 지지 않고 열매를 맺을 수 없듯이 자존심과 양심에 상처받지 않고 참다운 열매를 맺을 수 없으리라.

클리닉 내부를 둘러보니 시설이 많이 낡았고 의료기자재들도 오래 된 것들이었다. 그런 가운데에서도 치료를 받으러 오는 환자들로 클리닉은 여전히 북적거렸다. 조이날 아베딘은 가난한 사람들에게 의술을 베푸는 것이 아니라 인술을 베풀고 있었다.

조이날 아베딘과의 만남을 통해 나는 인생의 한 수를 배웠다. 만족보다 비움을 통해, 기쁨보다 눈물을 통해, 성공보다 보람을 통해 길어 올리는 수확이야말로 인생의 참 열매라는 것을.

14

고달팠지만
행복했던 순간들

네팔에서의 긴급구조 활동

구호 현장이라 하면 전쟁지역이나 재난지역처럼 위험하고 처참한 곳을 떠올리기 쉽다. TV에서 주로 그런 곳을 방송하기 때문이다. 또 구호활동가라고 하면 생명의 위협을 무릅쓰고 생필품을 전달하고 구조 활동을 벌이는 사람을 연상하게 된다.

내전이나 지진 같은 긴급구호 상황에서 활동하는 대표적인 조직중 하나가 '국경없는의사회(MSF)'다. MSF 대원들은 가장 신속하게 현장에 투입되어 맡은 임무를 완수한다고 해서 '스모크점퍼스(Smoke Jumpers)'라고 불린다. 화재가 났을 때 낙하산을 타고 뛰어 내리며 진화하는 삼림 소방대원들을 가리키는 표현이다. 그들은 다른 구호활동가들이 포기한 현장도 마다하지 않고 뛰어드는 것으로 유명하다. 텐트에서 잠을 자야 하고 전염병의 우려가 있는 곳을 마다하지 않고 들어가며, 더위와 추위도 마다하지 않고 대량 학살의 현장에서도 묵묵히 일을 한다.

국경없는의사회 대원들처럼 촌각을 다투며 긴급하게 구호활동을 해야 하는 곳도 있지만 지구촌에는 만성적 기아 상태에 놓인 곳들이 훨씬 많다. 후자의 경우는 낙후된 경제와 열악한 환경으로 인해 일회성 구호활동으로는 해결할 수 없는 문제들을 안고 있다. 그런 곳에서는 연중 지속적인 구호 프로그램이 필요하다. 한끼의식사기금은 만성적인 기아 상태에 놓인 지역을 대상으로 연중 구호활동을 해나가는 단체이다.

물론 우리도 긴급구조 활동을 펼칠 때가 있다. 대표적인 사례가 9000명의 사망자와 2만3000명의 부상자가 발생했던 네팔 대지진이다. 2015년 우리는 CDCA센터의 대표 덴디 세르파와 현장 상황을 공유해 가며 긴급구조 활동을 펼쳤다.

긴급구조 활동의 일차 목표는 인명을 살리는 일이다. 생명을 잃을 위험에 처해 있는 사람들에게 신속하게 안정된 환경을 만들어주는 것이 무엇보다 중요하다. 구조 요원들이 동분서주하며 구호물품을 나누어 주다 보면 난관에 봉착하는 경우가 생길 수 있다. 수요 예측을 잘 못해 구호물자가 부족하게 되면 군중으로부터 거센 항의를 받고 때로는 신변에 위협을 받는 상황에 처하기도 한다. 또 몇 시간씩 걸어 들어가서 구호품을 전달해야 하는데 제때에 구호품이 도착하지 못하면 치명적인 피해가 발생하게 된다.

네팔 대지진 당시 덴디 세르파는 긴급구호 리스트를 작성해서 보냈고, 나는 즉시 예산을 편성하여 그를 지원했다. 덴디는 가격이 몇 배나 폭등하는 가운데서도 비상 발전기를 구입하여 오염되지 않은 지하수를 확보해 나갔고, 그 와중에 장애아들을 위한 영양식도 조리해 냈다. 노숙하고 있는 주민 수천 명에게 깨끗한 식수도 제공할 수 있었다.

　카트만두의 상황이 안정을 되찾자 덴디 세르파는 오지 마을에 들어갔다. 시골 지역의 상황은 카트만두보다 훨씬 심각했다. 가장 큰 피해가 난 지역은 고르카, 랑탕, 신두팔촉 지역으로 그 지역 중 일부는 산사태까지 겹쳐 설상가상이었다. 히말라야 트레킹 전문 가이드이기도 한 덴디는 끊어진 길을 만나면 이어가며 파괴된 마을로 들어갔단다. 폐허로 변한 현장을 살펴보고 카트만두로 돌아온 덴디 세르파는 나와 대책을 논의했다.

　　"붕괴된 집들에는 사망자와 쓰레기가 널려 있습니다. 비라도 내리면 부패된 시신과 빗물이 섞여 악취가 나는 것은 물론이고 전염병이 돌 가능성이 매우 높습니다."
　　"생존자들을 위해 당장 서둘러야 할 일들이 무엇인가요?"
　　"임시 거주 공간과 위생시설이 당장 시급합니다."

　대피용 텐트는 동이 나서 전혀 구할 수 없었다. 정부에서는 외국으로부터 들어오는 구호용 텐트를 나누어주고 있다고 했지만 덴디가 돌아본 지진 진앙지에 가까운 피해 주민들은 어느 누구도 받

대지진으로 집을 잃은 사람들. 한 순간에 거처할 공간이 사라져 비를 피하는 것마저
도 쉽지 않은 상황이다.

은 적이 없다고 했다. 덴디가 나름 자신의 아이디어를 제안했다.

> "텐트 대용으로 얇은 양철판을 아치형으로 구부리면 대피용 막
> 사로 사용할 수 있을 것 같습니다."

거처할 공간을 신속히 마련해 주지 않으면 연약한 순서대로
생존이 어려워질 수밖에 없는 상황이었다. 필요한 자금을 현지
에 보내주어 덴디와 그의 일행은 임시주택 지원활동을 펼칠 수
있었다.

대지진 피해 복구를 위해 현장을 찾다.

나는 피해 지역 중 한 곳인 신두팔촉을 찾아갔다. 수도 카트

만두에서 북동쪽으로 약 90km 떨어져 있는 곳이다. 길이 좋지 못해 자동차로 몇 시간을 가야 도착할 수 있었다. 박타푸르를 넘어서자 멀리 히말라야 고봉 중 하나인 '가우리 상카'가 보였다. 산 이름이 힌두교 신에서 유래했다는데 현지인들은 '홀리 마운틴'이라고 불렀다. 신성한 산이어서 정부 허가 없이는 아무도 들어갈 수 없는 곳이란다. 신두팔촉으로 가는 길은 오르락내리락과 울퉁불퉁의 연속이었다. 아침 안개 속을 뚫고 한적한 산골 마을에 차를 세웠다. 뜨거운 밀크 티를 한 잔 하니 차가운 공기에 노출된 피부에 온기가 돌았다.

목적지를 향해 달리던 자동차가 긴 강을 만났다. 건기 때는 없던 강이었다. 강줄기를 따라 나 있던 길이 꼬리를 감추듯 사라져버렸다. 차는 얕은 물속으로 두어 번 들어갔다 나온 후에야 길을 찾아냈다.

"우리 지금 내셔널지오그래픽 팀 맞지!"

"이건 완전 어드벤쳐야!"

잠시 스릴을 맛본 일행은 한마디씩 던진다.

신두팔촉의 빔타르 마을에 도착하니 자연 경관이 놀라울 정도로 아름다웠다. 사방에 핀 노란 꽃들이 마치 피크닉 나온 것 같은 기분을 느끼게 만들었다. 그런 기분도 잠시뿐, 지진의 상흔이 속속 드러났다. 덴디 세르파가 꽃들 사이를 뒤져보라고 말했다. 집이 무너지면서 떨어져나간 건축 자재들이 어지럽게 널려 있었다.

쑥대밭으로 변한 마을들을 카메라에 담고 있으려니 현지인 한 사람이 길바닥에 주저앉아 초점 잃은 눈으로 나를 바라보고 있었다. 모든 것을 잃고 망연자실한 사람을 앞에 두고 불난 집에 부채질 하듯이 사진이나 찍고 있다니……. 나는 스스로의 행동을 책망하면서도 지진 피해자들을 돕기 위해서는 생생한 현장 사진이 필요하다며 자기합리화를 했다.

세티데비 공립학교는 학교 건물의 상당 부분이 파괴된 채 미복구 상태였다. 학교 관계자들과 미팅을 가졌다.

"마을에서 집 수백 채가 파괴되었고 수십 명이 죽었어요. 학생 400명이 다니는 우리 학교도 이 모양으로 변하고 말았어요."

교장 선생님은 더 이상 말을 잇지 못했다. 교실들이 서 있던 곳은 건물 대신 돌무더기만이 남아 있었다. 학교 담벼락은 전부 붕괴되어 아이들이 수업을 마치고 밖으로 뛰어나오기라도 하면 수십m 아래로 추락할 위험이 도사리고 있었다. 학교의 한쪽이 뻥 뚫려 있는 것을 보니 내 마음 한구석도 뻥 뚫린 듯 시리고 아파왔다.

교장 선생님은 교실 안을 일일이 보여주었다. 상당수 벽은 굵게 금이 가 있어 약한 지진이라도 다시 오면 폭삭 내려앉을 것만 같았다. 어떤 교실에는 부서진 책걸상들이 흉물스럽게 방치되어 있었다. 이런 상황에서 아이들이 어떻게 공부할 수 있을까. 고학년 교실에는 학생들이 반 수 이상 앉아 있었으나 저학년으로 내려갈수록 빈자리가 많았다. 지진의 공포 때문에 부모들이 아이들을 학교에 보내지 않는 것일까?

세티데비 학교는 NGO의 도움으로 일부 건축물을 새로 짓고 있었다. 교장 선생님은 아직 제대로 복구하려면 더 많은 지원이 필요하다고 했다. 학교 사정을 들어보니 한숨이 절로 나왔다. 하늘을 쳐다보며 혼자 중얼거렸다.

'이 부서진 학교를 위해 뜻을 보태줄 후원자가 있을 테지……'

고달팠지만 보람찼던 기억들

동료 의사들이 안락한 생활을 즐기고 있을 때 나는 뜨거운 태양 아래에서 온 몸이 땀범벅이 되어 오지를 다녔다. 그래도 나는 그 길이 좋았다. 홀로 누리는 만족보다 관계 안에서 느끼는 기쁨과 보람이 더 좋았다. 나는 국경없는의사회(MSF) 대원이나 덴디 세르파처럼 생명의 위협을 무릅쓰고 현장에 투입된 적은 없었다. 그래서 영웅담으로 내세울만한 이야기는 별로 없다. 사람들은 이 일을 하면서 가장 힘들었던 때가 언제냐고 질문하곤 하지만 딱히 '이거다'라고 대답하기 곤란한 이유가 여기에 있다. 하지만 구호 현장은 장소를 불문하고 고달픈 곳이다. 지금까지 기억 속에 남아 있는 몇 가지 이야기를 꺼내본다.

방글라데시의 추아당가 지역에서 구호활동을 마치고 다카로 돌아올 때였다. 강력한 사이클론이 그 지역을 덮쳐 주변 공항에는 모든 비행기가 결항이었다. 나는 귀국 일정상 밤늦게라도 다카까지 가야했는데 유일한 수단은 비싼 비용을 지불하고 렌트카를 이용하는 것이었다. 평소 추아당가에서 다카로 가는 도로는 수시로 교통사고가 터지는 '죽음의 도로'로 소문 나 있는 도로였다. 나를 포함한 세 사람은 사이클론이 몰아치고 있어 한치 앞도 보이지 않는 '마의 도로'를 달렸다. 곳곳에서 하천이 넘쳐 차가 물속을 반쯤 잠겼다 나왔고, 강풍에 도로 쪽으로 커다란 나무들이 쓰러지는 통에 차량은 곡예를 하듯 달려야 했다. 가장 위험한 순간이 다가왔다. 반대편에서 대형 트럭이 달려오고 있었다. 두 차량이 교차하려는 순간 무언가가 일행을 향해 날아오고 있는 것 같다는 느낌을 받았다. 트럭의 낡은 유리창이 빠지면서 우리를 향해 날아오는 순간이었다. 절체절명의 위기 순간. 모두 눈을 질끈 감아버렸다. 날카로운 굉음과 함께 강한 진동이 느껴졌다. 진공과 같은 캄캄한 순간이 지나갔다. 잠시 후 정신을 차려보니 차는 빗속을 달리고 있었다. 렌트카 운전기사가 본능적으로 핸들을 돌려 기적처럼 사고를 비껴갔던 것이었다. 유리창이 우리가 탄 차의 옆구리에 부딪히면서 가까스로 비극을 모면할 수 있었다.

다음은 식량 구호활동을 할 때 일이었다. 작은 기차역 수준인 롱뿌르 공항에 내려 자동차로 비포장도로를 세 시간 이상 달리면 거점 지역인 찔마리가 나온다. 대부분의 가정에 전기가 들어오지 않을 정도로 오지였다. 찔마리 주변을 흐르는 브라마푸트라강은 넓은 곳의 강폭이 20km나 돼 바다와 다름없는 큰 강이었다. 강 유역에는 27개의 작은 모래섬이 있고, 7개 섬에서만 사람이 살았다. 매년 5~6월이 되면 히말라야 빙하에서 녹아내린 물이 저지대로 흘러들어와 브라마푸트라강이 범람했다. 주민들은 살던 곳이 물에 잠기면 높은 곳으로 피하거나 다른 섬으로 옮겨가서 생활했다. 8~9월 우기에 들어서면 섬 주민들의 고통은 본격적으로 가중되었다. 집중호우로 인해 애써 키워놓은 농작물이 해를 입으면서 주민들은 하루 한두 끼도 제대로 먹을 수 없는 처지에 놓이게 되었다. 우리는 섬마을 사람 1,200명에게 생명의 쌀을 나눠주는 계획을 세웠다.

먼저 선발대를 보내고 나는 본진과 함께 현장에 도착했다. 식량배급 첫날이었다. 이른 새벽에 잠을 깨니 이슬람 경전 읽는 음성과 노래 소리가 마을 스피커를 통해 들려왔다. 샤워를 하려는데 물이 나오지 않아, 숙소 실무자에게 연락하니 자가 발전기를 돌려주었다. 겨우 세수할 정도의 물이 나왔으나 온통 흙탕물이었다. 대충 얼굴에 찍어 바르고 현장으로 나갔다. 햇볕이 강하게 내리쬐는 가운데 식량 구호활동을 마치니 저녁이 되었다. 숙소로 돌아와 몸을 씻어야 하는데 물은 여전히 걸레를 빤 구정물과 같은 색으로 쩔쩔 흐르는 정도였다. 그래도 씻지 않을 수 없었다. 비누칠을 했는데 희미하게나마 비치던 전등이 그만 나가버렸다. 샤워장에는 창문조차 없었다. 캄캄한 상태로 물을 끼얹고 나와야 했다. 사흘째 되던 날, 양쪽 눈이 부어오르면서 쓰라렸다. 흙탕물로 씻다 보니 눈병이 생긴 것이었다. 시간이 갈수록 양쪽 눈은 토끼 눈처럼 벌겋게 변해갔지만 이 또한 구호 현장에서 얻은 훈장이라 여기니 기분이 좋아졌다.

'첫 구호활동인데 고생한 흔적이 있어야 할 것 아닌가…….'

이번에는 버드 스트라이크에 대한 경험담이다. 비행기를 자주 타 본 사람이라도 버드 스트라이크를 경험해 본 경우는 흔치 않을 것이다. 네팔에서 구호활동을 마치고 귀국길에 카트만두 공항에서 있었던 일이었다. 본의 아니게 특급호텔에서 며칠 공짜로 먹고 자고 했는데, 사람들은 신났겠다고 여길지 모르나 나에게는 창살 없는 감옥이나 다름없었다.

새벽 2시였다. 몹시 피곤한 상태였던지라 한숨 자고 일어났다. 밤하늘을 날고 있어야 할 비행기가 여전히 공항에 서 있었다. 기내 방송이 흘러 나왔다. 새가 항공기 엔진과 충돌해서 기체에 이상이 발생했으니 기다려 달라는 멘트였다. 얼마 후 같은 멘트가 반복해서 나왔다. 결국에는 비행기가 이륙할 수 없으니 모든 탑승객은 재입국 수속을 밟으라고 한다. 시계는 새벽 3시를 가리키고 있었다. 사람들은 항공사에서 지정해 준 호텔로 흩어졌고 나는 하얏트 리젠시호텔에 배정을 받았다. 항공사 측에서는 비행기 정비가 끝나는 대로 곧 떠날 테니 몇 시간만 쉬고 있으라고 말했다. 느긋하게 기다렸지만 시간이 지나가도 기별이 없었다. 몇 시간만 기다리면 된다던 약속은 하루가 지나도록 지켜지지 않았다. 애초에 몇 시간이면 된다던 항공사 측의 해명은 시간이 갈수록 바뀌었다. 엔진 부품을 인도의 델리에서 가져와 교체해야 하기 때문에 시간이 얼마나 걸릴지 장담할 수 없다고 했다. 나는 귀국하면 곧바로 출근해서 진료해야 하는데 난감한 상황이었다. 사람들의 항의가 빗발치자 견디다 못한 항공사는 나중에 전화기를 아예 꺼버렸다.

호텔 방에서 우두커니 밖만 내다보는 신세가 돼버렸다. 결국 항공기의 엔진 정비가 끝나고 다시 탑승하기까지 무려 40시간 넘게 호텔 방에 갇혀 있어야 했다. 이 정도 되면 하얏트 리젠시는 특급호텔이 아니라 창살 없는 감옥이라 해야 할 것이다. 무료로 제공되는 호텔 뷔페 음식도 처음 한두 끼는 잘 먹었다. 식사 횟수가 거듭될수록 떠나고 싶은 마음만 커져갈 뿐 음식에서 아무런 맛을 느끼지 못했다. 나중에는 아예 식사를 건너뛰기도 했다.

우여곡절 끝에 여행용 트렁크를 끌고 꾀죄죄한 모습으로 병원에 나타나니 진료를 기다리던 환자들이 "어디 갔다 오세요? 여행은 재미있었어요?"라며 말을 걸었다.

그날 진료 상황이 어땠을까? 이틀간 잠도 제대로 자지 못하고 기름에 절은 머리로 해외에서 돌아오자마자 정신과 환자들을 장시간 면담해야 했으니 얼마나 고역이었겠는가. 하품은 연신 쏟아지고……. 내가 생각해도 그날 나는 참으로 딱한 처지였다.

하마터면 추방당할 뻔하다

구호활동 국가에서 쫓겨날 뻔했던 적도 두 번 있었다. 처음 경험은 에티오피아에서 있었다. 이 나라는 소수 종족이 지배계층이기 때문에 피지배계층인 다수 종족의 불만이 누적되어 왔다. 제나위 총리 사망 후, 집권당의 억압 통치에 대한 국민의 저항감이 가득 쌓여 있었다. 2015년 총선을 앞두고 10년 전 선거의 후유증이 재현될 위험성이 높아지자 국제사회는 에티오피아 정부에 부정선거에 대한 경고를 보냈다. 그러자 에티오피아 정부는 외국인에 대한 입국을 까다롭게 검열했다. 나는 그런 분위기를 고려하여 선거정국을 피해 현지를 방문한다는 계획을 세웠다. 하지만 이상하게 선거일이 임박했는데도 선거 일정이 발표되지 않았다. 무작정 기다릴 수 없어 나름대로 일정을 잡아 현지로 향했다. 아니나 다를까 우려했던 일이 벌어졌다. 아디스아바바 공항에서 내게 입국 비자를 발급해주지 않는 것이었다. 외국인에 대한 검문검색이 몇 배 강화되었고, 작은 꼬투리라도 발견되면 입국을 거부당하는 일이 벌어지고 있었다. 에티오피아 주재 한국대사관의 담당 영사와 현지 직원들이 공항에 나와 나의 입국 수속을 도와주려고 시도했지만 비자 발급 책임자는 무조건 안 된다는 말만 되풀이했다. 도대체 왜 입국이 안 되냐는 질문에 그는 내 여권을 펼쳐 보이며 황당한 이유를 대기 시작했다. 가난한 나라들만 주로 돌아다닌 것으로 보아, 내가 국제기구에서 에티오피아의 선거 상황을 살피기 위해 파견한 사람으로 의심된다는 것이었다.

(나는 속으로 웃었다. 내가 그렇게 대단한 사람인가……)

　　그게 아니라고 항의하면 할수록 비자 발급 책임자는 완강한 자세로 당장이라도 나를 한국행 비행기에 태워 돌려보낼 것 같은 태도를 취했다.

　　도무지 말이 통하지 않자 한국대사관의 담당 영사는 나를 초청하는 방식으로 공문을 작성해서 당국에 보내겠다고 했다. 그게 마지막 수단이란다. 결국 기약 없이 아디스아바바 공항에 묶여 있어야만 했다. 그러나 달리 다른 방법이 없었다. 실랑이를 벌이는 동안 모든 입국자들은 심사를 통과하여 공항을 떠났고, 다른 비행기들도 착륙 시간대가 아닌지 공항 안은 쥐죽은 듯 조용했다. 입국 저의가 의심스러운 사람에게 편안한 자리를 제공해 줄 리 만무하고, 딱딱한 나무 의자에 앉아 하루 정도 버텨야만 했다. 그런 상황에서도 장거리 비행으로 인해 피곤함이 몰려와 나는 졸았다. 어렴풋이 뚜벅뚜벅 구두 발자국 소리가 들려 눈을 떴더니 비자 발급 책임자가 내 앞에 서 있었다.

　　"이번에만 봐주겠소. 다음에는 절대로 입국할 수 없소!"

　　그 말이 어찌나 반갑던지, 잘못한 것도 없는데 입에서 고맙다는 말이 절로 나왔다. 어떤 이유로 그의 태도가 바뀌었는지 알 수 없었지만 아무튼 그렇게 해서 내 여권에는 에티오피아 입국 비자가 찍히게 되었다.

다음은 미얀마에서 겪었던 경험이다. 미얀마를 강타한 사이클론 '나르기스'는 그 위력이 너무나 강력하여 보칼레이 지역 대부분이 파괴되었다. 긴 세월이 흘렀지만 파괴된 건물과 부서진 다리들이 상당수 복구되지 못한 채 남아 있었다. 한끼의식사기금에서는 마을과 마을을 이어주는 소규모 교량 건축사업을 진행하게 되었다. 콘크리트 다리가 놓이자 사람들은 안전하게 왕래할 수 있게 되었고, 물자 수송이 원활하게 이루어져 주변의 경제 활동에도 도움을 주었다. 또 비가 오면 학교 가기가 매우 불편했던 학생들에게는 편안한 통학로 역할을 해줄 수 있어서 모두 좋아했다. 현지 관계자들과 나는 다리 준공식 행사를 위해 보칼레이 지역 신 차웅 마을로 들어가게 되었다. 사람들이 마을 입구에서부터 장사진을 치고 있었다. 일행이 나타나자 검은 소 전통춤을 한판 신명나게 벌이면서 축하 분위기를 고조시켰다. 이어 모두 새로 건설된 다리 위에 모여 나르기스에 희생당한 사람들을 위한 기도를 올리고 테이프 커팅을 한 후 마을 이장 집에 모여 즐거운 잔치를 벌였다.

즐겁게 일정을 마치고 양곤으로 돌아오던 중 뜻밖의 상황이 벌어졌다. 미얀마 공안당국으로부터 일행 중 한 사람인 빈센트에게 전화가 걸려왔다. 현지인 그룹과 동행한 외국인이 화이트 구역을 이탈하여 그레이 구역에 들어간 이유를 추궁하겠다며 공안사무실로 출두하라는 명령이 떨어졌다. 미얀마는 안전도에 따라 화이트, 그레이, 블랙 구역으로 등급을 매겨 외국인은 화이트 구역에만 머물도록 규정하고 있었다. (나는 그런 사실 조차 모르고 있었음.) 참고로 그레이 구역에는 빈곤층이 살고 있고, 블랙 구역은 내전 중이거나 거기에 준하는 구역으로 분류된다. 내가 그레이 구역에 들어갔다는 말은 불법을 저질렀다는 뜻이다. 하지만 우리의 구호 사업 대상지역은 주로 그레이 구역에 위치해 있었다. 이런 문제를 고려하여 빈센트는 사전에 해당 지역의 주지 스님으로부터 허락을 받았다는데 왜 공안당국에서 호출하는 것일까?

> "제가 며칠 전에 다미카욘 절의 주지 스님께 큰 절을 올리며 일행이 신 차웅 마을에 들어가는 목적을 말하고 허락을 받았어요."

이렇게 말하는 빈센트의 얼굴은 약간 상기되어 있었다. 관행상 다미카욘 절과 같은 큰 사찰의 주지가 허락해주면 공안당국은 대개 묵인해 준다. 미얀마에서 큰 사찰의 주지는 정신적 지주이자 존경의 대상이므로 공안당국도 저지하지 못하는 경우가 많았다. 하지만 우리 일행은 운이 없었는지 법을 어겼으니 조사를 받으라는 공안 당국의 통보를 받은 것이다.

양곤에 도착하자 빈센트와 또 다른 한 사람이 조사를 받으러 갔다. 그런데 나는 부르지 않았다. 나 때문에 현지 활동가 두 명이 곤욕을 치르고 있을 것만 같아 어찌나 미안하던지. 밤늦게까지 조사를 받고 나온 빈센트의 표정은 그리 어두워 보이 않았다. 공안에서는 외국인과 마을에 들어간 경위와 목적 등을 상세히 확인한 후 경고 조치만 내렸단다. 휴~ 정말 다행이었다. 그렇지만 향후에 화이트 구역을 이탈하면 추방당할 것이라는 말을 들어야 했다. 그 일이 있은 후 미얀마를 떠나올 때까지 나는 화이트 구역을 이탈하지 않았다.

학교는 무너져도 희망은 무너지지 않는다.

방글라데시의 라즈크리시나뿔은 우기가 되면 마을의 상당 부분이 물에 잠기면서 고립돼 외딴 섬으로 바뀌는 곳이다. 농사짓던 땅이 물속으로 사라져 주민들은 물고기 잡는 어부로 변한다. 외부와 교류가 거의 없어 여러 모로 낙후된 곳이다. 마을에 글을 읽을 줄 아는 사람은 2%에 불과하고, 화장실이 있는 집은 전체의 10% 정도였다. 대나무로 지은 허름한 건물이 학교라는 말을 들었을 때 나는 속으로 당황하지 않을 수 없었다. 그보다 못한 학교를 본 적이 없었기 때문이었다. 그런 상태에서 마을 아이들이 공부를 하기 위해 모여들었다. 학부모들은 가난했지만 자식에 대한 교육열만큼은 아주 강해서 이구동성으로 학교를 지어달라고 했다. 교장 선생님인 살림 칸은 내 손을 붙잡고 간곡하게 사정했다.

> "라즈크리시나뿔에는 아무 것도 없어요. 텔레비전도 컴퓨터도 없어요. 밤에는 별빛과 호롱불만 마을을 비춘답니다. 우리는 자식들에게 가난의 대물림하지 않기 위해 노력하고 있습니다. 이를 위해서는 무엇보다 제대로 된 학교가 필요합니다."

교실 내부를 살펴보니 비가 내린 탓에 양철지붕 사이로 빗물이 줄줄 샜고, 맨흙으로 된 교실 바닥에는 삐거덕거리는 긴 나무 의자들이 어수선하게 놓여 있었다. 부옇게 낡은 칠판은 학생들이 얼마나 열악한 환경에 있는지를 단적으로 보여주었다.

주민 대표들과 삼살 방글라데시의 지부장 마슈카는 여러 번 회의를 거친 끝에 신축 학교의 조감도를 완성했다. 교실 세 칸과 교무실, 화장실, 식수 펌프가 갖추어진 학교를 짓기로 결정했다. 공사가 시작되자 주민들이 당번제로 일을 도왔다. 순조롭게 진행되던 작업이 공정률 40%에 달했을 때 절대로 일어나서는 안 될 일이 터지고 말았다. 하루는 마슈카가 아주 다급한 목소리로 긴급 상황을 알려왔다.

"신축 중이던 학교 건물이 붕괴되었습니다. 이런 일이 생기리라고는 꿈에도 생각하지 못했어요."

그녀는 넋이 나간 사람처럼 같은 말을 반복했다. 전문가의 감독 하에 공사를 진행했건만……. 섬 지역이라 지반이 약한데다 수시로 내리는 장대 같은 폭우로 인해 강변에 있던 북쪽 담벼락이 힘없이 무너져내렸고 이어 연쇄적으로 다른 구조물도 부서지고 말았던 것이다. 현장으로 달려 나온 주민들은 대성통곡을 했다. 새로운 학교에 대한 기대에 가득 찼던 사람들은 비탄에 빠졌다. 이제야 제대로 된 학교를 지어 자식들을 공부시킬 희망을 가졌는데 웬 날벼락이란 말인가……. 살림 칸 교장 선생님은 고혈압이 악화돼 그만 몸져누워 버렸다.

이제 어떻게 할 것인가! 결단이 필요했다. 나는 마슈카를 통해 현지인들에게 메시지를 전했다.

"이번에 우리는 불행한 사건을 겪었습니다. 그렇지만 주민들의 숙원을 절대로 포기할 수 없습니다. 학교는 아이들의 미래가 달려있는 문제입니다. 포기하지 않는 한 희망은 살아 있습니다. 어떠한 어려움이 따르더라도 여러분의 꿈이 사라지지 않도록 함께 하겠습니다."

모두 만세를 부르며 기뻐했다. 학교를 다시 짓기로 결정하자 한끼의식사기금 본부 사무국에는 발등에 불이 떨어졌다. '사랑의 스카프와 넥타이'를 제작해서 판매하고 뜻있는 기업체들의 지원을 받아 예산을 확보했다. 그리하여 신축 학교는 우여곡절 끝에 준공되었다. 라즈크리시나뿔이여! 그대들은 더 이상 외롭지 않으리.

우리는 수시로 인생의 장벽에 부딪혀 끙끙대며 앞으로 나아가지 못하는 상황을 겪는다. 하지만 라즈크리시나뿔 학교의 신축 과정에서처럼, 우리가 간절히 바라는 그 무엇을 '포기하지 않는다면 희망은 살아 있다'는 것을 느꼈다.

15

가난,
어떻게 바라볼 것인가

가난이 앗아간 것들

개발도상국에서 가난은 그림자처럼 따라붙는다. 집이 없어 무덤에서 지내는 미혼모 케데베는 두 쌍둥이의 우유값을 대기 위해 가정부로 일을 하지만 언제나 궁핍했다. 쌍둥이의 아버지는 어디에 있을까? 케데베조차 아이들의 아버지가 누구인지 알지 못했다. 그녀를 거쳐 간 남자가 한둘이 아니기 때문이다. 에티오피아 곤다르 출신인 그녀가 수도 아디스아바바에 상경한 것은 먹고살기 위해서였다. 그러나 대도시로 나온다 해서 일자리를 얻는 것이 아니다. 그녀는 길거리에서 방황하다가 임신하고 말았다.

아디스아바바의 변두리에 있는 '고다나센터'. 그곳은 케데베와 같은 미혼모들이 한시적으로 머물 수 있는 쉼터다. 20살 미만의 젊은 여성과 어린 자녀를 대상으로 숙식 제공, 직업기술 전수, 일자리 연계를 통한 자립을 돕고 있다. 수용 인원은 최대 130명 정도로 길게는 1년까지 머물 수 있는데 한끼의식사기금에서는 고다나센터의 여성들을 위한 사업을 지원한 바 있다.

왜 에티오피아의 젊은 여성들이 미혼모로 전락하는 것일까? 원인은 가난에 있다. 가족들과 떨어져서 일자리를 찾아 나서지만, 그들을 기다리는 것은 주로 남성들이다. 자의든 타의든 성관계를 하게 되고 폭력에 시달리게 된다. 운이 좋아 일자리를 구한다 하더라도 고용주의 성폭행에 시달리는 경우가 허다하다. 그러다가 임신이라도 하게 되면 가난의 악순환에 빠지는 것이다.

방글라데시 빈민가에서 만난 여성 A씨. 그녀는 전직 교사였으나 남편이 교통사고로 사망하자 친지들이 집에 들이닥쳐 모든 재산을 빼앗아 가버렸다. 정신적 충격으로 학교를 나가지 못하고 거리에 나앉게 되었다. 급기야 쓰레기더미를 뒤지는 일이 일상이 되어 버렸다.

캄보디아 시엠립주 시골 마을에 사는 소콘. 에이즈 환자임에도 가장 노릇을 해야 했다. 그녀에게는 여섯 명의 아이가 올망졸망 붙어 있었다. 남편은 에이즈로 세상을 떠나고 없었다. 사는 집은 길거리에 무허가로 세운 것이라 정부에서 언제 부수어버릴지 몰라 불안에 떨며 지냈다. 소콘에게는 좋은 집이 있었으나 남편의 에이즈 치료를 위해 집도 팔고 땅도 팔아 빈털터리가 되었다고 했다.

짐바브웨의 보보스 팜 사람들은 판자 조각으로 집을 지어 살아가고 있다. 독재자 무가베가 수도 하라레 시내에 살고 있던 7만 명의 집을 허물어버리고 그들을 강제로 트럭에 태워 허허벌판으로 쫓아냈기 때문이다. 현지어로 '무람바치노'라고 하는데 '도시재개발'이라는 뜻이다. 도시재개발은 포장일 뿐 선거에서 반대표를 던졌다는 이유로 정부가 군과 경찰을 동원하여 정치적 보복 차원에서 행한 짓이었다. 졸지에 집을 잃어버린 사람들은 얼마나 억울할까. 재산을 몰수당하고 쫓겨난 그들에게 남은 것이라곤 분노밖에 없을 것이다. 내가 보보스 팜 안으로 들어가려 하자 현지 활동가가 강하게 막아섰다.

"차에서 내리면 절대로 안 돼요. 무슨 일을 당할지 몰라요."
"잠깐도 안 될까요?"
"안 돼요. 큰일 납니다."

사람들은 외지인이 마을에 찾아오는 것 자체를 극도로 예민하게 여겨 이해관계가 없는 사람들조차 예기치 못한 불상사를 겪기도 했단다. 화가 나 있는 사람 근처에는 가지 말라는 말이 있다. 아무 잘못이 없는데도 불똥이 튈 수 있기 때문이다. 결국, 나도 멀리서 그들을 바라보기만 하고 돌아설 수밖에 없었다.

내가 본 가난의 사례들을 열거하라면 끝이 없다. 하나만 더 소개해 본다. 짐바브웨의 구웨루를 방문했을 때다. 시내에서 조금만 떨어져도 초근목피로 버티는 사람들이 많았다. 사람들은 영양실조로 인해 작은 병에 걸려도 큰 병으로 진행됐다. 현지에서 사진관을 운영하는 한국인 Y 부부를 만났다. 그들이 말했다.

"사람들은 아파서 병원에 가면 모두 죽는다고 말해요."

병원에는 의사도 없고 치료 시설과 의약품이 턱없이 부족하기 때문이란다.

"늘 보이던 사람이 며칠 보이지 않을 때 죽었다고 생각하면 영락없이 맞아요."

모기에 물려도 면역력이 전혀 없기에 종기가 생기고 전신 감염으로 번져 죽게 된다는 것이다. 하루는 골프장에서 일하던 젊은 여성이 며칠째 보이지 않아 이웃에게 안부를 물었더니 모기에 물려 죽었단다. 가난한 곳에서는 모기와 같은 미물조차 위험한 존재로 여겨졌다.

가난이 뇌에 미치는 영향

나는 정신건강의학과 전문의로서 정신 현상과 뇌의 생물학적 연관성에 관심이 많다. 뇌과학의 급속한 발전으로 인간 행동의 중심에 뇌가 있다는 것이 구체적으로 밝혀지고 있다.

방글라데시의 국제보건연구소는 기능적 근적외선 분광법을 이용하여 빈민가에서 태어난 2~3개월 된 아기 12명의 두뇌 발달을 살펴봤다. 이 기법은 뇌 속으로 적외선을 보내 혈류를 측정하는 방법으로, 혈액 속 산소량을 측정해서 뇌 발달 정도를 알아낼 수 있다. 분석 결과 아기 뇌의 회백질 영역이 상당히 좁은 것으로 나타났다. 연구에 참여한 하버드대학교의 넬슨 교수는 '해당 부위는 언어 능력과 밀접한 관련이 있는 곳으로 유아에서 이 현상이 나타나는 것은 매우 좋지 않은 상황'이라고 했다. 또 워싱턴 주립대학교의 바치 교수 팀은 가난과 뇌 구조 변화의 상관관계를 연구한 바 있다. 가난한 아이들의 가정 환경과 행동 발달을 장기간 추적하면서 뇌를 기능성 자기공명영상(fMRI)으로 찍어 보았다. 가난한 아이들은 그렇지 않은 아이들보다 기억력과 같은 인지기능이 떨어지고, 스트레스에 취약하다는 결과를 얻었다. 또 가난한 아이들의 뇌는 신경회로 연결상태가 그렇지 않은 아이들의 뇌와 다르다는 것도 언급했다. 해마와 편도체와 다른 뇌 부위들의 연결된 정도가 많이 떨어져 있었는데 이 부위들은 학습·기억·스트레스 조절 등과 관련이 있다.

취학연령 이전이 더 가난했던 아동일수록 학습 성과가 떨어지고, 성장 후에는 우울증이나 반사회적 행동, 중독의 위험이 더 크다는 논문도 있다. 그 논문을 증명이라도 하듯 나는 카트만두 타멜 거리에서 대낮부터 아이들이 본드에 취해 있는 광경을 보앉고, 아디스아바바 길거리에서 마약에 취해 쓰러져 있는 청소년들도 보았다. 대마를 씹으며 성매매에 빠져드는 프놈펜 밤거리의 소녀들도 보았다.

어린 시절은 뇌의 성장에 매우 중요하다고 볼 수 있다. 가난만이 뇌에 부정적인 영향을 미치는 것은 아니지만 이 지표는 지속해서 영향을 미칠 수 있다는 점에서 다른 지표와 구별된다. 바치 교수의 연구에 의하면, 한번 나빠진 뇌 연결 부위의 구조는 아이의 가난 상태가 개선되더라도 좋아지지 않았다고 했다.

가난은 사람의 판단력에도 영향을 미친다. 2013년 하버드대 경제학과 물라이나단 교수 등 일련의 학자들이 공동으로 참여한 연구논문이 학술지 「사이언스」에 실렸다. 결론적으로 말하면 가난할수록 뇌의 인지능력이 떨어져 잘못된 결정을 내릴 가능성이 크다는 것이었다.

연구진은 사탕수수밭에서 일하는 농부를 대상으로 실험을 진행했다. 사탕수수는 1년에 한 번밖에 수확하지 못하는 작물이라 농부의 금전 상태는 수확하기 전이 가장 어렵고, 수확 직후가 가장 좋았다. 실험에 참여한 사탕수수밭 농부 464명을 수확하기 전과 후의 두 집단으로 나누어 논리력과 인지능력을 측정했다. 그 결과 수확한 직후 집단에서는 높은 점수가 나왔으나 수확 직전의 집단에서는 상당한 차이로 저조한 점수가 나왔다.

사탕수수밭 농부에게 수확 직전은 보릿고개와도 같다. 그 시기가 되면 머릿속이 먹고사는 문제로 걱정이 가득하여 여타 어려운 문제들에 대해서는 효과적인 판단을 내리지 못한다. 이런 상황은 몇 개의 프로그램만 돌리도록 설계된 컴퓨터에 열 개의 프로그램을 동시에 가동하면 처리속도가 느려지는 것에 비유해 볼수 있다. 처리속도가 느려진 것은 컴퓨터의 성능이 나빠진 게 아니라 부하가 한꺼번에 걸린 탓이다. 인간의 뇌도 인지능력에 한계가 있어 어떤 한 부분이 뇌를 크게 차지해 버리면 나머지 문제를 해결해 내는 역량이 떨어지게 된다. 다시 말해 빈곤으로 인해수행 능력이 떨어지는 것은 개인의 부족함보다는 가난과 같은 외적 여건이 더 영향을 미친다고 볼 수 있다.

정말 못나서 가난한 것일까?

위 실험은 가난한 처지로 전락하는 것이 타고난 역량 때문이 아님을 시사하고 있다. 하지만 일부에서는 가난한 사람은 의지가 약하고 쉽게 포기하는 경향이 있다고 여긴다. 영국 총리를 지낸 마가렛 대처는 가난을 두고 '인격적 결함' 때문이라는 식으로 비하하는 발언까지 한 적이 있다. 우리 사회는 경제적으로 가난한 사람을 낙오자 또는 실패자로 폄훼하는 경향이 있다. 열심히 살지 않았기 때문에 그렇게 된 것이라며 가난의 원인을 개인의 탓으로 돌리는 것이다.

가난을 개인의 문제로 바라보는 사람들은 개개인의 부족한 역량에서 그 원인을 찾는다. 능력이 떨어지고, 경험과 기술이 모자라며, 교육 수준 또한 낮아서 가난해진다는 것이다. 또 주관이 없고 인내심도 부족하며 자기 발전을 위한 노력을 제대로 하지 않는다고 여긴다. 그래서 좋지 못한 선택을 반복하고 기회를 제대로 살리지 못하고 망치게 된다고 본다.

한편 사회적 관점에서 가난의 문제를 찾고자 하는 편에서는 가난이 개인의 통제선 밖에서 발생한다는 데 초점을 맞춘다. 사회학자 에드워드 로이스는 저서 『가난이 조종되고 있다』 서문에서 가난이 도덕적 해이, 나쁜 습관, 무능력에 기인한다는 순진한 생각을 버려야 한다고 주장한다. 가난과 불평등의 문제는 정치, 경제, 사회 분야의 권력 투쟁과 밀접한 관련이 있다는 사실을 깨달아야 한다고 말한다.

가난이 사회적 요인으로 발생한다는 측면을 풀어서 설명해 보자. 기반시설이 낙후해 산업화를 꾀하기 힘들고, 남녀 성차별과 불평등이 심해 교육과 직업 선택의 기회가 일부에게 편향되어 있으며, 비민주적 제도와 정책은 가난한 이가 아무리 노력해도 부유해질 수 없는 구조라는 것이다. 부패한 정부는 특권층에 유리한 정책을 펴고 가난한 이들을 위한 보건 및 복지정책은 거의 찾아볼 수 없다. 언론 역시 가진 자 편만 드는 등 공평하지 못한 구조가 되어 빈익빈 부익부의 구조가 고착될 뿐이다. 따라서 가난은 사회 구조의 왜곡에서 생기는 문제라고 본다.

가난을 개인의 문제 또는 사회의 문제로, 무 자르듯 쉽게 나눌 수 있을까? 나는 개발도상국에서 물질적으로 빈곤해도 정신적으로 고결하게 사는 사람들을 만나곤 했다. 그들은 지식이 부족하지도, 인격적 결함을 보이지도 않았다. 그들에게는 가족을 위해서 희생하다가 가난한 현실을 극복하지 못한 좌절감이 배어 있었다. 그런 사람들을 보면서 사회적 상황이 가난에 큰 영향을 미쳤다고 여겼다. 반면에 개인적인 이유로 가난의 구렁텅이로 빠지는 사람들도 많이 보았다.

서두에서 몇몇 사례를 소개했다. 그들의 가난이 개인에게 있는지 사회에 있는지 살펴보자. 미혼모 케데베는 일자리를 구하러 나섰다가 알지도 못하는 남자들에 의해 임신하게 되고, 급기야 쌍둥이 아이를 낳아 가난의 악순환에 빠졌다. 그녀의 가난은 열악한 사회 환경에 일차적 책임이 있다고 할 수 있다. 짐바브웨의 보보스 팜에서 판자촌을 이루며 살아가는 사람들은 허허벌판으로 쫓겨나기 전까지는 수도 하라레에서 자기 집에서 살았던 이들이었다. 무가베의 도시개발정책에 따른 희생자들로 그들의 가난은 무자비한 공권력이 휘두른 사회적 요인에서 기인한다.

반면 남편의 교통사고와 친지들의 약탈로 거리에 나 앉게 된 여교사의 가난과 에이즈로 남편을 여의고 여섯 자식을 키워야 했던 소쿤의 가난은 개인적 요인이 크다고 할 수 있다. 그렇다고 그녀들의 가난이 전적으로 개인적인 책임이라고 말할 수 있을까? 남편이 교통사고를 당했다 하더라도 사회보장제도가 잘 되어 있고 친지들이 타인의 소유 재물을 함부로 빼앗아 가지 못하도록 법적인 기능이 잘 돌아갔다면 거리에 나앉지 않았을 수 있었다. 에이즈에 걸린 여성도 마찬가지다. 중증 질환은 당연히 국가가 나서서 관리해 주어야 하는데 그렇지 못해 개인의 불행으로 이어졌다. 그러므로 가난한 삶으로 전락하게 되는 과정은 개인적 측면과 사회적 측면이 복합적으로 작용하는 경우가 대다수다.

사람의 역량이 개개인 별로 차이가 나더라도 능력의 정도와 관계없이 그 사람의 인격은 온전하게 존중받아야 한다. 경제적으로 가난하다 하여 인성마저 부족한 것은 아니다. 만약 그렇게 보는 시각이 있다면 물질주의가 만들어낸 왜곡된 판단일 뿐이다. 뇌 과학적으로 부연 설명하자면 신경회로에 과부하가 걸려 효율적으로 일을 처리하지 못한 것일 뿐이다.

근본적으로, 개발도상국의 가난을 극복하려면 민주적 제도와 양질의 제반 장치(Governance)를 수립하고, 공평한 교육과 기회를 보장하며, 불평등을 해소하는 정책을 지속해서 반영해 나가야 할 것이다.

16

상반된
코리안 드림

7년 만에 다시 만난 그의 미소

과거 한때 우리가 외화벌이를 위해 서독에 가서 간호사와 광부로 일했던 것처럼 지금 국내에는 동남아 등지에서 들어온 이주노동자들이 많이 있다. 내가 만났던 이주노동자 두 사람의 이야기를 해보려고 한다. 두 사람은 가족의 행복한 미래를 위해 한국에 들어왔지만 뜻하지 않은 의학적 상황에 직면하게 되었다.

먼저 응우옌 도우의 이야기부터 시작한다. 나는 일요일마다 부산 지역에 거주하는 외국인노동자들을 대상으로 무료진료 활동을 한 적이 있었다. 하루는 병색이 완연한 베트남 출신의 남자가 진료소를 방문했다. 진료해 보니 심장에 문제가 있는 것으로 판단되어 심장 전문의에게 그를 의뢰했다. 며칠 후 그 전문의로부터 가급적 이른 시간 안에 심장 수술을 하지 않으면 얼마 살지 못할 것이라는 충격적인 회신을 받았다.

당시 응우엔 도우는 하루에 15시간씩 일을 하던 외국인노동 자였다. 20대 후반인데도 창백한 얼굴과 청색증을 띠는 입술은 보는 이의 마음을 안타깝게 했다. 번 돈은 모두 고향에 있는 가족 에게 보내다 보니 수중에 여윳돈이 한 푼도 없었다. 꺼져가는 생 명을 살리기 위해 한 줄기 빛이 절실했다.

그 빛의 불씨는 어디에 있을까? 어느 순간 내 가슴 속에서 불 씨를 발견하고 그것을 사람들에게 퍼뜨리기로 마음먹었다. '중 증 심장병으로 죽어가는 한 생명을 살리기 위한 빛의 네트워크 를 형성해 보자!' 그때부터 사람들을 만나러 다녔고, 또 '응우엔 돕기모임'을 결성했다. 자원봉사단체, 외국인노동자 인권 모임, 일반 시민, 기업인들이 참여했다. 수술비를 마련하기 위해 '사랑 의 스카프'를 제작하여 판매했다. 자원봉사자들과 나는 할당받 은 스카프를 들고 여기저기 팔러 다녔다. 생전 처음으로 세일즈 맨이 되어 보기도 했다.

목표했던 돈이 모였지만 이것으로 다 해결된 것이 아니었다. 그는 불법체류자라 의료보험을 적용 받을 수가 없었다. 거액의 치료비가 필요했다. 다시 '응우엔돕기모임'에서 열심히 모금했 다. 수술비 감면을 받을 수 있는 병원을 알아보기 위해 또다시 뛰 어다녔다. 마침 흉부외과 전문의 중 대학 동기가 있어서 그에게 서 적잖은 지원을 받을 수 있었다. 그리하여 응우엔 도우는 무사히 심장 수술을 마칠 수 있었고, 수술비를 내고 남은 돈을 그에게 전해 줄 수 있었다. 그가 베트남에 돌아가서도 지속해서 건강관리를 받을 수 있도록 하기 위해서였다.

그로부터 7년이 지났다. 두 사람이 내 진료실 문을 두드리며 나타났다. 한 사람은 바로 응우엔 도우라는 걸 알 수 있었지만, 옆에 서 있던 여성은 누군지 몰랐다.

"아내입니다. 제가 결혼을 할 수 있게 되었어요."

그가 건강을 회복하여 결혼까지 했고, 이제는 합법적 신분으로 한국에 나와 일을 하고 있었다. 아! 그 순간을 어떻게 표현하면 좋을까! 우리는 서로 손을 잡고 기뻐했다.

이루지 못한 코리안 드림

태국에서 관광비자로 국내에 들어온 낙누안 아사야. 그녀는 모텔에서 청소, 세탁, 잡일을 하며 악착같이 돈을 모았다. 비자 기간이 만료되었지만, 돈이 더 필요하다고 여겨 남편에게 한국에 더 체류하겠다고 말했다. 남편은 아내가 고향으로 돌아오기를 원했으나 그녀의 뜻이 완강해 어쩔 수 없이 허락했다고 한다. 1년 만 더 떨어져 있자고 했던 말이 해가 바뀔 때마다 반복되어 여러 해가 흘러갔다. 그동안 번 돈은 전부 남편에게 보냈다. 그 돈은 가족의 행복한 미래와 아이들 학비를 위한 것이었다.

일과가 끝나면 골방에서 휴대폰을 통해 가족의 목소리를 듣는 것으로 위안을 했다. 마음이 고달플 때면 가지고 있는 가족사진과 편지를 꺼내보며 외로움을 달랬다. 그러던 중 문제가 발생했다. 낙누안 아사야는 허리가 아프고 다리가 붓는 증상을 느꼈다. '피로해서 그렇겠지.' 하고 여겼으나 휴식을 취해도 증상이 사라지지 않아 병원을 찾게 되었다. 의사는 정밀 검사가 필요하다며 큰 병원으로 가보도록 권했다. 돈을 벌어 가족에게 부치는 일이 제일 중요했으므로 차일피일 미루다가 몇 달 후에야 검사를 받게 되었다. 결과는 임파선 암이었다. 이미 주변 조직에 전이가 된 상태였다. 불법체류자인 그녀에게 의료보험카드가 있을 리 없었다. 그녀는 자신의 처지를 잘 아는 지인의 도움으로 부산의료원을 찾았다. 내가 근무하는 병원으로 저소득층과 외국인노동자 감면 제도가 있어서 그 덕분에 그녀는 치료비 감면 혜택을 받으며 항암치료를 받을 수 있었다.

상태가 호전되자 닉누안은 다시 일을 시작했다. 그녀는 자신의 건강에 대해 가족들에게는 일절 알리지 않고 늘 잘 있다고만 했다. 하지만 전이성 암은 그녀를 그냥 놔두지 않았다. 2년 가까이 흐를 무렵 겨드랑이에 결절이 잡혔고 다른 부위에도 비슷한 돌기가 생겨났다. 암이 재발한 것이다. 다시 부산의료원을 찾아 항암치료를 받았다. 치료를 받을 때마다 돈이 들어갔지만, 병원 측이 불우환자후원회를 통해 치료비 일부를 지원해 주었다. 그러나 암 치료비는 계속 들어가야 했고 불우환자후원회의 지원도 끊겼다.

이제 어떻게 해야 하나? 수심에 차 있던 낙누안 아사야에게 한 자원봉사자가 정신건강의학과에 찾아가 보라고 했단다. 그 의사 선생님이 구호단체의 대표로 있다는 말을 들었다며 혹시 도움을 줄지 한번 물어보라고 했다는 것이었다.

내가 처음 그녀를 보았을 때 항암제의 부작용으로 머리카락이 빠져 모자를 쓰고 있었다. 한국말을 유창하게 구사하여 의사소통은 잘 이루어졌다.

"요즈음 몸 상태가 어떠세요?"
"항암제를 맞고 나면 구토가 나서 식사를 할 수가 없어요."

낙누안은 치료가 끝나면 전에 하던 일을 할 계획이라고 말했다. 여전히 코리안 드림을 버리지 못한 채 조금만 더 돈을 모으면 가족들과 행복하게 잘 살 수 있을 거라고 믿고 있었다.

"한국에는 도움을 받을 만한 사람이 아무도 없나요?"
"국제결혼을 한 여동생이 다른 지역에서 살고 있어요."
"동생은 언니의 이런 처지를 알고 있어요?"
"몸이 아프다는 정도는 알아도 자세히는 몰라요."

여동생이 한국인과 결혼하여 국내에서 살고 있었으나 형편이 어려워 언니를 돌봐 줄 처지가 못 되었다. 이주노동자의 삶은 누구보다 고달플 것이라고 말하자 그동안의 고초를 털어놓으며 그녀는 하염없이 눈물을 흘렸다.

"이대로 고향에 돌아갈 수 없어요. 조금만 더 참으면 우리 가족은 행복해질 거예요."

그녀의 얼굴에서는 눈물이 그칠 줄 몰랐다. 누구나 말 못 할 속사정 하나씩은 가슴에 안고 산다지만 그녀의 삶은 안타깝다 못해 처절했다. 꽉 막힌 그녀의 속마음을 시원하게 뻥 뚫어 줄 수만 있다면 얼마나 좋으랴.

"저는 살고 싶어요. 아이들은 엄마가 아픈지 몰라요."

정신건강의학과 전문의로서 많은 환자의 아픔을 듣고 주곤 했지만 낙누안 아사야의 문제는 내가 어떻게 해 볼 수 있는 상황이 아니었다. 혈액종양내과에서는 재발성 암이라 예후가 좋다고 말할 수 없지만, 항암치료를 계속하면 당장은 어찌 되지 않을 것이라고 했다. 막다른 길에 처한 낙누안 아사야. 그녀는 불법체류자였지만 인도주의 정신으로 일하는 한끼의식사기금은 그녀를 외면할 수 없었다. 그녀는 우리의 지원으로 3차로 항암치료에 들어갔다. 그녀는 항상 고맙다는 말을 잊지 않았다.

"늘 받기만 해서 미안합니다."

그 말을 들을 때마다 나는 방긋 웃으며 그녀의 친구가 되어주었다.

천국에서 보내온 문자

항암치료가 계속되었어도 그녀의 상태는 썩 좋아지지 않았고 몸은 더 쇠약해져 갔다. 희망의 끈을 놓지 않으려고 그녀는 무던히 애를 썼다. 입원과 퇴원을 반복할 때마다 내 진료실에 들러 감사하다는 말을 잊지 않았다. 암세포가 이 가련한 여성을 위해 한 번 정도 기적이라는 이름으로 살려 줄 수도 있으련만…….

어느 따뜻한 봄날 화색이 도는 얼굴을 하고 그녀가 찾아왔다.

"선생님, 의료원 뒷동산에 산책 나가요. 거기 가면 기분이 저절로 좋아져요."

병원 뒷동산에는 벚꽃이 만개하여 산 중턱까지 연분홍빛 장관을 연출하고 있었다.

"제 몸이 많이 좋아졌어요. 제 마음도 저 벚꽃과 같아요."

"병마와 죽음의 문제가 늘 불안하게 만들지만, 그 속에서 우리는 발전할 수 있어요. 때로는 그것들로 인해 미처 발견하지 못했던 새로운 세상을 경험하기도 하지요."

꽃 속에 파묻힌 자신의 모습을 아름답게 찍어 아이들에게 보내주겠다며 나에게 사진을 찍어 달라고 부탁을 했다. 봄바람이 살랑살랑 부니 꽃잎들이 땅에 떨어졌다. 갑자기 그녀의 얼굴에 눈물이 맺혔다.

"제 인생도 벚꽃처럼 한순간에 지고 말겠지요."

어떻게 위로를 해야 하나……. 질병과 싸우는 환자들은 살아온 인생에 절망하고 상심하지만, 그 상처가 환자 자신을 더 깊이 이끌어 줄 수 있다고 나는 믿는다.

"자 봐요. 이 나무들은 매년 벚꽃을 피워요. 지금 달린 저 꽃들이 진다 하더라도 끝난 게 아니에요. 나뭇가지가 더 무성해지면서 가지가지에 싹 눈들이 생명을 고이 간직하고 있다가 봄날이 오면 아름다운 꽃으로 만개해요. 낙누안, 당신도 다시 피는 벚꽃처럼 희망을 지녀야 해요."

암세포는 잔인하게도 그녀를 더욱 포박해 갔다. 낙누안에게 감기 기운이 돌더니 폐렴과 심낭염까지 겹쳐져 위험한 지경에 이르렀다. 급히 응급실을 통해 입원해야 했다. 내가 병문안을 갔을 때 기력이 다 떨어진 그녀가 살짝 미소를 지었다.

"지난주까지 괜찮아 보였는데 어떻게 된 일인가요?"
"몸이 좋아져서 일을 좀 했어요. 그랬더니 나빠지네요."
"식사는 제대로 하긴 했어요?"
"아니 그게 좀……."
"제대로 먹지도 않고 일을 무리하게 했군요."

모텔에서 식사를 준다고 했지만, 종일 일만 하고 끼니는 라면과 김치 몇 조각으로 때워야 했단다. 밥을 달라고 하면 주인이 면박을 주어 배가 고파도 그냥 참았다고 했다.

"고향에는 저를 기다리는 남편과 아이들이 있어요. 의사 선생님 들이 꼭 살려주세요."

병상 옆에 남편과 두 아들의 사진을 두고 있었다. 살고자 하는 의지가 낙누안을 다시 회복시켰다. 그러나 에너지는 고갈돼 가고 있었다. 그녀는 얼마 후 중환자실에 다시 들어왔다. 그게 마지막 입원이었다.

그녀는 이제 고향으로 보내 달라고 말했다. 더 방법이 없다는 걸 받아들인 것이다. 퇴원 전날 간병인의 부축을 받으며 곧 떠난다는 인사를 전하러 내 진료실을 찾아왔단다. 안타깝게도 그 시각 나는 병동 회진을 하고 있어 만나질 못했다. 이틀 후에야 그녀가 고국으로 돌아간 것을 알았다. 그녀의 휴대폰 번호는 다른 사람의 것으로 바뀌어 있었다.

병든 모습으로 돌아가기는 죽기보다 싫다던 그녀의 목소리가 내 귓가에 생생하게 남아 있었다. 태국으로 돌아간 지 얼마 지나지 않아 그녀는 영원히 눈을 감았다.

계절이 바뀌어 노랗게 물든 은행잎들이 바닥으로 떨어지고 있었다. 포리스터 카터의 책『내 영혼이 따뜻했던 날들』에서 '가을은 죽어가는 것들을 위해 정리할 기회를 주는, 자연이 부여한 축복의 시간이다.'라는 표현이 나온다. 이것은 사라지는 것들에 대한 문학적인 표현일 뿐, 죽음을 맞이하는 인간의 관점에서는 그렇게 쉽게 말할 수 없으리라. 하얗게 타고 남은 재가 될 때까지 삶에 대한 애착과 번민으로 기나긴 날을 눈물로 지새웠던 낙누안 아사야의 모습이 쉽게 지워지지 않았다.

진료실 창가에 서서 떨어지는 낙엽을 바라보고 있는데 내 휴대폰에 문자 메시지가 들어왔다.

"낙누안 인사드립니다. 행복하고 건강하세요."

영화처럼 허구로 들릴지도 모르겠지만 분명한 사실이었다. 고인이 된 그녀가 어떻게 나에게 문자를 보낼 수 있을까? 처음엔

몹시 궁금해하다가 더 알려고 하지 않았다. 천국에서 그녀가 보낸 것으로 믿기로 했다. 나는 그 문자 메시지를 오랫동안 지우지 않고 휴대폰에 그대로 저장해 두었다.

17

앵무새
두 마리

미러뉴런

두뇌 안에 거울이 있다면 믿어질까? 보거나 듣기만 해도 직접 행동한 것 같은 현상을 일으키는 신경세포군이 있다. 거울과 같은 기능을 한다 해서 '미러뉴런'이라고 부른다. 미러뉴런은 의사소통을 하고, 감정을 교류하고, 상대방의 의도를 파악하고, 때로 말 대신 표정으로 대응하는 등 공감 과정에서 중요한 역할을 한다.

거만한 사람 옆에 있으면 자신도 모르게 거만해지고, 겸손한 사람 옆에 있으면 은연중에 겸손해지기 쉽다. 바로 미러뉴런이 작동한 것이다. 죽은 사람을 애도하는 장소에 가면 저절로 눈물이 나오고 코미디를 보게 되면 자신도 모르게 따라 웃는 것 역시 이 신경세포 때문이다.

프란치스코 교황께서 방한하셨을 때 일이다. 아시아청년대회에 참석하신 교황께서는 젊은이들과 친밀하게 소통하기 위해 영어로 연설하신 적이 있다. 스페인어를 비롯하여 8개 국어를 구사할 수 있으셨지만 세계 각국에서 온 젊은이들을 관찰한 결과 영어로 말하는 것이 소통과 공감에 가장 효과적이라는 판단을 내리고, 구사 능력이 가장 떨어지는 영어를 선택하여 연설하신 것이다. 그 결과 청년들과 큰 공감을 이루어낼 수 있었다. 교황의 미러 세포군은 누구보다 클 것으로 여겨진다.

의사는 환자를 진료할 때는 공감을 잘하면서 자기 가족한테는 그러지 못한 경우가 더러 있다. 가족 중 누가 감기 몸살기가 있어 무슨 약을 먹어야 할지 물어올 때 별거 아니니 그냥 지내보라는 식으로 대답하면 당사자는 서운해 한다. 감기에 쓸데없이 약을 복용하려 하느냐며 의학적 관점으로만 대하면 '자기 몸 아니라 그런 식으로 말한다'고 불쾌히 여기기도 한다. 특별한 치료가 필요 없는 질병이라 할지라도 일상적으로 조심해야 할 부분 몇 가지를 알려준다면 서운해하지 않는다. 사람이라면 누구나 자신의 고통을 인정받고 진지하게 대접받고자 하는 심리가 있다. 의사가 가족에게 잘 대하지 못하는 것은 너무 잘 알기 때문에 오히려 공감의 중요성을 잠시 잊어버린 탓이다.

목소리를 잃어버린 여인

한 여인에게 말문이 막히는 증상이 생겼다. 의사소통을 할 수 없게 되자 상실감에 빠졌다. 갖가지 검사를 하며 목소리를 찾기 위해 노력했지만 허사였고, 급기야 우울증에 빠져 나를 찾아왔다. 필담으로 대화를 나눈 끝에 심각한 상황이라 판단하고 입원치료를 받게 했다. 입원 기간은 흘러갔지만 환자의 상태는 나아지지 않았다. 그러던 어느 날 레크리에이션 시간이었다. 그 전까지 어떤 것에도 관심을 보이지 않던 여인이 마이크를 잡고 노래를 부르는 것이었다. 다들 놀라며 그 광경을 바라보았다. 지난 두 달간 말 한마디 못하고 답답해하던 그녀가 어떻게 노래를 부를 수 있단 말인가! 그녀 스스로도 노래를 부르고는 놀라서 어쩔 줄 몰라 했다.

"저도 모르게 노래를 부르고 싶었고 저절로 노래가 나왔어요."

사람들로부터 우레와 같은 박수가 쏟아졌다. 그 여인이 살아온 과정을 파악해 보니 그녀의 남편은 청개구리처럼 옳은 말을 해주면 반대로 행하는 경향이 있었다. 홧김에 술을 한 잔 하게 되면 그런 현상이 더 심해졌다. 매일같이 술을 마시고 큰소리로 윽박지르는 통에 허구한 날 부부싸움이 끊이지 않았다. 여인이 남편에게 아무리 옳은 말을 해도 듣지 않으니 한숨만 쉬다가 그만 말문이 막혀버린 것이다. 아내의 말문이 막히자 남편의 고함소리가 사라졌다. 남편 입장에서는 걱정이 되면서도 답답해 미칠 지경이었다. 하지만 아내는 말문이 막혀 겉으로 큰일이 났지만 무의식적으로는 평화를 얻었으리라.

　약물치료와 정신치료를 통해서 노래를 부를 수 있게 되었지만 남편이 병원에 면회를 오면 여인의 목에서 쉰소리가 나왔다. 부부치료를 위한 대화가 시작되었다. 작은 소리로 시작된 부부의 대화는 부지불식간에 톤이 올라갔다. 한쪽에서 무슨 말을 하면 상대방이 반격하고 다시 이쪽에서 흥분하면 더 강해지고……. 이런 상황이 계속 되자 여인의 말문이 다시 막혀버렸다.

　"왜 흥분하면 목소리 톤이 올라갈까요?"
　"말이 안 통하니까 그렇죠."
　"글쎄요. 넓은 운동장도 아니고 여기는 작은 면담실이지요. 작은 소리로 말해도 상대방에게 다 들려요."
　"글쎄요. 내가 너무 답답해서 그랬나 봐요."
　"귀에는 아무 문제가 없어요. 마음이 문제지요."
　"네. 그렇군요."

　부부의 문제는 '공감의 문제'였다. 서로 사랑하면 절로 공감하게 된다. 마음이 돌아서면 말끝마다 서로 부딪친다.

　"사랑하는 사람끼리는 절대로 큰소리를 내는 법이 없지요. 조용히 속삭이고 아무리 작은 소리로 말해도 다 알아들어요. 반대로 말귀를 알아듣지 못하면 큰소리가 나오지요. 저 멀리 있는 사람처럼 큰소리를 내는 것은 서로 마음이 멀리 떨어져 있기 때문이지요."

그때서야 남편은 아내의 증세 악화가 자신의 태도와 관련이 있다는 것을 깨닫게 되었다. 자기주장만 내세우면 미러세포는 작동하지 않고 가만히 있게 된다.

앵무새 두 마리

아내가 발목 골절로 한동안 보조기를 차고 지내야 했다. 재활 목적으로 수영장에서 천천히 수영을 하게 되었는데 같은 레인에서 수영을 하던 뒷사람이 아내가 빨리 나가지 못하자 퉁명스럽게 말해 사정을 설명해 주었단다. 그랬는데도 그 사람은 남의 수영을 방해하지 말라며 훈계조로 말하더라는 것이었다. 상대방의 처지를 공감하지 못하는 세상의 단면이다.

세상에는 타인의 감정에 공감하지 못해 발생하는 일이 많다. 더러운 부엌 창으로 이웃집의 빨래를 보며 얼룩이 묻었다고 하는 경우가 아주 흔하다. 이런 상황을 해결하려면 자신의 부엌 창에 문제가 있음을 깨닫고, 열심히 창을 닦는 방법밖에 없다.

여기 공감에 관한 한 사례가 있다. 기차 안에서 다섯 살 꼬마가 시끄럽게 떠들어대자 승객들은 아이 아버지에게 언짢은 기색과 눈총을 보냈다. 이를 눈치 챈 아버지가 옆 사람에게 귓속말로 이야기를 했다. 그 사람이 차례로 다음 사람에게 전해주었고 결국 승객들은 그 말에 공감하며 아이에게 계속 떠들고 놀도록 배려해 주었다. 아이의 부친은 무슨 말을 했을까?

"저 아이는 며칠 전 갑자기 세상을 떠난 엄마의 장례식을 치르고 집으로 돌아가는 길입니다. 그동안 한마디 말도 하지 않다가 달리는 기차를 타니까 기분이 좋아져 혼자 떠들고 있답니다."

이런 사정을 알게 된 승객들은 아이의 마음과 공감을 하게 되었고 어떤 이는 꼬마와 같이 놀아주려고도 했다.

상대방의 정체성에 대해서 생각보다도 너무나 모른다는 사실을 '앵무새 두 마리'에 관한 일화로 설명이 가능하다. 하루는 앵무새 주인이 앵무새를 팔려고 내놓았다. 한 마리는 잘 생기고 노래를 아름답게 잘했는데 판매 가격이 50유로였고, 또 한 마리는 흉측하게 생기고 말투도 거칠었지만 판매 가격을 500유로로 책정했다. 누가 보더라도 가격 책정이 이상했다. 앵무새에 관심을 보이던 행인이 가격이 왜 그런지 앵무새 주인에게 물었다.

"흉측하게 생긴 저 앵무새가 노래의 작곡가라오. 잘 생긴 앵무새는 작곡된 노래를 흉내 내어 부르기만 한다오."

흉측하게 생긴 앵무새가 없었더라면 아름다운 노래는 존재하지 않았을 것이기 때문에 가격이 높게 책정되었던 것이다.

동질성은 다른 사람의 마음에 들어가서 생각하고 느낄 수 있는 공감을 통해 인지할 수 있다. 자기중심적 사고를 걷어내고 타인 안에 감정의 둥지를 틀 때 공감 역량은 확장될 수 있다.

말라리아보다 더 무서운 배고픔

이제 국제개발협력 분야에서 공감 문제를 언급해 보자. 유엔과 국제 NGO에서는 해마다 50만 명에 이르는 사람의 목숨을 앗아가는 말라리아를 퇴치하기 위해 연간 1억5000만개에 이르는 모기장을 제작하여 사하라 이남의 아프리카 국가들에 보급하고 있다. 그런데 이 모기장이 엉뚱한 용도로 쓰이고 있다. 주민들은 모기장을 개조하여 물고기를 잡는 그물로 사용하거나, 결혼식 예복 재료로 활용하고 있는 것이다. 모기장 천으로 개조한 그물은 가볍고 질겨 비싼 어구인 그물이나 카누 없이도 한 끼 반찬거리나 푼돈 수입을 올릴 수 있게 해 주었다. 그런데 모기가 뚫고 들어오지 못하도록 제작된 모기장이라 그물망이 촘촘하여 2cm 이하의 어린 치어까지 모조리 걸려들었다. 손톱만한 물고기 새끼까지 다 잡아내니 주민들은 미래의 먹거리를 스스로 없애는 격이 돼버렸다. 말라리아 퇴치는 고사하고, 바다 생태계가 파괴되고, 주민들의 식량은 더 부족해지고 있어 심각한 상황이 아닐 수 없다. 왜 이런 참담한 일이 벌어지고 있는 것인가? 결국 공감의 문제이다. 굶주림에 시달리는 사람들은 주는 이의 선한 의도에 공감할 여력이 없다. 배고픔이 말라리아보다 더 무서운 것이다.

실패한 플레이 펌프

국제 구호사업에는 공감 부족으로 실패를 맛보는 사례가 비일비재하다. 여기에 최악의 돈을 낭비한 구호사업을 소개해 보겠다. 광고기획자 트레버 필드는 프리토리아에서 열린 농업박람회에 갔다가 빈곤층의 급수시설을 획기적으로 개선할 수 있는 아이디어를 떠올리게 되는데 그것이 '플레이 펌프'였다. 아이들이 놀이터에서 빙글빙글 돌리면서 노는 회전 놀이기구와 펌프의 기능을 결합한 것으로 이 펌프는 아이들이 기구를 돌릴 때마다 발생하는 회전력으로 지하수를 물탱크까지 끌어올렸다. 처음 이 기구가 소개되자 사람들은 환호성을 질렀다. 뙤약볕에 몇 시간씩 걸어가서 물을 길어오는 고생을 하지 않아도 되면서, 놀이터에서 아이들이 신나게 놀 때마다 급수 펌프에는 물이 차니까 이중 효과를 거둘 수 있다고 믿었다.

트레버 필드는 자신의 아이디어를 널리 홍보하여 1995년 플레이 펌프 1호를 설치하게 되었다. 또 남아프리카공화국의 여러 곳을 돌면서 기업 및 지방자치단체와 교섭을 벌여 많은 성과를 얻게 된다. 그는 자선단체를 설립하고 2000년대에 접어들어 일약 선풍적인 인기를 얻으며 '세계은행 시장개척 상'을 수상하게 된다. 플레이 펌프의 인기는 하늘 높은 줄 모르고 치솟아 미국의 인터넷기업 AOL의 최고경영자가 직접 현장을 찾아오고, 빌 클린턴도 '뛰어난 혁신'이라 평가했다. 플레이 펌프는 국제개발협력 분야에서 가장 뜨거운 이슈로 부상했다. 그리하여 2009년까지 남아프리카공화국, 모잠비크, 스와질랜드, 잠비아 등지에 1,800대가 설치되었다. 또 아프리카 전역에 플레이펌프 4000대를 설치하는 비용으로 6000만 달러를 모금하는 캠페인이 벌어지기에 이르렀다.

그런데 그후 플레이 펌프 사업은 어떻게 되었을까? 최악의 구호사업으로 전락하고 말았다. 플레이 펌프가 재미없었던 것이다. 물을 끌어올리는 동력을 공급하기 위해 쉴 새 없이 힘을 가해 돌리다 보니 아이들이 금방 지치고 말았다. 설상가상으로 기구에서 떨어져 팔다리 골절상을 당하기도 했고, 계속해서 빙빙 돌리다 보니 구토증을 일으키는 아이들도 생겨났다. 결국 플레이 펌프를 돌리는 건 여성들의 몫이 되고 말았다. 하지만 성인 여성에게 이 일은 전혀 즐겁지 않을 뿐더러 모욕적인 노동에 불과했다. 플레이 펌프를 통해 얻는 물은 기존 수동 펌프에 비해 5분의 1에도 미치지 못했다. 한 여성은 말했다.

"새벽 5시에 들에 나가 여섯 시간 동안 일을 해요. 그런 뒤에 여기로 와서 이 펌프를 돌려야 하고요. 돌리다 보면 팔이 빠질 듯이 아파요."

플레이 펌프를 환영했던 마을들도 모두 시들해졌다. 또 펌프가 고장 나면 일반 수동 펌프와 달리 부품이 금속으로 둘러싸여 있어 주민들이 직접 수리해서 쓸 수 없었다. 거기다가 펌프는 대당 가격이 일반 펌프의 4배나 비쌌다. 결국 이 프로젝트는 대실패라는 결론에 이르렀다. 대대적인 홍보와 수백만 달러의 자금이 투입된 사업이었음에도 누구 하나 장기적인 효과를 분석해 보지 않았던 것이다. 놀이와 일의 개념을 엮은 혁신이라고 말했던 이들은 아주 난감해졌다. 플레이 펌프는 겉만 포장되고 알맹이가 빠진 허구에 지나지 않았다.

효율적 이타주의에 관한 연구를 해 온 옥스퍼드대학의 윌리엄 맥어스킬 교수는 수행한 결과가 실패하지 않으려면 얼마나 많은 사람에게 얼마나 큰 혜택이 돌아가는가? 이것이 최선의 방법인가? 방치되고 있는 분야는 없는가? 그렇게 하지 않았다면 어떻게 됐을까? 성공 가능성은 어느 정도이고 성공했을 때의 효과는 어느 정도인가? 등 다섯 가지의 핵심 사항을 반드시 고려해야 한다고 주장한다.

선한 의도에서 시작했으나 결과적으로 실패한 또 다른 사례가 있다. 케냐 북부에는 투르카나호수가 있다. 유목생활을 하는 투르카나족을 이 호숫가에 정착시켜 삶의 질을 높이겠다는 명분으로 수익사업 모델이 제시되었다. 그리하여 대형 생선가공공장을 설립하여 사람들을 일하게 했다. 투르카나족은 호숫가에 정착했지만 예상치 못한 부정적인 결과가 나타났다. 시간이 흐르면서 새끼 물고기까지 모조리 남획하는 바람에 호수에는 물고기의 씨가 말라 버렸다. 주민들의 삶의 질을 개선하기 위한 근본적 수단이 사라져 버린 것이었다.

이렇게 좋은 의도가 나쁜 결과를 낳는 이유는 무엇일까? 뜨거운 가슴에 냉철한 머리를 결합시키지 못한 결과이다. 감성에만 치우치면 해를 끼칠 수 있다. 엄청난 자금이 들어갔는데도 불구하고 왜 누구도 기본적인 검토조차 하지 않았을까? 착한 일을 한다는 이유로 인간의 이성이 작동을 멈추었다. 이타적 충동을 객관적으로 평가할 수 있는 공감대를 형성하지 못하면 이러한 현상은 반복될 것이다.

18

한쪽으로 기울어진 행성

오늘은 뭘 먹을까?

쏟아지는 음식 정보 덕분에 어떤 식당을 골라야 할지 누구나 고민해 본 적이 있을 것이다. 많은 텔레비전 채널이 요리방송을 내보내는 등 사람들은 먹을거리 천국 시대에 살고 있다. 넘쳐나는 음식이 과연 세상을 즐겁게 하는 것일까?

"멀쩡한 음식이 버려지는 일이 없도록 전력을 다할 겁니다."

먹을거리를 활용하는 구호단체 '오즈 하베스트'의 대표인 로니 칸이 서울국제음식영화제에서 한 말이다. 이 단체는 사회적 기업으로 대형슈퍼마켓, 호텔, 레스토랑 등에서 유통기한이 임박했거나 조금 지났지만 먹는 데 문제가 없는 음식을 수거해서 자선단체에 나눠주는 일을 해왔다. 칸 대표는 지금까지 1억2500만 끼니를 제공했다고 밝혔다. 그러면서 매일 만들어지는 음식의 3분의 1이 버려지고 있고, 음식물 쓰레기의 50%가 가정에서 나온다며 선진국과 개발도상국의 불평등한 현실을 꼬집었다.

자본주의의 상징 미국에서는 엄청난 양의 음식이 매일 사람들의 입맛을 충족시켜주고 있지만, 그에 따른 폐해도 심각해지고 있다. 미국인의 평균 기대수명은 2014년 79세였으나 2016년에는 78.5세로 낮아졌다. 첨단의료기술의 정점에 있는 나라에서 기대수명이 왜 줄어든 것일까? 넘쳐나는 음식 섭취로 인한 비만에 그 원인이 있다. '유나이티드 헬스 파운데이션'이 공개한 연례 보고서에 따르면 2018년 미국 성인의 비만율은 30%를 넘어섰다. 성인 3명 가운데 1명은 뚱보라는 뜻이다. 게걸스럽게 먹기도 하겠지만 버려지는 음식물 또한 어마어마하다. 미국에서 한 해에 폐기되는 음식물을 돈으로 환산하면 1,600억 달러에 달한다. 이 돈이면 기아 인구를 살려 먹일 만한 규모에 해당한다.

크로닌의 소설 『천국의 열쇠』에서 치섬 신부는 독실한 신자라고 여기던 여인에게 '음식을 좀 줄이시오. 천국의 문은 좁으니까요.'라고 말한다. 이 말은 우리 모두에게 해당하는 말이다. 한국인은 비만 인구가 많지 않지만, 과식과 야식, 맛난 음식 등을 찾는 젊은층에서 심심찮게 비만을 보인다. 통제하기 힘든 식탐은 즐거움을 넘어 집착과 파탄으로 치닫는다. 음식물 남용은 개인만이 아니라 전 지구적인 문제가 되고 있다.

한쪽으로 기울어진 운동장

세계은행에 따르면 2015년 가장 부유한 500곳의 다국적기업이 한 해 동안 생산한 부의 총량은 지구촌 모든 부의 53% 이상을 차지했다. 또 가장 부유한 1%의 상위계층이 나머지 99%보다 많은 재산을 소유했다. 구체적으로 살펴보면 2010년에서 2015년까지 가장 부유한 562명의 재산은 41%가 늘어난 반면에 가장 가난한 30억 명의 재산은 44%나 떨어졌다. 이런 현실은 식량의 생산과 공급에 불균형이 깊어짐을 나타낸다.

2018년 기준으로 지구촌의 기아 인구는 8억2000만 명에 달하는 것으로 조사됐다. 인구 9명 중 1명이 굶주림에 시달리고 있다는 뜻인데 유엔식량계획 등 국제기구는 아프리카 거의 모든 지역과 남미에서 영양실조와 식량부족 사태가 심해지고 있다며 우려를 표했다. 아이러니하게도 현재 지구 전체의 식량 생산량은 부족하지 않다. 학자들은 식량의 공정한 분배가 이루어진다면 지금보다 인구가 2배 가까이 늘어나도 모든 사람을 문제없이 먹여 살릴 수 있다고 말한다.

불공정한 분배로 인해 버려지는 음식물은 부패 과정에서 막대한 양의 이산화탄소와 메탄가스를 발생시켜 환경 재앙을 유발하게 된다. 선진국에서 이루어지는 음식물 탐욕과 낭비는 지구온난화에 일조하여 가난한 개발도상국을 더욱 피폐하게 만들고 있다. 미국 국립과학원의 회보에 따르면 1961년에서 2010년 사이에 기온상승으로 인해 개발도상국의 1인당 GDP가 17~31% 줄

어든 것으로 나타났다. 기후 온난화가 없었을 때와 비교하면 개발도상국과 선진국 간의 GDP 차이는 25% 이상 벌어졌다고 밝혔다.

기후변화는 세계 각국에 예기치 못한 가뭄과 홍수를 일으킨다. 개발도상국들은 재난 예방과 대비에 필요한 인프라를 제대로 구축할 수 없어 그 피해를 고스란히 감수할 수밖에 없다. 미국 트럼프 대통령은 온실가스의 인위적 방출을 줄여 환경 재앙을 막고 지구를 건강하게 지키자는 파리기후협약에서 탈퇴를 선언했다. 그런 가운데 미국은 셰일층 원유를 시추하는 기술을 개발하여 이를 본격적으로 발전시켜 나가고 있다. 기후협약을 지키려면 탄소 배출량을 줄여야 하는데 이를 위해서는 화석연료인 셰일가스에 대한 수요를 줄여야 한다. 트럼프는 지구온난화가 조작된 것이라는 등 정치적 계산에 의한 발언을 일삼고 있는데 자신의 지지층과 밀접한 연관이 있다고 판단된다. 결국, 힘 있는 나라는 가해자가 되고 힘없는 나라들은 언제나 피해자가 되는 셈이다.

물은 생명의 근원이다.

지구상에 있는 수자원 중 해수와 빙하를 제외하면 실제 사용 가능한 물은 고작 1%밖에 되지 않는다. 그 1%를 자세히 들여다보면 70%가 관개용이고 식수는 8%밖에 되지 않는데, 물 사용속도는 인구 증가속도보다 2배나 빠르게 진행되고 있다. 최소 10억 명의 사람이 식수를 이용하지 못하고 있으며 30~40억 명이 넘는 사람들에게는 충분한 양의 식수가 없다.

기후변화로 인해 지구촌의 가뭄은 날로 심해지고 있다. 절대적으로 물이 부족한 곳에서는 어떤 일이 벌어질까? 단순히 몸을 씻지 못하고 설거지를 하지 못하는 정도가 아니다. 아이들은 학교에 가지 못하고, 비위생적 상황에서 발가락이 썩거나 실명하게 되고, 심지어 총탄을 쏘아대는 전쟁이 벌어진다. 물은 생명이나 마찬가지다.

우리나라에서 설사병으로 죽는 사람은 거의 없지만 가난한 나라에서는 설사병으로 죽는 경우가 다반사다. 물 문제로 사망하는 사람 수가 전쟁 사망자 수보다 훨씬 많다는 사실을 알면 놀랄 것이다. 말라리아와 에이즈, 결핵 등으로 사망하는 숫자보다 설사병으로 사망하는 경우가 훨씬 많다. 개발도상국에서 발생하는 질병의 80%가 물에서 기인한다. 생활환경에서 나오는 배설물과 부패한 쓰레기 그리고 가축 분뇨가 제대로 처리되지 못해 수인성 질병을 양산해 내고 있다. 유니세프 자료에 따르면 매일 700명의 어린이가 깨끗하지 못한 물과 취약한 위생조건과 관련된 질병으로 목숨을 잃고 있다. 더욱 심각한 상황은 다섯 살 이하 어린이 5명 가운데 1명이 죽는다는 점이다.

짐바브웨 수도 하라레에서 경험한 일이 생각난다. 당시 나는 세수한 물을 아무 생각 없이 마당에 부어버렸다. 그때 한 여인이 내게 큰소리를 질렀다.

"당신 정말 멍청해!"

민박집에서 일하던 흑인 여성으로부터 호된 소리를 들어야
했다. 처음에는 내가 무엇을 잘못했는지 몰랐다. 이유를 알고 보
니 세수한 물은 절대 버리면 안 된다는 것이다. 한 번 더 사용하
고 나서 식물에 부어주어야 한단다. 다음 날이었다. 종일 밖으로
다니다 보니 온몸이 땀투성이가 됐다. 그 흑인 여성은 나에게 딸
랑 물 한 바가지만 건네주는 것이었다. 이 물로 도대체 어떻게 샤
워를 하라는 것인지! 불만에 찬 표정에도 아랑곳하지 않고 그녀
는 하던 일만 계속했다. 나도 더 말을 하지 못했다. 그곳에서는
석 달째 비가 오지 않고 있었으니까. 새삼 물은 생명의 근원이라
는 생각이 든다.

나무가 열매를 땅으로 떨어뜨리는 이유

시골 농장을 방문한 적이 있다. 땅바닥에 채 익지 않은 열매
들이 떨어져 있는 것을 보았다. 과수는 자신이 매달 수 있을 만큼
의 열매만 매달고 나머지는 땅으로 떨어뜨린다. 자연은 욕심을
부리지 않지만, 인간은 그렇지 못하다. 욕심이 끝이 없어 채우고
채워도 또 채우고 싶어 한다. 가끔 시골 농장에 서 있는 나무 중
에 가지가 늘어질 정도로 많은 열매를 달고 있는 나무가 있다. 그
나무에서 나온 과일은 익어도 맛이 없어 좋은 값을 받아낼 수 없
다. 자신이 감당할 수 있는 능력 밖의 것을 넘보는 것은 탐욕이다.

단칼에 도려내야 할 정도로 악영향을 미칠 때 우리는 '암적인 존재'라고 말한다. 암은 모두 영양분을 빨아들이면서 주변에 해악만 끼친다. 세상에는 암적인 존재가 널려 있다. 그들은 자신의 이익을 위해 지배하려 들고 불평등을 당연시한다. 저항하면 억누르고 착취하는 등 소위 갑질을 일삼는다. 거대자본이 지배하는 지금의 세상에서 인류의 야만성이 어느 때보다 기승을 부리고 있다.

2018년 3월 저명한 학술지 「네이처」 표지에 아프리카 아이의 옆모습을 식물의 줄기와 잎으로 표현한 그림이 실렸다. 한쪽 아이를 나타내는 식물은 생기가 돌았지만 다른 쪽 아이를 나타내는 식물은 제때 물을 주지 않은 것처럼 잎과 줄기가 채 자라지 못해 시든 모습이었다. 불평등을 상징적으로 나타낸 그림이었다.

아프리카는 대부분 건조한 땅으로 덮여 있고, 사하라 남쪽 지역은 3.8%의 땅에서만 관개 농사를 지을 수 있다. 콘크리트처럼 땅이 굳게 되면 풀과 잡초가 사라져 가축이 살 수 없는 생태계로 변하고, 그다음에는 어린이와 노인과 같은 취약 계층이 쓰러진다. 나머지 생존자들은 살길을 찾아 어디론가 떠나는데 이리저리 떠돌다가 도시 난민으로 전락하게 된다. 그들의 삶에서 도무지 희망을 발견할 수 없다. 그런 곳에서 태어나는 어린아이들의 운명은 또한 어떨까? 영양실조, 발육 지연, 빈혈, 전염병, 조기 사망 등으로 이어진다.

인간은 불완전한 존재라 서로에게 의지해야 생존할 수 있다.

목표를 향해 앞만 보고 열심히 달리다가 옆을 보니 아무도 없다면 시합이 되지 않는 것이다. 세상살이도 모두 함께 어우러져야 제대로 굴러갈 수 있다. 개발도상국에서 살아가는 사람들은 온갖 이유로 고통을 받고 있다. 공생할 수 있는 인류의 양심이 필요하다.

> 신이 습작을 하다가 망쳐버린 작품 같다고 표현한 적이 있는데 작금의 세상을 두고 한 말이라 해도 틀리지 않을 법하다.
> - 빈센트 반 고흐, 「영혼의 편지」

> 양심이란 인간 공동체가 자기보존을 위해 진화시켜 온 규칙을 개인 안에서 지키는 파수꾼이자, 동시에 공동체의 법을 깨뜨리지 않도록 감시하는 마음속 경찰관이다.
> - 섬머 셋 몸, 「달과 6펜스」

인류의 양심은 극히 위축되어 있다. 강대국들은 오로지 자국의 이익만을 쫓으며 약소국과 상생하는 데는 관심이 없다. 지나친 탐욕은 파국임을 깨달아야 한다.

영화 한 편이 제작되기까지 감독과 배우만 있는 게 아니다. 화면에 나타나지 않는 많은 사람이 역할을 한다. 영화가 끝나면 사람들은 자리에서 일어나기 바쁘지만, 화면에는 영화가 만들어지기까지 함께한 모든 이가 소개된다. 보이지 않는 곳에서 묵묵히 역할을 다하는 사람이 훨씬 많다. 국제무대로 자리를 옮겨도 영화 제작과정과 같은 현상을 발견한다. 정치 경제적으로 힘이 센 나라의 시장을 보라. 가난한 사람들의 값싼 노동력이 없으면 선진국 시장에 그 많은 상품이 어떻게 진열될 수 있겠는가. 인류 공동체가 전체의 이익을 서로 인정할 때만이 지구는 평화로운 전진을 계속할 수 있다.

19

나누려는 당신에게서
따뜻함이 느껴진다

주먹 쥔 손으로는 아무것도 잡을 수 없다

페이스북에 동영상 한 편이 올라왔다. 중국 북동부의 엘리 마을에 사는 시각장애인 헥시아와 세 살 때 두 손과 팔을 잃은 웡의 이야기였다. 그들은 각자 중증 장애를 안고 힘들게 살고 있지만 10년째 마을의 홍수를 막고 생활환경을 개선하기 위해 숲에 나무를 심어왔다. 스스로 독립적인 생활이 안 되는 상태에서 두 사람은 아름답게 살아갈 수 있는 역할을 서로에게 해주었다. 그들은 돈이 없어 나무를 직접 사지는 못하고, 숲의 나뭇가지를 잘라 묘목심기를 시작하여 그동안 1만 그루의 나무를 심어왔단다.

이동할 때면 헥시아가 팔 없는 웡의 상의 옷자락을 잡고 길을 갔다. 강을 건널 때는 웡을 어깨에 올려 태우기도 했다. 숲에서 나무릎 심을 때는 헥시아가 쓸모 있는 손을 이용하여 묘목 작업을 했고, 윙은 손과 팔은 없지만 든든한 어깨와 발을 이용하여 땅을 팠다. 혼자서는 절망의 늪에서 헤어 나오지 못했지만 둘이 함께하니 정말 가치 있는 일을 할 수 있었다. 헥시아가 말한다.

"그는 나의 눈이고, 나는 그의 손이다."

주먹 쥔 손은 아무것도 잡을 수 없다. 잡을 수 없다는 것은 관계를 맺을 수 없다는 뜻이기도 하다. 무엇을 잡으려면 주먹 쥔 손을 펴야 한다. 글을 쓰기 위해 필기구를 잡을 때도, 인사를 나누기 위해 악수를 청할 때도, 나이가 들어 지팡이에 의지할 때도, 또 연인끼리 데이트를 할 때도 손을 펴야 가능해진다. 가위바위보 게임에서 보(편 손)가 바위(주먹 쥔 손)를 언제나 이긴다.

서로 손을 잡는다는 것은 나누고, 의지하고, 기대어 살아가는 것을 말한다. 세상은 혼자서 살 수 있는 구조로 이루어져 있지 않다. 나를 웃게 하는 사람도 타인이고 나를 울게 하는 사람도 타인이다. 헥시아와 윙의 관계처럼 도움과 나눔을 주고받으면 우리는 재능을 훨씬 잘 발휘할 수 있다.

행동이 따르지 않는 말은 독을 키운다.

재물은 잘 사용하면 축복이 되지만 잘못 쓰면 저주가 될 수 있다. 재물 때문에 가정의 평화가 깨지는 경우는 부지기수다. 충분히 재산을 쌓은 사람이 더 가지려고 탐욕을 부리다가 불행의 늪으로 빠지는 경우도 많다. 넘치면 버릴 줄 아는 것이 지혜로운 처신이다. 투자의 귀재 워런 버핏은 '부'가 세습되어서는 안 된다고 말한다. 그는 거액을 기부하는 이유에 대해 '행복해지기 때문'이라고 말한다. 또 법정 스님은 무소유를 주장했다. 이것은 아무것도 가지지 않은 빈손으로 살라는 말이 아니다. 불필요한 것을 가지지 않는 자세를 가리킨다. 물질주의 가치관은 끊임없이 소유하라고 말한다. 명품 가방, 고급 차, 고급아파트 등 남이 가진 것을 자신이 가지지 못하면 불편해지고, 남보다 더 크고 좋은 것을 가져야 마음이 편해진다. 이런 사고는 갈등과 대립을 낳게 한다.

결핍은 고통을 의미할 수 있다. '풍요 속의 빈곤'이 심해지는 것은 가진 자의 끊임없는 탐욕 때문이다. 빈익빈 부익부는 갖지 못한 이의 불평과 불만을 키워 세상은 언제나 시끄러울 수밖에 없다. '우리가 불행한 것은 가진 것이 적어서가 아니라 따뜻한 가슴을 잃어가기 때문이다. 따뜻한 가슴을 잃지 않으려면 이웃들과 나누어야 한다.'라는 법정 스님의 말씀을 새겨야 한다.

사실 경제 상황이 나빠지면 이웃에 대한 나눔도 시들해지는 것이 현실이다. 그러면 경기가 좋아진다고 나눔이 활발해질까? 꼭 그렇지만은 않다. 중요한 것은 나눔에 대한 가치관이 사회 전반에 뿌리내리도록 하는 일이다.

"행동이 따르지 않는 말은 독을 키운다."

영국의 시인 윌리암 블레이크의 말이다. 그동안 기금 모금을 위해 나는 사업가, 교육자, 언론인, 회사원, 의료인, 공무원 등 다양한 부류의 사람들을 만났다. 한끼의식사기금을 소개하면 '참 좋은 일 하십니다.'라는 말로 공감을 나타냈다. 이 말에 여러 번 기대하면서 다가갔지만, 행동으로 이어지지 않는 경우를 많이 봤다. 어떤 사람은 '오늘은 바빠서 다음번에는 꼭 함께하겠습니다.'라는 식으로 말을 했다. 그러나 이 말이 겉치레에 지나지 않는다는 것을 한참 후에야 깨달았다. 이런 식의 처세술은 말의 가치를 떨어뜨리고 신뢰를 잃게 할 뿐이다. 행동이 따르지 않는 인사말은 주먹 쥔 손에 불과하다.

특정인을 지정하라

눈에 보이지는 않으나 이 순간에도 기아로 인해 죽어가는 사람이 아주 많다. 유엔이 발표한 2019년 세계식량안보와 영양 상태 보고서에 따르면 지난 수십 년 동안 서서히 감소해 오던 기아 인구가 2015년부터 반등하기 시작하여 2018년에는 8억2000만 명을 넘어섰다. 그 현장을 목격하지 않더라도 유엔 보고가 사실이라고 믿는다면 기아로 인해 안타깝게 죽어가는 생명을 구해야 하지 않을까.

친구나 지인 또는 가까운 이웃이 어려움을 당하면 우리는 기꺼이 돕지만, 불특정 다수의 가난한 사람들을 돕는 일에는 도와야겠다는 의무감이 약해져 '내가 아니더라도 다른 사람들이 돕겠지.'라고 생각할 수 있다. 모두가 이렇게 생각한다면 기아 문제는 개선되지 않는다.

불확실한 상황에서는 타인의 행동을 살피면서 자신의 행동을 결정하려는 심리가 있다. 아무도 위기 상황이라고 생각지 않아 가만히 있으면 자기 자신도 거기에 동조할 가능성이 커진다. 한 실험에서 어떤 집에서 문틈으로 연기가 새어 나오고 있었다. 혼자 목격했을 때는 목격자의 75%가 소방서에 신고했지만 세 사람이 목격한 경우에는 38%만 소방서에 신고했다. 위기 상황인데도 모두가 태연한 척하면 문제가 심각해진다.

불특정 다수를 도와야 한다는 이야기를 하면 미루기 쉽다는 심리 분석에 따라 이 문제를 해결하는 적극적인 방안을 찾아보자. 피터 싱어의 책 『물에 빠진 아이 구하기』에 나오는 한 부분을 인용해 본다. 첫 번째 집단에는 아프리카 말라위에 기근으로 각한 식량부족 사태가 발생해 300만 명의 어린이가 죽음의 위기에 처해 있는 일반적인 정보를 주었고, 두 번째 집단에는 일반적인 정보에다가 '로키아'라는 일곱 살짜리 여자아이의 사진을 공개했다. 그리고 여자아이가 극단적으로 가난한 환경에 처해져 있다며 '여러분이 기부해주시면 아이의 삶은 달라질 것입니다.'라는 멘트도 함께 제시했다. 실험 결과 두 번째 집단에서 더 많은 후원금이 모였다.

구호단체에서 잠재적 후원자들에게 기부를 요청할 때는 목표와 기부 효과를 구체적으로 제시해야 한다. 불특정 다수보다

특정 대상을 지정하는 것이 마음을 훨씬 쉽게 움직이고, 이에 따라 기부 효과도 더 커진다. 또 기부금이 어디에 쓰이고, 그 결과에 대한 효과가 어떻게 될 것인지에 대한 내용도 구체적으로 명시하는 것이 좋다.

향기로운 사람들

여행, 맛집, 건강, 영화, 쇼핑, 게임, 패션 등은 인터넷에서 흔히 볼 수 있는 말이다. 사람들은 체험한 내용을 사진과 글로 작업해서 블로그, 페이스북, 인스타그램 등에 올려 만족감을 느끼려고 한다. 또 얼마나 많은 사람이 댓글을 다느냐에 관심을 쏟는다. 하지만 정작 옆집에 누가 사는지 모르고, 매일 엘리베이터에서 만나는 사람과는 말 한마디 섞지 않고 살아간다. 우리에게 부족한 것은 물질적인 풍요가 아니라 친밀감이다. 아쉬운 것은 다양한 지식이 아니라 따뜻한 감동이다. 나눔이 절실하지만 이런 분위기가 점점 사라지고 있어 안타깝다.

우리 사회의 기부 참여는 줄어드는 추세다. 구호단체 책임자로서 나를 더 뼈아프게 하는 말이 있다. 기부단체를 신뢰하지 못하고 또 기부금이 어디에 쓰이는지도 잘 모른다는 말이다. 구호기관들이 모금한 돈을 투명하게 운영하지 않는다는 인식이 퍼지면서 기부에 피로감을 느끼는 사람이 많아진다. 그렇지만 밝고 긍정적인 믿음으로 성원해주는 사람들도 많다. 그들의 도움으로 세상의 가난한 이들에게 기아의 고통에서 벗어날 수 있도록 희망을 전해 줄 수 있어 다행이다.

나눔이나 봉사활동을 하고 싶어도 경제적 여유가 없어 할 수 없다고 생각하는 사람들이 있다. 그들은 생각을 바꿨으면 좋겠다. 이것은 여유의 문제가 아니라 마음의 문제이다. 나눔은 나보다 못한 이들을 위해 가진 것을 조금이라도 내어놓을 수 있는 마음이다. 아무리 부족해도 내어줄 것은 얼마든지 있다. 돈은 없지만 귀중한 미소가 있고, 웃음이 있으며, 튼튼한 신체가 있지 않은가.

내가 만난 사람 중에는 불치병에 걸린 후에 삶의 의미를 다시 발견한 사람이 있다. H씨는 희귀 신경계 질환인 루게릭병을 앓고 있었다. 이 병은 신경전달물질인 글루타메이트의 독성이 신경세포들을 지속해서 파괴해 점점 움직일 수 없게 되면서 호흡 마비로 사망에 이르게 되는 병이다. H씨는 루게릭병에 걸리기 전까지 세상에 대한 불만으로 불성실한 생활을 해 왔다. 죽음에 이르는 병에 걸리고 나서 새 사람으로 태어났다. 하루하루가 고통스러울 텐데 전혀 아프지 않은 사람처럼 한끼의식사기금 홍보물을 사람들에게 즐겁게 나누어주었다. 휠체어에 앉아 기계 조작으로 몸을 움직여야 하고 상태가 좋지 않은 날에는 수저를 쥘 수 없을 정도였지만, 홍보물을 나누어주는 봉사활동 시간이 되면 그의 얼굴은 보름달처럼 환해졌다.

"생명이 남아 있는 동안 이 아름다운 일을 계속할 겁니다."

그는 이제 세상에 없다. 하지만 그의 말은 기억에서 지워지지 않는다.

'12월 31일에는 헌혈을!' 이 문구는 대한적십자혈액원의 홍보문구가 아니라 J 간호사가 했던 말이다. 하루는 정신과 병동에 근무하는 간호사들과 대화를 나누게 되었다. 내가 근무를 마치면 뭐하냐고 물었더니 J 간호사의 대답이 놀라웠다.

"근무 끝나고 헌혈하러 갈 예정이에요."

마침 그날이 한 해의 마지막 날이었다. 7년째 해마다 빠지지 않고 실천해 왔단다.

"처음에는 재미 삼아 했어요. 해가 갈수록 저도 모르게 느낌이 달라지더라고요. 한 해의 마지막 날을 의미 있게 보내자는 생각을 하면서 헌혈을 하게 되었어요."

어느 해에는 헌혈 전 혈액검사에서 헤모글로빈 수치가 낮다는 결과가 나왔단다. 검수원이 난색을 짓자 그녀는 혈장 헌혈(혈액 속의 혈장 성분만 뽑아내는 헌혈)을 했다. 나눔에 대한 그녀의 진정성을 볼 수 있었다. 사람들은 누구나 한 해의 마지막 날을 뜻깊게 보내고 싶어 한다. 가족과 함께 보내는 사람, 사랑하는 사람과 데이트를 즐기는 사람, 친목 모임을 하는 사람……. 자신의 피를 아픈 사람과 나누고자 하는 J 간호사에게 찬사를 보낸다.

정신과 진료를 받으러 온 여성 K씨는 남편이 바람을 피워 애를 먹이던 일, 시댁 식구들의 괴롭힘으로 고생한 이야기 등을 하며 눈물을 쏟아냈다. 돈이 없어 병원은 고사하고 끼니마저 걸러야 했던 시절에 가끔 이웃에 먹을 것을 한 번씩 얻었다는 가슴 아픈 사연들도 털어놓았다. 하나밖에 없는 아들을 애지중지 키웠건만 서른이 넘도록 변변찮은 직장도 없이 허구한 날 컴퓨터게임에만 빠져 지낸다며 자신의 인생이 왜 풀리지 않느냐고 하소연도 했다. 그러던 그녀가 면담 후 약물을 처방해주니 자리에서 일어나며 말했다.

"저도 한끼의식사기금 후원회원입니다."

나에 관한 신문기사를 보고 알게 되었단다.

"어려움이 아주 많으실 텐데요. 어떻게 남을 도울 생각까지 하시게 되었습니까?"
"제가 어렵게 살아왔기 때문에 누구보다 어려운 사람의 마음을 잘 알아요."
"자신의 건강부터 돌본 후에 어려운 사람들을 챙겨도 늦지 않을 텐데요."

"아니에요. 도울 수 있는 능력이 남아 있을 때 도와야지요. 그렇게 하는 것이 제 치료이기도 해요."

'치료······.'

'치료'라는 말에 마음이 먹먹했다. 고통은 나눌수록 줄어들지 않나. K씨가 그토록 힘든 과정을 겪으면서 완전히 무너지지 않았던 것은 나눔을 통해 자신의 고통을 경감시키고 있었기 때문이 아닐까.

"이번 생일은 이색적으로 해 보면 어떨까요?"

내 생일이 다가오자 아내가 말했다.

"무슨 특별한 이벤트라도 준비할 거야?"
"두고 보면 알아요. 실망하지는 않을 거예요."

아내가 구체적인 계획을 밝히지 않아 궁금했지만 기다릴 수밖에 없었다. 생일 전날 아내는 '생일 행사는 반값으로'라는 타이틀을 내걸었다. 식구 네 사람이 외식과 선물을 준비하려면 적어도 수십만 원이 들어가는데, 절반만 생일 비용으로 쓰고 나머지 반은 가난한 사람들을 위해서 쓰자는 것이었다. 나는 '굿 아이디어!'라며 아내를 치켜세워 주었다. 딸들도 기꺼이 찬성했다.

덕분에 스테이크 대신 삼겹살로, 케이크도 작은 것으로, 선물은 마음의 선물로 대체되었다.

나눔은 태양의 역할을 한다.

남을 돕는 사람들은 삶을 긍정적으로 바라본다. 긍정의 힘이 유익하다는 것은 의학적으로도 증명이 되는 사실이다. 캐나다의 브리티시 콜롬비아대학에서는 이와 관련된 흥미로운 실험을 한 적이 있다. 고혈압이 있는 실험 참가자 전원에게 한화로 약 4만 원에 해당하는 돈을 나누어주었다. 그리고 두 그룹으로 나누어 한 그룹에는 온전히 자신을 위해 돈을 사용하도록 했고, 나머지 한 그룹에는 온전히 타인을 위해 쓰라고 요구했다. 몇 주 후 실험 참가자들의 혈압을 측정했는데 재미있는 결과가 나왔다. 온전히 자신을 위해 돈을 쓴 집단은 혈압이 크게 개선되지 않았으나 타인을 위해 돈을 사용한 참가자들의 혈압은 유의미한 수준으로 내려갔다. 운동이나 식이요법을 통해 혈압을 낮춘 것과 비슷한 결과를 보였다.

경제적인 도움을 제공하지는 않는다 하더라도 남을 도우면 이와 유사한 효과를 기대할 수 있다. 사회적·감정적 지지를 제공하는 행위는 도움을 주는 사람의 스트레스와 같은 부정적인 감정들을 완충시켜주어 수명 연장에 일조한다.

나눔의 이로운 효과에도 불구하고 현실에서 나눔이 부족한 이유는 무엇일까?

"주변의 사람들을 사랑하는 것은 우리 삶을 지탱해주는 불이지만 낯선 사람에게까지 사랑을 느끼는 것은 더 위대하고 아름다운 일이다."

- 파블로 네루다(칠레의 시인)

우리와 비슷한 감정을 느끼는 낯선 사람들에게서 오는 사랑을 느끼는 것은 존재의 범위를 넓혀주고 살아있는 모든 것을 하나로 묶어주는 것이다.

우리는 모두 혼자서는 궁핍하다. 누군가의 도움이 필요하다. 세상에 태어나면 일차적으로 부모의 보살핌이 절대적으로 필요하다. 이어 인생의 모든 단계마다 사회와 타인의 도움에 의지하며 살아간다. 우리는 인생에서 수많은 어려움을 겪지만, 그때마다 누군가에게서 도움을 받았기에 쓰러지지 않고 지금껏 잘 지내왔다. 나누고자 하는 이들의 배려와 위로가 없었다면 혼란과 좌절에 빠졌을 것이다.

태양은 하나이지만 세상에 골고루 빛을 비추어준다. 나눔은 우리의 삶을 암흑에 빠지지 않게 지탱해준다. 어려운 이웃에게 내미는 따뜻한 손에서 태양과 같은 빛이 느껴지는 것은 그래서일까!

한끼의 기적

밍글라바 미얀마!
가족과 함께한 여행

병원 진료가 끝나면 구호단체 사무국으로 달려가는 일을 15년이나
반복하다 보니 그동안 가족과 해외여행을 가는 것은 엄두도 내지 못했다.
어느 날 이렇게 살아서는 안 되겠다 싶어 억지로 짬을 내서 가족과 함께 자유여행을 나섰다.

밍글라바
미얀마!

병원 진료가 끝나면 구호단체 사무국으로 달려 가는 일을 15년이나 반복하다 보니 그동안 가족과 해외여행을 가 는 것은 엄두도 내지 못했다. 어느 날 이렇게 살아서는 안 되겠다 싶어 억지로 짬을 내서 가족과 함께 자유여행을 나섰다.

목적지는 미얀마였다. 구름 위를 여섯 시간을 날아 양곤에 도 착했다. 작은딸이 현지인 복장 '론지'를 입고 깜찍한 모습으로 공 항에 마중 나왔다. 작은딸은 한국수출입은행 양곤사무소에서 인 턴으로 근무하고 있었다. '웰컴 투 미얀마!'라고 쓴 A4 용지를 들 고 서 있는 모습이 영락없는 여행사 직원 같아 눈이 마주치는 순 간 우리는 깔깔거리며 박장대소를 했다.

양곤은 600만 명이 사는 미얀마 최대의 도시다. 이 나라 독립 운동의 진원지였고 민주화 항쟁의 거점도시이지만, 양곤에 대한 내 기억은 전혀 다른 것으로 남아있다. 2008년 5월 엄청난 강풍과 폭우를 동반한 사이클론 '나르기스'가 그곳을 덮쳐 모든 것을 휩쓸어가 버렸을 때 시내는 부러진 전봇대와 뿌리째 뽑힌 나무들로 덮였고, 집들은 형체만 간신히 알아볼 수 있는 상황이었다. 당시 한끼의식사기금은 현지인 활동가와 손잡고 이재민 캠프를 설치하고 의약품과 음식을 제공하는 등 긴급구호활동을 펼쳤다.

지금 눈앞의 양곤은 처참했던 그때 모습은 전혀 찾아볼 수 없는 종일 복잡하고 소란스러운 도시다. 길거리를 구경하느라고 대로변에 서 있는데 버스 한 대가 가까이 다가왔다. 모두 눈이 휘둥그레졌다. 버스에는 선명한 한글로 지역명과 노선번호가 적혀 있는 것이 아닌가. 유심히 살펴보니 그런 버스가 한두 대가 아니었다.

"저기 봐! 115번 버스가 다니네! 우리 집 앞에 다니던 그 버스야!"

부산 해운대 바닷가의 바람을 맞으며 달리던 버스를 양곤 시내에서 만나다니! 한국으로부터 직수입된 버스들이 도색도 하지 않고 부산에서의 그 모습 그대로 시내를 달리고 있었다.

숙소로 향하는 도중에 날이 어두워졌다. 깐도지호수 근처에서 사잇길로 빠져들었다. 자동차 헤드라이트 불빛을 따라 사물들이 빠르게 스쳐 지나갔다. 조그만 시냇물이 흐르는 길을 건너자 나뭇가지로 얼기설기 둘러쳐진 허름한 집들이 나오고 그러다가 화려한 외관의 고층건물도 스쳐 지나갔다. 개발도상국에 구호활동을 다니면서 익히 보았던 모습이었다. 도착한 호텔은 구호활동 때 묵었던 숙소보다 훨씬 고급스러웠다. 이번 여행은 자유를 만끽하기로 했으니 그 점을 고려했다. 양곤의 후덥지근한 밤공기마저 여행의 첫날을 맞이하는 우리 가족에게 청량제처럼 느껴졌다.

양곤의 이모저모

아침에 눈을 뜨니 날씨가 쾌청했다. 가벼운 발걸음으로 첫 번째 여행지 '술레 파고다'로 향했다. 미얀마에서 종교시설에 들어갈 때는 맨발로 들어가야 한다. 반바지, 민소매, 짧은 치마를 입은 사람은 사원에 들어갈 수 없다. 큰딸 수지는 하의를 가리는 천을 두르고 입장해야 했다. 맨발로 땅바닥을 밟으니 처음에는 촉감이 이상했으나 곧 익숙해졌다. 파고다 가운데에는 황금빛의 거대한 건축물이 서 있었고 사람들은 둘레를 따라 돌아가며 구경하게 돼 있었다. 붓다의 다양한 형상이 여행자들의 시선을 머물게 했다. 어떤 붓다는 얼굴에 주름이 가득하고, 어떤 붓다는 뼈가 앙상하게 드러난 노파 모습을 하고 있었다. 또 어떤 붓다는 깊은 시름에 빠진 채 해탈을 위한 고행의 모습을 하고 있었고, 여성처럼 화려한 화장을 칠해 놓은 코믹한 이미지의 붓다도 보였다.

술레 파고다를 구경한 뒤 양곤국립박물관을 방문했다. 선사시대의 화석을 전시해놓은 자연 역사관, 소수민족의 생활을 전시해놓은 문화관, 불교 전시관 등 다양한 컬렉션으로 구성되어 있었다. 만달레이 콘바웅 왕조의 '사자 왕좌'가 나의 시선을 끌었다. 절대군주의 위엄이 담긴 웅장한 왕좌는 꽃, 모자이크, 점성학, 사자 문양 등으로 장식되어 있었다. 만달레이 궁전에 있었던 왕좌는 전쟁에서 승리한 영국군이 본국으로 가져갔다가 그중 하나를 반환했는데, 현재 양곤국립박물관에 소장되어 있었다.

여행자들이 빼놓을 수 없는 곳 중 하나가 박물관이다. 그러나 잠시 머무는 여행자에게 박물관에 소장된 많은 작품을 깊게 살펴보기란 쉬운 일이 아니다. 대충 돌다 보면 수박 겉핥기식 관람이 되기 쉽다. 이럴 때 문화해설사가 자세히 설명해 줄 수 있으면 금상첨화일 것이다. 양곤 박물관에도 혹시 그런 사람이 있나 알아보니 정말로 있다는 것이었다. 적극적인 큰딸 수지가 어느새 문화해설사를 대동하고 나타났다. 덕분에 우리 가족은 미얀마 문화유적과 역사를 압축해서 파악할 수 있는 시간을 가졌다.

문화유적 공부를 하고 나니 허기가 졌다. 몸에 당이 떨어졌다며 아내가 휴식을 원했다. 인근 카페에서 커피와 빵 한 조각으로 원기를 회복한 뒤 양곤의 랜드마크인 '쉐다곤 파고다' 쪽으로 갔다. 쉐(Shwe)는 버마어로 '금'을 의미하고 다곤(dagon)은 '언덕'을 의미하므로 '쉐다곤(Shwedagon)'은 '금으로 된 언덕 위의 사원'이라는 뜻이다. 실제로 양곤 시내 어디에서도 볼 수 있도록 언덕 위에 세워져 있다.

쉐다곤 파고다는 미얀마 불교건축 중에 가장 화려한 곳으로, 건축의 기원은 2,600년 전으로 거슬러 올라간다. 초기에는

20m 정도의 크기였다고 하나 거듭된 불탑 증축으로 현재 높이는 100m에 이른다. 15세기 쇤소부 여왕에 이르러 테라스를 건설했고, 파고다의 상단에서 하단까지 금박을 입혔다. 이때부터 미얀마 방방곡곡에 불탑에 금박을 보시하는 전통이 시작되었다고 한다.

불탑 꼭대기에는 73캐럿의 다이아몬드를 포함해 루비, 사파이어, 에메랄드 등 수천 개의 보석이 박혀 있어 해가 뜨는 아침과 석양 무렵에는 온통 황금빛으로 반짝인다. 낮에는 청명한 하늘과 햇빛에 반사된 파고다의 장관에 여행자들은 감탄사를 연발하며 입을 다물지 못한다. 날씨가 너무 더워 야간관광을 선호하는 이라면 화려한 조명에 둘러싸인 환상적인 불탑을 만나보는 것도 정말 좋다. 우리 가족도 더운 낮을 피해 야간에 쉐다곤 파고다에 들어가 보았다.

쉐다곤 파고다는 현지인들에게 종교적 참배의 대상만은 아니었다. 불상 앞에 옹기종기 모여 대화하는 사람들, 음식을 가지고 와서 나누어 먹는 사람들, 서로 손을 잡고 걷는 젊은이들 등 각양각색이다. 남녀노소 모두 찾는 나들이 장소이자 휴식 공간이었다.

이 파고다에서 빠뜨릴 수 없는 것 중 하나는 무게가 24톤에 달하는 '마하 간다 동종'이다. 이 동종(銅鐘)과 관련된 이야기가 있다. 1825년 영국과의 제1차 전쟁 때 마하 간다 동종을 차지한 영국군대는 종을 녹여 전쟁 무기를 만들려고 했다. 하지만 종을 옮기던 중 양곤강에 빠뜨리고 마는데, 종이 워낙 무거워 영국군은 건져 올리다 말고 포기해 버렸다. 그러자 미얀마인들은 물속의 종에 수많은 대나무를 연결해 두었더니 부력에 의해 사흘 만에 거대한 종이 수면 위에 떠 올라 제자리에 되돌려 놓을 수 있었다는 이야기가 전해진다.

스마트폰은 여행 필수품이다.

여행을 가면서 스마트폰을 가지고 가지 않는 사람은 아무도 없을 것이다. 모든 정보가 그 안에 다 들어 있다. 우리는 현지에서 사용할 수 있는 심(SIM) 카드를 구하기 위해 휴대폰 가게를 찾아 돌아다녔다. 햇살이 너무 강렬해서 나무 그늘과 건물의 처마 밑을 따라 걸어 다녔다. 한때 로웨&컴퍼니 백화점으로 사용됐던 화려한 영국식민지 풍의 아야뱅크 건물 옆을 지나가다가 휴대폰 가게를 발견했다. 심 카드(1500짯, 한화 1,200원)와 3.5기가 데이터(5천짯, 한화 5,000원)를 구매했다.

스마트폰으로 우버 택시나 그랩 택시를 불렀다. 일반 택시는 기사와 흥정을 하는 과정에서 바가지를 쓸 우려가 있으나 우버나 그랩은 스마트폰 화면에 예상 요금이 나오기 때문에 그런 문제를 신경 쓸 필요가 없다. 금액이 얼마나 차이 나는지 일반택시 기사에게 물어보니 우리가 묵었던 클로버 스위트 레이크 양곤호텔에서 공항까지 8000짯을 내라고 했다. 하지만 스마트폰 검색 결과 우버 택시로는 그보다 저렴한 6200짯의 요금이 나왔다.

콜택시는 실시간으로 프로모션 이벤트를 했다. 우리는 우버를 총 여섯 번 이용하면서 두 번 할인 혜택을 받았다. 추억에 남을만한 에피소드도 있었다. 저녁 식사를 하려고 식당을 찾았다. 목적지에 도착하여 택시에서 내리는데 인터넷이 작동하지 않아 택시 기사에게 대충 요금을 지불하고 식당으로 들어갔다. 10분 후 우리를 태워준 그 기사가 다시 식당에 나타났다. 요금을 적게 받았다고 더 내라는 것인가. 그게 아니었다. 우리 가족이 냈던 요금을 고스란히 돌려주는 것이었다. 어찌 된 영문인지 몰라 멀뚱멀뚱 쳐다보고 있으니 기사는 웃으며 설명해 주었다. 우리가 내린 뒤 인터넷이 작동해 확인해 보니 그 회차에 탄 손님은 100% 무료 프로모션이 적용됐다는 것이었다. 양심적인 택시 기사였다. 친절한 대접을 받으면 기분도 좋아질 뿐 아니라 여행을 다녀와서 그 나라와 국민의 이미지도 좋은 기억으로 남는다.

　여행에서 볼거리 못지않게 중요한 것이 먹거리다. 긴 줄을 서서 오랜 기다림 끝에 먹는 음식은 더 맛있고, 멀리까지 찾아가서 먹는 음식이 더 특별하게 느껴진다. 스마트폰 앱은 맛집을 찾아내는데 한몫을 했다. 가족이 식사했던 파돈마 레스토랑은 유명 인사들이 양곤에 오면 애용하는 식당이란다. 미얀마 전통 카레가 주요 메뉴로 가격은 약간 비싼 편이지만 맛있게 잘 먹었다. 그렇지만 스마트폰이 마냥 요술 방망이는 아니다. '링크에이지' 식당에 들어갔을 때는 정말 실망했다. 고전풍으로 흘러나오는 낭만적인 팝송과 벽에 그려진 유화들이 내 식욕을 자극할 때까진 참 좋았다. 탁자 모서리에 누군가 흘려놓은 케첩이 말라붙어 있던 것도 잘 넘길 수 있었다. 하지만 주문한 식사가 나왔을 때 내

취향이 아닌 것을 알고 식욕이 떨어졌다. '코리안다'(고수)가 들어가 있었다. 나는 유독 이 작은 초록색 이파리는 좋아하지 않는다.

음식에 대한 선호도는 사람마다 다르다. 음식점이 잘한다고 소문나면 너도나도 그 집을 가보게 되지만 실망하는 것은 다 이유가 있다. 음식 맛은 소문이 결정하는 것이 아니라 그 사람의 뇌가 결정한다. 음식 맛은 자신이 먹어온 음식의 취향을 기준으로 뇌가 무의식적으로 설정해 놓은 정보에 의해 결정되는 것이다. 그런 차원에서 '링크에이지' 식당과 나는 인연이 아니었다.

낭쉐, 수상마을을 찾아서

다음날이 되자 날씨가 우중충했다. 이미 내린 비로 땅은 질퍽거렸고 붉은 벽돌로 된 건물은 거무죽죽하게 변했다. 아내는 아침부터 약간 두통을 느꼈다. 커피가 두통의 치료제 역할을 해 주었다. 조금씩 날씨가 개자 우리는 거리에 나섰다. 사람과 차들이 뒤섞여 혼돈스러웠지만 교통경찰과 신호등이라는 강압적인 질서에 의해 움직였다. 도시의 이런 모습을 두고 어느 작가는 '오만으로 채워진 거대한 진열장'이라고 표현했었지.

스트레스가 그림자처럼 따라붙는 도시이지만 사람들은 대부분 도시에서 살아가고, 도시를 떠나지 못한다. 도시 생활은 집 주변 바위틈에서 피는 꽃조차 감상할 시간을 허락하지 않는다. 설사 그럴 시간이 있다 하더라도 다른 생각에 빠져 무관심하게 지나칠 뿐이다. 그러다가 '아 지친다. 어디 가서 좀 쉬자!'라는 탄식이 나오면 인터넷에서 여행지를 검색하는데, 이게 현대인의 모습이다.

우리는 인레호수의 관문, 냥쉐로 향했다. 헤호까지 비행기로 이동한 후 다시 택시를 타고 이동했다. 헤호에는 우버나 그랩 택시가 없어 일반택시 기사와 흥정한 끝에 2만8000짯(한화22,000원)에 냥쉐까지 갔다.

숙소에 짐을 풀고 차를 빌려 '마잉 따욱'으로 갔는데, 수상마을과 육지를 잇는 목조다리가 수백m 길이로 이어져 있었다. 시원한 바람이 불어오는 다리 위를 걷는데 물고기를 잡는 어부의 모습이 눈에 들어왔다. 그에게 물고기를 잡는 일은 생업이지만 여행객인 우리에게 그 모습은 한 폭의 풍경화였다.

마잉 따욱 다리에서 차량으로 30분 정도 떨어져 있는 '레드마운틴' 와이너리로 넘어갔다. 붉게 물든 석양을 바라보며 포도주를 마시는 장면을 상상해 보라. 생각만 해도 혈관 속에 녹아든 알코올이 기분을 상승시켜 주는 듯하다. 현장에 도착하니 많은 여행객이 모여 있었다. 우리도 포도주를 마시며 흥겹게 떠들고 있는 그들 속으로 빠져들었다. 모기가 앵앵거리며 날아다녀도, 물기에 젖은 나무의자에 앉아 있어도 여행지는 사람을 즐겁게 해 준다. 조잡하고 불편한 것들조차 여행지에서는 낭만적으로 느껴진다. 이색적인 분위기에서 시간을 보내다가 불타는 석양이 나오자 우리는 영국에서 온 젊은이들과 서로 기념사진을 즐겁게 찍어주기도 했다.

저녁이 되어 냥쉐로 돌아와 야간 산책을 했다. 길에서 물 항아리를 들고 가는 여인이 발을 헛디뎌 항아리에서 물이 쏟아졌다. 물 항아리를 지고 어디로 가려는 것일까? 사찰에 보시하러 가는 길이란다. 국민 대다수가 불교도인 미얀마는 붓다의 가르침에 따라 현세에 공덕을 많이 쌓으면 사후에 좋은 곳으로 간다고 믿는다. 그중 하나가 물 보시다. 나는 물 보시의 혜택을 입은 경험이 있었다. 싸이클론 '나르기스'가 델타 지역을 강타하여 모든 것을 앗아 갔을 때 한끼의식사기금에서는 피해지역 중 한 곳인 '거무' 지역에 구호활동을 갔다. 날씨가 매우 더웠고 가지고 있던 물이 다 떨어져 갈증이 심했다. 그때 목마르면 마실 수 있도록 길가에 놓아둔 물 항아리를 만났다. 그때의 물맛은 무엇과도 비교할 수 없을 정도로 꿀맛이었다.

호텔로 돌아오니 물이 또 문제를 일으켰다. 샤워하려는 데 물이 누런 색깔이었다. 한참을 틀어도 물은 그대로였다. 직원을 불러 이유를 물으니 우기라서 인레호수 주변의 호텔은 모두 비슷한 처지란다. 어쩔 수 없이 그 물로 샤워를 했다.

인레호수, 잔디가 자라는 소리가 들리는 그곳에서

냥쉐의 아침 공기가 신선했다. 선착장에는 보트를 손질하는 뱃사공과 여행 장비를 나르는 사람들이 오갔다. 그들에게서 삶의 부지런함이 묻어났다. 우리 가족을 인레호수의 수상마을로 안내할 보트 운전수 '툰툰'이 "안녕하세요!"라며 한국말로 인사했다. 우리도 그에게 "밍글라바!"라고 현지어로 인사를 전했다. 밍글라

'파웅도우 파야축제'는 미얀마력으로 7월 상현달이 뜨는 첫날에 시작하여 닷새동안 펼쳐진다. 인따족 젊은이들이 외발로 노를 젓는 풍경이 인상적이다.

바는 이 나라의 인사말로 '행복, 축복'이란 뜻이다.

아침 햇살을 받으며 은빛 호수 위를 달렸다. 목석같은 사람도 외마디 즐거운 비명을 지를 법하다. 상쾌한 아침 호수의 기운이 온몸에 전율을 일으켰다. 카누처럼 생긴 보트를 타고 호수 가운데로 나아가니 예상치 못한 볼거리가 펼쳐지고 있었다. 웬 횡재인가! '파웅도우 파야' 축제가 열리고 있었다. 이 행사는 사원에 안치된 파고다를 실은 배가 인레호수 전역을 돌면서 평안을 기원하는 행사란다. 배 한 척당 100명이나 되는 뱃사공이 풍악을 울리며 일사불란하게 움직이는 모습은 올림픽 개막식에서 집단 율동(Mass Game)을 보는 듯했다. 인따족 젊은이들이 노래하고 춤추며 외발로 노를 젓는 진풍경이 펼쳐졌다. 파웅도우 파야 축제는

마하간다용 수도원의 탁발행렬. 앳된 얼굴의 사미승들과 나이가 지긋한 승려들로 이루어진 이 행렬은 여행객들에게 인기가 높다.

미얀마력으로 7월 상현달이 뜨는 첫날에 시작하여 닷새 동안 펼쳐지는데, 약간 과장을 보태면 물고기들도 놀랄 만큼 인레호수가 떠들썩해지는 기간이라고 한다.

호수에는 '쭌묘'라고 불리는 수상농장이 형성되어 있다. 대나무를 엮어 틀을 만든 후 그 위에 부레옥잠의 줄기와 뿌리, 그리고 진흙을 얹어서 물 위에 띄운 수경 재배지다. 인따족은 쭌묘에서 재배되는 토마토를 시장에 팔아 생계를 유지한다. 이 수상농장에서 재배되는 토마토는 품질이 상당히 좋아 미얀마 전역에서 판매되는 토마토의 절반이 '쭌묘'에서 재배된 것이라고 한다.

수상마을에는 여러 공방이 있다. 은으로 액세서리를 제작하여 파는 실버공방, 연꽃 줄기에서 뽑아낸 실로 옷을 만들어 파는 직조공방, 독특한 향을 지닌 잎담배를 만들어내는 남판공방 등이다. 나는 여행지에서 물건을 잘 사지 않는 편이지만 호수의 인심에 이끌려 요마 마을의 기념품 판매소 '실버 스미스'에서 은으로 만든 물고기 액세서리를 구입했다.

툰툰이 운전하는 보트는 좁은 수로를 따라 부드럽게 나아가는가 싶더니 넓은 공간에 이르자 상어처럼 빠르게 내달렸다. 어느 지점에 이르러 그가 손가락으로 한 지점을 가리켰다. 그의 손가락 방향을 따라 시선을 돌리니 금빛 새 모양으로 생긴 기둥이 물 밖으로 나와 있는 것이 보였다. 슬픈 사연을 간직하고 곳이란다. 오래전 파웅도우 파야 축제 때 호숫가에 바람이 심하게 불었는데 불상 다섯 기를 싣고 가던 배가 풍랑에 전복되고 말았다고 한다. 물속에 가라앉은 불상 중 네기는 찾았으나 한 기는 끝내 찾지 못했단다. 당시의 사고를 잊지 않기 위해 배가 전복된 자리에 기둥을 세워 놓은 것이다.

요마 수상마을에서 홀로 여행하는 여행자를 만났다. 60대쯤 돼 보이는 남성으로 시드니에서 왔다고 했다. 여행지에서는 모르는 사람끼리 서로 눈치를 보거나 의식하지 않고 쉽게 다가갈 수 있어 좋다. 우리가 깔깔거리면서 사진을 찍어주고 있으니 그가 말을 걸어왔다. 직장을 은퇴하고 미지의 세계를 홀가분하게 다니고 있단다. 그에게 혼자 다니면 좋으냐고 물으니 손에 들려 있는 책을 보여주며 그가 말했다.

"이게 내 친구라오."

'여행은 길을 가면서 하는 독서'라는 말이 떠올랐다. 즉 여행 자체가 독서인데……. 그와 인레호수의 풍광에 대해서 잠시 대화를 하다가 '잘 가라'고 하며 헤어졌다. 정말 인레호수는 대자연의 온유함을 품고 있었다. 부드러운 바람, 햇빛과 물결의 조화, 물 위를 떠다니는 수초들……. 나는 상큼한 청량감을 맛보며 세상살이에서 오는 때를 씻어냈다. 호수에 물결이 일렁이자 수면 아래에 있던 구름이 수면 위로 올라오면서 뭉게뭉게 피어났다. 보트의 가벼운 흔들림에서 요람을 탄 갓난아이의 안락함이 느껴졌다. 각박한 삶에 찌든 때를 벗겨내기 위해 여행을 떠나고 싶어 하는 이가 있다면 인레호수로 오라고 말하고 싶다.

디지털 시대는 속도전이다. 남보다 앞서야 생존할 수 있다는 절박함에 시달리고 있다. 하지만 인간을 기계처럼 계속 돌리면 고장 난다. 쉬지 않고 달리기만 하면 뇌의 신경회로는 버티는 데 한계가 있어 망가지고 만다. 인레호수는 속도전에 지친 현대인에게 치유 장소로 적격이다. 빠르게 달릴 때는 큰 것들만 눈에 들어오지만, 속도를 늦추면 신기하게도 작은 것들이 눈에 들어온다. 인레호수에서 작은 세상들을 만날 수 있다. 물결이 파동을 그리며 퍼져 나가면 물 위에 붙어 있는 자그마한 벌레들이 덩실 춤을 추거나 날아가는 것이 보인다.

영국의 소설가 조지 엘리엇은 인간이 통찰력과 감성을 예민하게 발휘하면 잔디가 자라는 소리와 다람쥐의 심장 뛰는 소리도 들을 수 있다고 했다. 그러기 위해서는 일상의 활동을 멈추고 자연에 귀를 기울이는 시간을 가져야 한다. 여행은 자연에 닫혀 있는 감성을 자극하기에 아주 좋은 수단이다.

소수민족들이 살아가는 곳

호수 주변에는 여러 소수민족이 살고 있다. 그들은 닷새마다 서는 장에서 필요한 물건을 사고팔며 또 서로 소식을 교환하는데 남판, 요마, 파웅도우 장의 규모가 큰 편이다. 시장만큼 서민들의 생활 단면을 자세히 들여다볼 수 있는 곳도 없다. 시골 장은 도시의 마트와 거리가 멀지만, 시끌벅적 떠드는 소리와 풋풋한 인정이 넘친다. 사람들이 한두 평의 작은 공간에 각자 마을에서 재배한 물건들을 가지고 나왔다. 빠오족은 감자와 차 같은 농작물을, 인따족은 물고기와 수경 재배한 토마토를 들고나와 사람들을 불러 모았다.

생선을 파는 노점상 앞을 지나가다 기발한 방법으로 신선도를 유지하는 방법을 볼 수 있었다. 실내가 아니어서 냉장시설이 없었다. 그래서 생선을 흙 속에 파묻어 놓았다. 우리도 김장하면 김장독을 흙 속에 파묻어 김치의 신선도를 유지하지 않았던가. 자세히 보니 생선을 덮어 놓은 것은 흙이 아니라 흙 색깔을 띤 소금이었다. 자연에서 얻은 지혜이리라.

목에 여러 겹의 링을 차고 있는 빠다웅족을 만났다. 그들은 베틀에서 원시적인 방법으로 옷을 짜고 있었는데 나이에 따라 걸고 있는 링 수가 달라 연장자일수록 링의 수가 많단다. 바닥에 있는 여분의 링을 살짝 만져보니 한 여인이 링을 직접 들어보란다. "어이쿠, 무겁네!" 링 무게가 몇 kg 이상 나갈 것 같았다. 무거운 황동 링을 목에 걸고 있으면 디스크가 생기지 않으려나. 여성들은 목뿐 아니라 팔목과 다리에도 링을 착용하고 있었다. 갸름한 얼굴에 목이 긴 모딜리아니의 그림을 연상케 하는 빠다웅족 여인들. 여행자의 눈에는 목이 긴 사슴을 떠올리게 했다. 왜 이렇게 독특한 링을 걸고 살아가는 것일까? 그들 나름대로 이유가 있단다. 야생 동물의 공격으로부터 보호하려고 하는 목적에서 유래했다는 설도 있고, 이민족으로부터 여성들을 지키고자 일부러 못 생기게 했다는 설도 있다.

아내가 간식거리를 사려고 과일가게에 들어갔다. 붉게 잘 익은 토마토를 고르자 가게 주인은 덜 익은 것을 주워 담으란다. 보통은 잘 익은 과일이 맛이 더 좋지 않은가. 두 종류를 섞어 사서 맛을 보니 가게 주인의 말이 옳았다. 덜 익은 토마토가 훨씬 더 맛있었는데 그 이유는 모르겠다. 한 가지 교훈을 얻었다. 상식적으로 옳다고 생각한 것도 때로 틀릴 수 있다는 것을.

인레호수 주변에 사는 소수민족들의 장을 둘러보며 서로에게 필요한 정도의 물건을 들고나와 교환하는 그들의 모습에서 소박함을 느낄 수 있었다. 소유에 대한 집착에서 벗어나 불필요한 것을 버리는 삶은 분명 더 자유롭게 해 줄 것이다.

노 프러블럼! 미스터 초린과 떠나는 만달레이 여행

이제 우리는 만달레이로 넘어갔다. 개발도상국을 여행할 때는 항공기의 지연 출발을 염두에 두어야 한다. 미얀마 여행에서도 지역을 이동할 때 비행기가 수시로 지연 출발을 했다. 일정에 약간 차질이 생겼지만, 이것도 여행의 한 부분이라 여기니 여행의 풍미가 더해졌다. 정확함과 편리함에 길든 현대인에게 부정확하고 막연한 상황은 불안과 짜증을 유발하기 쉽다. 그러나 여행에서마저 정확할 필요는 없다. 그런 걸 깨뜨리고자 일상에서 벗어난 것이 아닌가.

만달레이 공항에 늦게 도착하는 바람에 사전에 예약해 놓은 여행안내자 겸 택시기사 미스터 초린과 약속 시각을 두 번씩이나 늦춰야 했다. 그때마다 그는 "노 프러블럼!" 하고 우리를 안심시켜주었다.

만달레이 시내를 여행하려면 인레호수로 들어갈 때처럼 입장료를 내야 했다. 한 사람당 1만 짯(한화7,500원)이다. 먼저 왕궁으로 향했다. 영국과의 전쟁에서 패배하고 하 미얀마를 내준 민돈 왕은 상 미얀마를 근거지로 재건하기 위해 만달레이로 수도를 옮기고 왕궁을 크게 지었다. 가로, 세로 각각 2km에 이르는 정사각형 모양에 8m 높이의 성벽, 3m 두께의 화려한 왕궁이다. 외적의 침입을 막고자 외부를 빙 둘러가며 깊이 3m, 폭 70m에 이르는 해자를 설치했다. 그러나 왕궁을 지은 지 30년이 채 지나기도 전에 대영제국에 점령당하고 만다.

왕궁으로 들어가려면 동쪽을 이용해야 했다. 원래의 왕궁은 2차 세계대전 당시 영국과 일본의 전쟁 통에 불에 타버려 황금색과 붉은빛으로 복원된 건물만 볼 수 있었다. 관람할 수 없는 금지 구역이 많아 솔직히 궁전의 기품이나 위엄은 느껴지지 않았다.

만달레이 왕조의 건축물 중 현재까지 유일하게 원형 그대로인 곳이 있었는데, 바로 '쉐난도 짜웅'이다. 궁전의 바깥에 지어져 있었기 때문에 화를 면할 수 있었단다. 쉐난도는 '황금 궁전'이라는 뜻이라는데 건축물 외관이 거무튀튀했다. 습기에 약한 나무 건축물을 오래도록 유지하기 위해 타르를 칠했기 때문이다. 상층부의 아기자기한 장식들, 벽과 기둥, 문고리에 새겨진 조각 장식들은 정말 감탄을 자아내는 데에 충분했다.

땅바닥에 건축 모양을 그려가며 두 딸과 대화를 나누고 있는데 서양인 여행객 한 사람이 다가와 한국인이냐며 물었다. 아르헨티나에서 왔다는 그는 비교역사학을 전공하는 대학교수라고 자신을 소개했다. 몇 년 전 국제 학술회에 참석하기 위해 서울을 방문했다가 분위기가 좋아서 한 달 머문 적이 있단다. 그의 귀에 어렴풋이 한국어가 들려왔던 모양이다. 여행지에서는 사실에 입각한 대화보다 감성적으로 떠드는 대화가 좋다. 사실과 다르게 말한다 하더라도 그대로 들어주고 맞장구쳐 주면 그만이니까. 아르헨티나인 교수와 우리 가족은 서로 내키는 대로 대화를 주고받다가 유쾌하게 헤어졌다.

미스터 초린의 안내를 받아 '산다무니 파고다'로 향했다. 민돈왕이 문무를 겸비한 자신의 동생 카나웅을 후계자로 점찍어 두었으나 왕족 간의 세력다툼으로 암살을 당하자 그를 추모하기 위하여 세운 사원이란다. 이어서 일명 '화이트 사원'으로 불리는 '쿠또도 파고다'가 있는 곳으로 갔다. 중앙에 거대한 황금 종탑이 서 있고 사방의 긴 회랑에는 백색 스투파들이 열병식을 하듯 줄지어 서 있었다. 스투파란 불교 건축물인 불탑의 일종으로 미얀마식 불탑을 말한다. 탑 안에는 팔만대장경과 같은 불경이 적힌 석판들이 빼곡히 들어 있다고 한다. 이 나라 불심이 만들어낸 역작이라 할 수 있겠다.

해가 질 시각이 되면 만달레이를 여행하는 사람들은 일제히 '만달레이 힐'로 향하게 된다. 일몰 광경이 유난히 빼어난 곳이라 투어 일정에서 빠뜨릴 수 없는 장소다. 산 정상은 석양을 보려는 인파들로 붐볐다. 아쉽게도 우리는 불타는 저녁 해를 보지 못했다. 석양은 구름에 숨어 가장자리만 붉게 물들이다가 곧 어둠 속으로 사라져버렸다.

다음 날 아침이 되었다. 아마라푸라로 가기 위해 미스터 초린과 다시 합류했다. 아마라푸라로 가는 길목에 있는 '마하무니 파고다'를 먼저 방문했다. 쉐다곤 파고다, 짜익티요 파고다와 함께 미얀마 불교의 3대 성지로 불리는 곳이었다. 경내 황금 불상은 라카인 지방에서 옮겨온 것이라고 했다. 전설에 따르면 라카인을 방문한 부처가 불상을 만들고 직접 생명을 불어넣은 것으로 사람들은 그 생명력이 5000년을 간다고 믿었다. 미얀마의 역대 왕들은 영적 기운이 감도는 이 불상을 자신의 거처 곁으로 옮겨 오고 싶었지만, 번번이 실패하다가 보도파야왕에 이르러 현 위치로 옮겨오게 되었다고 한다.

사람들이 돈을 주고 산 금박을 마하무니 황금 불상에 붙이고 있었다. 남자만 할 수 있고 여자들은 저만치 떨어진 곳에 앉아서 기도를 올렸다. 하도 많은 사람이 금박을 붙여 대니 불상의 몸체가 고도 비만에 걸린 듯 퉁퉁해졌다. 미얀마인들에게 불상에 금박 붙이기는 공덕을 쌓는 최고의 방법이다.

아마라푸라는 1783년 버마 왕국의 수도로 건설되었다가 대지진으로 파괴된 곳이다. 이후 수도를 만달레이로 이전하게 되었지만, 고대도시의 성벽과 사원터는 아직 남아 있다. 아마라푸라의 마하간다용 수도원은 여행객들에게 아주 인기가 넘치는 곳이다. '마하'는 최고로 큰, '간다용'은 좋은 향기라는 뜻이라고 미스터 초린이 알려주었다. 수도원이 왜 여행객들에게 관심의 대상이된 것일까? 바로 승려들의 특별한 행렬을 볼 수 있기 때문이다.

오전 열 시가 되자 점심 공양의식을 보러 사람들이 몰려들었다. 승려들이 탁발 행렬을 시작했다. 앳된 얼굴의 사미승부터 나이가 지긋한 승려에 이르기까지 발우를 각자 팔로 감싸들고 식당을 향해 두 줄로 서서 걸어갔다. 행렬을 보기 위해 인파가 몰려드니 식사하는 스님들은 꽤 번잡스러워하겠다는 생각이 스쳤다. 어떤 여행자는 자신이 가져온 음식으로 행렬 중인 승려에게 다가가 보시를 했다.

　탁발 행렬을 구경한 후 우리 가족은 외부손님을 접견하는 스님 두 분을 따로 만나 수도원 생활에 관해 물어보았다. 승려들의 식사는 아침 공양과 점심 공양 두 번만 한다고 했다. 저녁에는 차 한 잔만 마실 뿐이란다. 또 식당 내부의 구조는 각 테이블당 네 종류의 반찬이 놓인다는데 닭고기나 생선커리, 채소볶음, 달걀 등이 주메뉴란다. 미얀마의 승려들은 일반적으로 육식을 할 수 있다는데 마하간다용 수도원에서는 쇠고기를 금한다고 했다.

　사가잉으로 넘어갔다. 아마라푸라에서 20분 정도 택시를 타고 가면 이라와디강의 지류가 나오고 그곳 다리를 넘어가면 바로 사가잉이다. 복잡하고 어수선한 도시 분위기와는 달리 간결하고 탁 트인 곳이라서 좋았다. 전망대로 가는 길은 수백 계단을 맨발로 올라가게 되어 있었다. 한낮의 햇볕에 달구어진 땅바닥에 맨발이 닿으니 따끈따끈한 정도를 넘어 가벼운 화상을 입을 정도였다. 그러나 참고 버티는 것 외에는 방법이 없었다. 중간 지점에서 만난 온화한 불상이 인내심을 좀 더 쌓으라는 표정으로 내려다보고 있었다.

　전망대에 도착했다. 그늘에 앉아 사색을 즐기는 것 또한 여행의 묘미다. 가방에서 책 한 권을 꺼내니 보들레르의 시집이 잡혔다. 고독했던 보들레르는 우울한 집을 벗어나 여행을 동행하며 늘 떠나고 싶은 욕망에 사로잡혀 살았다고 한다.

다른 땅의 한계를 잘 알면서도 고향의 지평 안에서 만족할 수 없
다. 희망과 절망 사이, 유치한 이상주의와 냉소주의 사이에서 나
는 진자운동을 한다. 기독교 순례자처럼 타락한 세계에서 살아
가면서 대안적 영역, 덜 훼손된 영역에 대한 비전 버리기를 거부
하는 것이 시인의 운명이다.

이렇듯 보들레르는 내면의 갈증을 여행으로 풀어내려고 했다.
시간이 얼마나 지났을까. 건너편 쪽에서 아내와 딸들이 부르는 소
리가 들려왔다. 나의 몽환적인 사색은 거기서 끝나고 말았다.

만달레이 마리오네트 인형극

사가잉을 구경한 후 '잉와'로 갈 예정이었으나 날씨가 너무
더워서 우리는 만달레이 시내로 되돌아왔다. 샨족 전통 음식점
'샨 마마'에서 늦은 점심을 한 뒤 숙소에서 휴식을 취했다. 일정
이 바뀌었으니 새로 계획을 짜야 했다. 딸들이 마리오네트 인형
극장에 가자고 제안했다.

인형극이라 하면 피노키오밖에 모르는 내가 만달레이 전통
인형극을 보다니! 알고 보니 미얀마는 체코와 더불어 인형극의
강국이었다. 이 나라의 여러 곳에서 인형극이 공연되고 있는데
그중에서 만달레이의 마리오네트는 정통 중의 정통이었다.

마리오네트는 인형극의 일종으로, 인형의 마디마디를 실로
묶어 무대 뒤에서 사람이 조종하는 연극이다. 이 인형극은 중세

이탈리아 교회에서 어린이 교육용으로 시작되어 르네상스 이후 체코 지방에서 본격적으로 발전했다. 한때는 서민들에게 지식이나 사회사상을 전달하는 역할을 했으나 산업화시대가 되면서 쇠퇴해 갔다. 20세기에 들어서 일부 예술가들 중심으로 유지되고 있는 정도다.

미얀마에서 마리오네트의 기원은 명확하지 않지만 콘바웅 왕조와 더불어 발전하여 18세기 말 정점에 달한 것으로 알려져 있다. 현재는 전통 계승자들에 의해 겨우 명맥만 유지되고 있으며, 신화와 전설 특히 불교적 내용을 다루고 있으며 때로는 체제 비판의 내용도 담겨 있다고 한다.

우리는 66가에 있는 마리오네트 전용 극장에 갔다. 안내 책자에 소개된 내용을 보니 출연자들이 미국과 유럽에서 순회공연을 한 기록이 다수 소개돼 있어 꽤 유명한 팀으로 여겨졌다. 객석을 둘러보니 우리를 빼고 모두 서양인들이었다.

막이 오르기 전에 내레이션을 맡은 사람이 먼저 음악 패를 소개했다. 5명이 각기 다른 전통악기를 켜며 흥을 돋우는 역할을 했다. 공연은 노래와 춤, 전통 마리오네트, 창조 인형극, 그리고 마리오네트 전승자의 묘기 등 모두 4막으로 구성되어 있었다. 정교한 관절 동작으로 눈꺼풀까지 실감 나게 움직이도록 인형들을 조종하는 기술은 관객들에게 감탄을 자아내게 했다.

막과 막 사이에는 진행자가 무대 위에 올라와 각 장을 소개해 주었으나 우리는 사전지식이 없었던 터라 무슨 내용인지 정확히 이해하기 힘들었다. 또 무희의 춤과 인형들의 전투장면이 무엇을 의미하는지 몰라 아쉬웠다. 딸들은 역시 젊은이답게 매사에 적극적이었다. 공연이 끝나자 인형극을 설명해 주던 진행자를 찾아가더니 구체적으로 설명해 달라고 부탁하는 것이 아닌가. 진행자는 흔쾌히 우리 가족에게 특별히 설명해 주었다.

"미얀마의 인형극을 구성하는 주제는 주로 정령신앙에서 나왔어요. 애니미즘 요소를 많이 가지고 있어요. 애니미즘은 무생물에도 영혼이 있다고 믿는 세계관이에요. 정령들은 실존했던 사람들인데요, 억울하게 죽임을 당해 원혼을 품고 전투를 벌였지요……."

극장을 빠져나오다가 공연을 연출한 마리오네트의 계승자를 만나는 행운을 누렸다. 가까이에서 보니 나이 든 할아버지였다. 워낙 연로하여 서 있기도 힘들어 보였으나 인형극을 조종할 때는 어디서 그런 힘과 세련된 손기술이 나오는지 정말 놀라웠다. 나는 소감을 말하고 기념사진을 찍자고 하니 마리오네트 계승자가 아내와 나의 두 팔을 잡아주며 나름 멋진 자세까지 잡아주었다.

"당신은 주름진 미남이시네요."

농담조로 감사의 마음을 표현해 드렸다.

바간, 미얀마 불교의 보고

불교 유적의 보고인 바간을 미얀마 여행에서 빠뜨린다면 반쪽짜리 여행이라고밖에 말할 수 없을 만큼 바간은 중요한 곳이다. 하지만 짧은 일정으로 인해 우리는 바간을 건너뛰기로 했다. "아빠는 바간을 가 봐서 좋겠어요."하며 딸들이 아쉬워했다.

2010년 12월 나는 미얀마의 서쪽 난 사막지대인 예난정 지역에서 구호활동을 마치고 돌아오는 길에 바간에 들른 적이 있었다. 도시 전체가 파고다로 가득 차 있어 아주 인상적이었다. 우리가 사는 도시가 아파트 숲으로 꽉 차 있다면 바간은 파고다와 불탑으로 빽빽하게 차 있다. 유적으로 가득 찬 도시를 상상해 보라. 장엄한 역사가 피부로 와 닿을 때 여행자는 인문학적 탐구욕이 강하게 올라옴을 느끼게 된다.

당시 낡은 밴을 타고 비포장도로를 몇 시간 동안 달렸다. 뜨거운 태양이 내리쬐고, 사방은 마른 풀 몇 포기만 보였다. 2열 종대로 늘어서 있는 선인장들만이 강한 생명력을 자랑하는 곳이었다. 구호활동을 마친 후 피곤했던 터라 비몽사몽 졸고 있었는데, 일행 중 누군가가 감탄사를 질러 눈을 뜨게 되었다. 찬란한 불교 왕국의 유적들이 나타난 것이었다. 황홀한 광경에 압도된 일행은 차를 세우고 길을 걷기 시작했다. 이윽고 하늘은 석양으로 붉게 물들어 파고다 숲과 멋진 조화를 이루었다. 스마트폰 카메라만 있으면 누구나 훌륭한 사진작가가 될 수 있는 광경이 연출되었다.

바간은 크게 올드 바간과 뉴 바간으로 나뉜다. 유적들은 올드 바간에 몰려 있다. '쉐산도 파고다'에 도착했다. 쉐산도는 '황금 머리카락'이라는 뜻이다. 피라미드 형태로 이루어진 상층부까지 올라갈 수 있는데 계단과 계단 사이가 크고 경사가 가팔랐다. 사각형 테라스에 오르니 사방에서 여행객들이 쏟아내는 감탄사가 들려왔다. 원더풀! 원더풀!

이 파고다는 미얀마 최초로 통일을 이룬 바간 왕조가 불심을 빌어 세력을 확장해 나가기 위해 세운 기념비적인 파고다다. 1057년 아노라타왕이 부처님의 머리카락을 안치시키기 위해 만든 파고다라 하여 그 이름을 '쉐산도'로 붙였다고 한다.

담마양지 파고다에도 들렀다. 부처님의 가르침과 진리의 사원이라는 뜻을 지닌 곳으로 규모가 아주 컸다. 선왕을 죽이고 왕위를 찬탈한 폭군 나라뚜왕은 수많은 인력을 동원하여 이 사원을 짓게 했다. 벽돌과 벽돌 사이에 바늘구멍만한 틈만 보여도 작업자의 팔을 가차 없이 잘라버렸다고 한다. 절대 권력을 가진 왕의 한마디에 얼마나 많은 사람의 목숨이 떨어져 나갔을까.

눈에 보이는 건물 위주로 보는 일반 여행객들은 전문가가 알려주기 전까지는 숨겨진 역사적 비애를 잘 모른다. 고급 여행자가 될수록 화려한 건축물보다 주춧돌만 남은 흔적에 더 매력을 느낀다. 그래서인지 밤의 실루엣만 드러내고 있는 담마양지 파고다가 더 괜찮은 듯했다. 내 나름대로 상상의 역사를 꾸며볼 수 있으니까.

예고도 없이 들른 바간이어서 우리 일행은 하룻밤 묵기 위한 숙소를 찾아야 했다. 몇 군데를 돌다가 허름한 게스트하우스 한 곳을 찾아냈다. 낡은 형광등 불빛에 의지한 채 샤워를 하고 자리에 누우니 피로감이 몰려오면서 곯아떨어졌다. 수탉의 울음소리가 어렴풋이 들려왔다. 다음 날 아침이었다. 창문 틈 사이로 비치는 햇살이 숙소의 상황을 적나라하게 보여주었다. 천장은 곰팡이로 덮여 있고 벽에는 피를 빨아 먹은 모기를 때려잡은 흔적이 보였다. 덮고 잤던 이불도 얼룩져 있었다. 그런 것도 모르고 푹 잘 잤으니……. 원효대사가 해골에 담긴 물을 마시고도 맛이 감미로웠다는 일화가 생각났다. 모든 것은 마음먹기에 달렸는가 보다.

여행의 이유

미스터 초린과 함께하는 2박 3일 만달레이 여정을 마치고 우리 가족은 다시 양곤으로 돌아왔다. 보슬비를 맞으며 도심을 걷다가 다리가 피곤해지자 랭군 티 하우스에 가서 여행을 마무리하는 시간을 가졌다. 사람들은 여행에서 무엇을 기대하는 것일까? 여행을 함께 가더라도 사람마다 느낌이 다를 수 있다. 기대하고 왔는데 실망이라고 하는 사람이 있는가 하면, 생각지도 않았는데 많은 것을 얻어 간다고 말하는 이도 있다. 자신의 인생 항로에 따라 각인된 내적 갈망과 기대가 각양각색이기 때문이다.

시간이 없어 여행을 가지 못한다고 말하는 사람들이 있지만, 누구나 시간의 틀 안에서 움직인다. 일이 바빠 여행을 가지 못한다고 하면 불행하다. 일부터 해놓고 여유가 생기면 여행을 다니겠다고 말하는 사람들은 일이 없어도 여행을 하지 못할 가능성이 있다.

여행의 맛은 일상으로부터 탈출, 새로운 사람들과 만남, 대자연이 주는 매력 등에서 나온다. 이색적인 호텔 분위기도 일조를 한다. 모자이크가 새겨진 유리문을 열고 테라스로 나가 흔들의자에 앉아 시선을 먼 쪽으로 응시하면 우거진 나무숲 너머로 파고다와 첨탑들이 보일 때 여행의 감성은 한층 자극을 받는다. 여행이 마냥 편안한 것은 아니다. 길을 헤맬 때도 있고 피곤해서 지칠 때도 있다. 그렇지만 예상치 못한 즐거움과 행복을 맛볼 수 있고, 감동도 하며, 미처 몰랐던 깨달음을 얻을 수 있다.

알랭드 보통은 여행을 '생각의 산파'라고 표현했다. 여행하는 동안 뇌에서는 화학반응이 계속 일어난다. 유쾌한 이미지가 뇌를 자극하면 도파민과 같은 신경전달물질들이 흘러나와 흥분과 열정을 유발한다. 그 순간 닫혀 있던 감성의 창고에서 방출이 일어나면서 묵은 때들이 말끔히 씻겨 나간다. 휴식이란 무엇인가? 가만히 멈추어 있는 상태가 아니라 고갈된 에너지를 재충전하는 과정이다. 여행이란 일상에서 벗어나 새롭고 낯선 환경을 통해 빈곤해진 사고력과 쪼그라든 상상력을 다시 회복해 나가는 것이다. 이런 관점에서 여행은 곧 휴식이다.

여행에서 진정으로 얻은 것은 외적인 경치도, 사진도 아닌 깨달음이다. 프랑스 소설가 마르셀 프루스트는 새로운 것을 발견하기 위한 항해는 경치를 보는 게 아니라 내적 시각을 갖는 것이라고 했다. 전적으로 동의한다. 여행이 의미가 있고 없고는 좋은 곳을 얼마나 많이 갔는가가 아니라, 가슴 속에서 무엇을 느끼고 어떤 울림이 일어났는지에 달려 있다. 이런 차원에서 볼 때 한끼의 식사기금이라는 여행지는 내 인생 전체를 통해서 계속 울림을 전해주는 최고의 여행지다.

마음을 울리는 아주 특별한 사랑의 선물

한끼의 기적

초판 1쇄 인쇄 | 2019년 12월 20일
초판 1쇄 발행 | 2020년 01월 20일

지은이 | 윤경일
펴낸이 | 김정동
펴낸 곳 | 서교출판사

등록번호 | 제 10-1534호
등록일 | 1991년 9월 12일 **주소** | 서울시 마포구 성지길 25-20 덕준빌딩 2F
전화번호 | 3142-1471(대)
팩시밀리 | 6499-1471
이메일 | books.seokyo@gmail.com
홈페이지 | https://blog.naver.com/seokyobooks
ISBN | 979-11-89729-23-3 03810

서교출판사는 독자 여러분의 투고를 기다리고 있습니다. 출판 관련 원고나 아이디어가 있으신 분은
seokyobooks@naver.com으로 간략한 개요와 취지 등을 보내 주세요. 출판의 길이 열립니다.